周国平作品精选

名家作品精选

周国平 著

长江出版传媒 长江文艺出版社

图书在版编目（ＣＩＰ）数据

周国平作品精选 / 周国平著. -- 武汉：长江文艺
出版社，2019.11
（名家作品精选）
ISBN 978-7-5702-1078-7

Ⅰ. ①周… Ⅱ. ①周… Ⅲ. ①散文集－中国－当代
Ⅳ. ①I267

中国版本图书馆 CIP 数据核字(2019)第 188717 号

责任编辑：马 蓓 陈 聪　　　　　　责任校对：毛 娟
封面设计：沐希设计　　　　　　　　责任印制：邱 莉 王光兴

出版：长江出版传媒 长江文艺出版社
地址：武汉市雄楚大街 268 号　　　　邮编：430070
发行：长江文艺出版社
http://www.cjlap.com
印刷：长沙鸿发印务实业有限公司

开本：640 毫米×970 毫米　　　　1/16　　印张：20　插页：1 页
版次：2019 年 11 月第 1 版　　　　2019 年 11 月第 1 次印刷
字数：242 千字

定价：32.00 元

目　录

今天我活着（1991—1992）

守望的距离（1993—1995）

各自的朝圣路（1996—1998）

安　静（1999—2001）

善良·丰富·高贵（2002—2006）

生命的品质（2007—2009）

周 国 平

作 品 精 选

只有一个人生

（1983—1990）

只 有 一 个 人 生

(1983—1990)

悲观·执著·超脱
——《只有一个人生》代序

一

人的一生,思绪万千。然而,真正让人想一辈子,有时想得惊心动魄,有时不去想仍然牵肠挂肚,这样的问题并不多。透底地说,人一辈子只想一个问题,这个问题一视同仁无可回避地摆在每个人面前,令人困惑得足以想一辈子也未必想清楚。

回想起来,许多年里纠缠着也连缀着我的思绪的动机始终未变,它催促我阅读和思考,激励我奋斗和追求,又规劝我及时撤退,甘于淡泊。倘要用文字表达这个时隐时显的动机,便是一个极简单的命题:只有一个人生。

如果人能永远活着或者活无数次,人生问题的景观就会彻底改变,甚至根本不会有人生问题存在了。人生之所以成为一个问题,前提是生命的一次性和短暂性。不过,从只有一个人生这个前提,不同的人,不,同一个人可以引出不同的结论。也许,困惑正在于这些彼此矛盾的结论似乎都有道理。也许,智慧也正在于使这些彼此矛盾的结论达成辩证的和解。

二

无论是谁,当他初次意识到只有一个人生这个令人伤心的事实

时，必定会产生一种幻灭感。生命的诱惑刚刚在地平线上出现，却一眼看到了它的尽头。一个人生太少了！心中涌动着如许欲望和梦幻，一个人生怎么够用？为什么历史上有好多帝国和王朝，宇宙间有无数星辰，而我却只有一个人生？在帝国兴衰、王朝更迭的历史长河中，在星辰的运转中，我的这个小小人生岂非等于零？它确实等于零，一旦结束，便不留一丝影踪，与从未存在过有何区别？

捷克作家昆德拉笔下的一个主人公常常重复一句德国谚语，大意是："只活一次等于未尝活过。"这句谚语非常简练地把只有一个人生与人生虚无画了等号。

近读金圣叹批《西厢记》，这位独特的评论家极其生动地描述了人生短暂使他感到的无可奈何的绝望。他在序言中写道：自古迄今，"几万万年月皆如水逝、云卷、风驰、电掣，无不尽去，而至于今年今月而暂有我。此暂有之我，又未尝不水逝、云卷、风驰、电掣而疾去也。"我也曾想有作为，但这所作所为同样会水逝、云卷、风驰、电掣而尽去，于是我不想有作为了，只想消遣，批《西厢记》即是一消遣法。可是，"我诚无所欲为，则又何不疾作水逝、云卷、风驰、电掣，顷刻尽去？"想到这里，连消遣的心思也没了，真是万般无奈。

古往今来，诗哲们关于人生虚无的喟叹不绝于耳，无须在此多举。悲观主义的集大成当然要数佛教，归结为一个"空"字。佛教的三项基本原则（三法印）无非是要我们由人生的短促（"诸行无常"），看破人生的空幻（"诸法无我"），从而自觉地放弃人生（"涅槃寂静"）。

三

人要悲观实在很容易，但要彻底悲观却也并不容易，只要看看佛教徒中难得有人生前涅槃，便足以证明。但凡不是悲观到马上自杀，求生的本能自会找出种种理由来和悲观抗衡。事实上，从只有一个人生的前提，既可推论出人生了无价值，也可推论出人生弥足珍贵。物以稀为贵，我们在世上最觉稀少、最嫌不够的东西便是这迟早要结束的生命。这唯一的一个人生是我们的全部所有，失去它我们便失去了一切，我们岂能不爱它，不执著于它呢？

诚然，和历史、宇宙相比，一个人的生命似乎等于零。但是，雪莱说得好："同人生相比，帝国兴衰、王朝更迭何足挂齿！同人生相比，日月星辰的运转与归宿又算得了什么！"面对无边无际的人生之爱，那把人生对照得极其渺小的无限时空，反倒退避三舍，不足为虑了。人生就是一个人的疆界，最要紧的是负起自己的责任，管好这个疆界，而不是越过它无谓地悲叹天地之悠悠。

古往今来，尽管人生虚无的悲论如缕不绝，可是劝人执著人生爱惜光阴的教诲更是谆谆在耳。两相比较，执著当然比悲观明智得多。悲观主义是一条绝路，冥思苦想人生的虚无，想一辈子也还是那么一回事，绝不会有柳暗花明的一天，反而窒息了生命的乐趣。不如把这个虚无放到括号里，集中精力做好人生的正面文章。既然只有一个人生，世人心目中值得向往的东西，无论成功还是幸福，今生得不到，就永无得到的希望了，何不以紧迫的心情和执著的努力，把这一切追求到手再说？

四

可是，一味执著也和一味悲观一样，同智慧相去甚远。悲观的危险是对人生持厌弃的态度，执著的危险则是对人生持占有的态度。

所谓对人生持占有的态度，倒未必专指那种唯利是图、贪得无厌的行径。弗罗姆在《占有或存在》一书中具体入微地剖析了占有的人生态度，它体现在学习、阅读、交谈、回忆、信仰、爱情等一切日常生活经验中。据我的理解，凡是过于看重人生的成败、荣辱、福祸、得失，视成功和幸福为人生第一要义和至高目标者，即可归入此列。因为这样做实质上就是把人生看成了一种占有物，必欲向

之获取最大效益而后快。

但人生是占有不了的。毋宁说，它是侥幸落到我们手上的一件暂时的礼物，我们迟早要把它交还。我们宁愿怀着从容闲适的心情玩味它，而不要让过分急切的追求和得失之患占有了我们，使我们不再有玩味的心情。在人生中还有比成功和幸福更重要的东西，那就是凌驾于一切成败福祸之上的豁达胸怀。在终极的意义上，人世间的成功和失败，幸福和灾难，都只是过眼烟云，彼此并无实质的区别。当我们这样想时，我们和我们的身外遭遇保持了一个距离，反而和我们的真实人生贴得更紧了，这真实人生就是一种既包容又超越身外遭遇的丰富的人生阅历和体验。

我们不妨眷恋生命，执著人生，但同时也要像蒙田说的那样，收拾好行装，随时准备和人生告别。入世再深，也不忘它的限度。这样一种执著有悲观垫底，就不会走向贪婪。有悲观垫底的执著，实际上是一种超脱。

五

我相信一切深刻的灵魂都蕴藏着悲观。换句话说，悲观自有其深刻之处。死是多么重大的人生事件，竟然不去想它，这只能用怯懦或糊涂来解释。用贝多芬的话说："不知道死的人真是可怜虫！"

当然，我们可以补充一句："只知道死的人也是可怜虫！"真正深刻的灵魂决不会沉溺于悲观。悲观本源于爱，为了爱又竭力与悲观抗争，反倒有了超乎常人的创造，贝多芬自己就是最好的例子。不过，深刻更在于，无论获得多大成功，也消除不了内心蕴藏的悲观，因而终能以超脱的眼光看待这成功。如果一种悲观可以轻易被外在的成功打消，我敢断定那不是悲观，而只是肤浅的烦恼。

超脱是悲观和执著两者激烈冲突的结果，又是两者的和解。前面提到金圣叹因批"西厢"而引发了一段人生悲叹，但他没有止于此，否则我们今天就不会读到他批的"西厢"了。他太爱"西厢"，非批不可，欲罢不能。所以，他接着笔锋一转，写道：既然天地只是偶然生我，那么，"未生已前非我也。既去已后又非我也。然则今虽犹尚暂在，实非我也。"于是，"以非我者之日月，误而任我之唐突可也；以非我者之才情，误而供我之挥霍可也。"总之，我可以让那个非我者去批"西厢"而供我作消遣了。他的这个思路，巧妙地显示了悲观和执著在超脱中达成的和解。我心中有悲观，也有执著。我愈执著，就愈悲观，愈悲观，就愈无法执著，陷入了二律背反。我干脆把自己分裂为二，看透那个执著的我是非我，任他去执著。执著没有悲观牵肘，便可放手执著。悲观扬弃执著，也就成了超脱。不仅把财产、权力、名声之类看作身外之物，而且把这个终有一死的"我"也看作身外之物，如此才有真正的超脱。

由于只有一个人生，颓废者因此把它看作零，堕入悲观的深渊。执迷者又因此把它看作全，激起占有的热望。两者均未得智慧的真髓。智慧是在两者之间，确切地说，是包容了两者又超乎两者之上。人生既是零，又是全，是零和全的统一。用全否定零，以反抗虚无，又用零否定全，以约束贪欲，智慧仿走着这螺旋形的路。不过，这只是一种简化的描述。事实上，在一个热爱人生而又洞察人生的真相的人心中，悲观、执著、超脱三种因素始终都存在着，没有一种会完全消失，智慧就存在于它们此消彼长的动态平衡之中。我不相信世上有一劳永逸彻悟人生的"无上觉者"，如果有，他也业已涅槃成佛，不再属于这个活人的世界了。

1990.10

诗人的执著和超脱

一

除夕之夜，陪伴我的只有苏东坡的作品。

读苏东坡豪迈奔放的诗词文章，你简直想不到他有如此坎坷艰难的一生。

有一天饭后，苏东坡捧着肚子踱步，问道："我肚子里藏些什么？"

侍儿们分别说，满腹都是文章，都是识见。唯独他那个聪明美丽的侍妾朝云说：

"学士一肚子不合时宜。"

苏东坡捧腹大笑，连声称是。在苏东坡的私生活中，最幸运的事就是有这么一个既有魅力又有理解力的女人。

以苏东坡之才，治国经邦都会有独特的建树，他任杭州太守期间的政绩就是明证。可是，他毕竟太富于诗人气质了，禁不住有感便发，不平则鸣，结果总是得罪人。他的诗名冠绝一时，流芳百世，但他的五尺之躯却见容不了当权派。无论政敌当道，还是同党秉政，他都照例不受欢迎。自从身不由己地被推上政治舞台以后，他两度遭到贬谪，从三十五岁开始颠沛流离，在一地居住从来不满三年。你仿佛可以看见，在那交通不便的时代，他携家带眷，风尘仆仆，跋涉在中国的荒野古道上，无休无止地向新的谪居地进发。最后，孤身一人流放到海南岛，他这个一天都离不了朋友的豪放诗人，却被迫像野人一样住在蛇蝎衍生的椰树林里，在语言不通的蛮族中了却残生。

<h2 style="text-align:center">二</h2>

具有诗人气质的人，往往在智慧上和情感上都早熟，在政治上却一辈子也成熟不了。他始终保持一颗纯朴的童心。他用孩子般天真单纯的眼光来感受世界和人生，不受习惯和成见之囿，于是常常有新鲜的体验和独到的发现。他用孩子般天真单纯的眼光来衡量世俗的事务，却又不免显得不通世故，不合时宜。

苏东坡曾把写作喻作"行云流水"，"常行于所当行，常止于不可不止"，完全出于自然。这正是他的人格的写照。个性的这种不可遏止的自然的奔泻，在旁人看来，是一种执著。

真的，诗人的性格各异，可都是一些非常执著的人。他们的心灵好像固结在童稚时代那种色彩丰富的印象上了，但这种固结不是停滞和封闭，反而是发展和开放。在印象的更迭和跳跃这一点上，谁能比得上孩子呢？那么，终身保持孩子般速率的人，他所获得的新鲜印象不是就丰富得惊人了吗？具有诗人气质的人似乎在孩子时期一旦尝到了这种快乐，就终身不能放弃了。他一生所执著的就是对世界、对人生的独特的新鲜的感受——美感。对于他来说，这种美感是生命的基本需要。富比王公，没有这种美感，生活就索然乏味。贫如乞儿，不断有新鲜的美感，照样可以过得快乐充实。

美感在本质上的确是一种孩子的感觉。孩子的感觉，其特点一是纯朴而不雕琢，二是新鲜而不因袭。这两个特点不正是美感的基本素质吗？然而，除了孩子的感觉，我不知道还有什么别的感觉。雕琢是感觉的伪造，因袭是感觉的麻痹，所以，美感的丧失就是感觉机能的丧失。

可是，这个世界毕竟是成人统治的世界啊，他们心满意足，自以为是，像惩戒不听话的孩子一样惩戒童心不灭的诗人。不必说残

酷的政治，就是世俗的爱情，也常常无情地挫伤诗人的美感。多少诗人以身殉他们的美感，就这样地毁灭了。一个执著于美感的人，必须有超脱之道，才能维持心理上的平衡。愈是执著，就必须愈是超脱。这就是诗与哲学的结合。凡是得以安享天年的诗人，哪一个不是兼有一种哲学式的人生态度呢？歌德，托尔斯泰，泰戈尔，苏东坡……他们在某种程度上都同时是哲学家。

<h2 style="text-align:center">三</h2>

美感作为感觉，是在对象化的过程中实现自己的。不能超脱的诗人，总是执著于某一些特殊的对象。他们的心灵固结在美感上，他们的美感又固结在这些特殊的对象上，一旦丧失这些对象，美感就失去寄托，心灵就遭受致命的打击。他们不能成为美感的主人，反而让美感受对象的役使。对于一个诗人来说，最大的祸害莫过于执著于某些特殊的对象了。这是审美上的异化。自由的心灵本来是美感的源泉，现在反而受自己的产物——对象化的美感即美的对象——的支配，从而丧失了自由，丧失了美感的原动力。

苏东坡深知这种执著于个别对象的审美方式的危害。在他看来，美感无往而不可对象化。"凡物皆有可观，苟有可观，皆有可乐，非必怪奇伟丽者也。"如果执著于一物，"游于物之内"，自其内而观之，物就显得又高又大。物挟其高大以临我，我怎么能不眩惑迷乱呢？他说，他之所以能无往而不乐，就是因为"游于物之外"。"游于物之外"，就是不要把对象化局限于具体的某物，更不要把对象化的要求变成对某物的占有欲。结果，反而为美感的对象化打开了无限广阔的天地。"江上之清风，与山间之明月，耳得之而为声，目遇之而成色，取之无禁，用之无竭，是造物者之无尽藏也"，你再执著于美感，又有何妨？只要你的美感不执著于一物，不异化为占有，就不愁得不到满足。

诗人的执著，在于始终保持一种审美的人生态度。诗人的超脱，在于没有狭隘的占有欲望。

所以，苏东坡能够"谈笑生死之际"，尽管感觉敏锐，依然胸襟旷达。

苏东坡在惠州谪居时，有一天，在山间行走，已经十分疲劳，而离家还很远。他突然悟到：人本是大自然之子，在大自然的怀抱里，何处不能歇息？于是"心若挂钩之鱼，忽得解脱"。

"人生到处知何似？应似飞鸿踏雪泥，泥上偶然留指爪，鸿飞那复计东西。"诗人的灵魂就像飞鸿，它不会眷恋自己留在泥上的指爪，它的唯一使命是飞，自由自在地飞翔在美的国度里。

我相信，哲学是诗的守护神。只有在哲学的广阔天空里，诗的精灵才能自由地、耐久地飞翔。

1983. 12

幸福的悖论

把幸福作为研究课题是一件冒险的事。"幸福"一词的意义过于含混，几乎所有人都把自己向往而不可得的境界称作"幸福"，但不同的人所向往的境界又是多么不同。哲学家们提出过种种幸福论，可以担保的是，没有一种能够为多数人所接受。至于形形色色所谓幸福的"秘诀"，如果不是江湖骗方，也至多是一些老生常谈罢了。

幸福是一种太不确定的东西。一般人把愿望的实现视为幸福，可是，一旦愿望实现了，就真感到幸福么？萨特一生可谓功成愿遂，常人最企望的两件事，爱情的美满和事业的成功，他几乎都毫无瑕疵地得到了，但他在垂暮之年却说："生活给了我想要的东西，同时它又让我认识到这没多大意思。不过你有什么办法？"

所以，我对一切关于幸福的抽象议论都不屑一顾，而对一切许诺幸福的翔实方案则简直要嗤之以鼻了。

最近读莫洛亚的《人生五大问题》，最后一题也是"论幸福"。但在前四题中，他对与人生幸福密切相关的问题，包括爱情和婚姻，家庭，友谊，社会生活，作了生动剔透的论述，令人读而不倦。幸福问题的讨论历来包括两个方面，一是社会方面，关系到幸福的客观条件，另一是心理方面，关系到幸福的主观体验。作为一位优秀的传记和小说作家，莫洛亚的精彩之处是在后一方面。就社会方面而言，他的见解大体是肯定传统的，但由于他体察人类心理，所以并不失之武断，给人留下了思索和选择的余地。

二

自古以来，无论在文学作品中，还是在现实生活中，爱情和婚姻始终被视为个人幸福之命脉所系。多少幸福或不幸的喟叹，都缘此而起。按照孔德的说法，女人是感情动物，爱情和婚姻对于女人的重要性自不待言。但即使是行动动物的男人，在事业上获得了辉煌的成功，倘若在爱情和婚姻上失败了，他仍然会觉得自己非常不幸。

可是，就在这个人们最期望得到幸福的领域里，却很少有人敢于宣称自己是真正幸福的。诚然，热恋中的情人个个都觉得自己是幸福女神的宠儿，但并非人人都能得到热恋的机遇，有许多人一辈子也没有品尝过个中滋味。况且热恋未必导致美满的婚姻，婚后的失望、争吵、厌倦、平淡、麻木几乎是常规，终身如恋人一样缠绵的夫妻毕竟只是幸运的例外。

从理论上说，每一个人在异性世界中都可能有一个最佳对象，一个所谓的"唯一者""独一无二者"，或如吉卜林的诗所云，"一千人中之一人"。但是，人生短促，人海茫茫，这样两个人相遇的几率差不多等于零。如果把幸福寄托在这相遇上，幸福几乎是不可能的。不过，事实上，爱情并不如此苛求，冥冥中也并不存在非此不可的命定姻缘。正如莫洛亚所说："如果因了种种偶然（按：应为必然）之故，一个求爱者所认为独一无二的对象从未出现，那么，差不多近似的爱情也会在另一个对象身上感到。"期待中的"唯一者"，会化身为千百种形象向一个渴望爱情的人走来。也许爱情永远是个谜，任何人无法说清自己所期待的"唯一者"究竟是什么样子的。只有堕入情网，陶醉于爱情的极乐，一个人才会惊喜地向自己的情人喊道："你就是我一直期待着的那个人，就是那个唯一者。"

究竟是不是呢？

也许是的。这并非说，他们之间有一种宿命，注定不可能爱上任何别人。不，如果他们不相遇，他们仍然可能在另一个人身上发现自己的"唯一者"。然而，强烈的感情经验已经改变了他们的心理结构，从而改变了他们与其他可能的对象之间的关系。犹如经过一次化合反应，他们都已经不是原来的元素，因而不可能再与别的元素发生相似的反应了。在这个意义上，一个人一生只能有一次震撼心灵的爱情，而且只有少数人得此幸运。

也许不是。因为"唯一者"本是痴情的造影，一旦痴情消退，就不再成其"唯一者"了。莫洛亚引哲学家桑塔耶那的话说："爱情的十分之九是由爱人自己造成的，十分之一才靠那被爱的对象。"凡是经历过热恋的人都熟悉爱情的理想化力量，幻想本是爱情不可或缺的因素。太理智、太现实的爱情算不上爱情。最热烈的爱情总是在两个最富于幻想的人之间发生，不过，同样真实的是，他们也最容易感到幻灭。如果说普通人是因为运气不佳而不能找到意中人，那么，艺术家则是因为期望过高而对爱情失望的。爱情中的理想主义往往导致拜伦式的感伤主义，又进而导致纵欲主义，唐璜有过一千零三个情人，但他仍然没有找到他的"唯一者"，他注定找不到。

无幻想的爱情太平庸，基于幻想的爱情太脆弱，幸福的爱情究竟可能吗？我知道有一种真实，它能不断地激起幻想，有一种幻想，它能不断地化为真实。我相信，幸福的爱情是一种能不断地激起幻想，又不断地被自身所激起的幻想改造的真实。

三

爱情是无形的，只存在于恋爱者的心中，即使人们对于爱情的感受有千万差别，但在爱情问题上很难作认真的争论。婚姻就不同了，因为它是有形的社会制度，立废取舍，人是有主动权的。随着文明的进展，关于婚姻利弊的争论愈演愈烈。有一派人认为婚姻违背人性，束缚自由，败坏或扼杀爱情，本质上是不可能幸福的。莫洛亚引婚姻反对者的话说：“一对夫妇总依着两人中较为庸碌的一人的水准而生活的。”此言可谓刻薄。但莫洛亚本人持赞成婚姻的立场，认为婚姻是使爱情的结合保持相对稳定的唯一方式。只是他把艺术家算作了例外。

在拥护婚姻的一派人中，对于婚姻与爱情的关系又有不同看法。两个截然不同的哲学家，尼采和罗素，都要求把爱情与婚姻区分开来，反对以爱情为基础的婚姻，而主张婚姻以优生和培育后代为基础，同时保持婚外爱情的自由。法国哲学家阿兰认为，婚姻的基础应是逐渐取代爱情的友谊。莫洛亚修正说：“在真正幸福的婚姻中，友谊必得与爱情融和一起。”也许这是一个比较令人满意的答案。爱情基于幻想和冲动，因而爱情的婚姻结局往往不幸。但是，无爱情的婚姻更加不幸。仅以友谊为基础的夫妇关系诚然彬彬有礼，但未免失之冷静。保持爱情的陶醉和热烈，辅以友谊的宽容和尊重，从而除去爱情难免会有的嫉妒和挑剔，正是加固婚姻的爱情基础的方法。不过，实行起来并不容易，其中诚如莫洛亚所说必须有诚意，但单凭诚意又不够。爱情仅是感情的事，婚姻的幸福却是感情、理智、意志三方通力合作的结果，因而更难达到。“幸福的家庭都是相似的；不幸的家庭各有各的不幸。”此话也可解为：千百种因素都可能导致婚姻的不幸，但没有一种因素可以单独造成幸福的婚姻。结婚不啻是把爱情放到琐碎平凡的日常生活中去经受考验，莫洛亚说得好，准备这样做的人不可抱着买奖券侥幸中头彩的念头，而必须像艺术家创作一部作品那样，具有一定要把这部艰难的作品写成功的决心。

四

两性的天性差异可以导致冲突，从而使共同生活变得困难，也可以达成和谐，从而造福人生。

尼采曾说：“同样的激情在两性身上有不同的节奏，所以男人和

女人不断地发生误会。"可见，两性之间的和谐并非现成的，它需要一个彼此接受、理解、适应的过程。

一般而论，男性重行动，女性重感情，男性长于抽象观念，女性长于感性直觉，男性用刚强有力的线条勾画出人生的轮廓，女性为之抹上美丽柔和的色彩。

欧洲妇女解放运动初起时，一帮女权主义者热情地鼓动妇女走上社会，从事与男子相同的职业。爱伦凯女士指出，这是把两性平权误认作两性功能相等了。她主张女子在争得平等权利之后，回到丈夫和家庭那里去，以自由人的身份从事其最重要的工作——爱和培育后代。现代的女权主义者已经越来越重视发展女子天赋的能力，而不再天真地孜孜于抹平性别差异了。

女性在现代社会中的特殊作用尚有待于发掘。马尔库塞认为，由于女性与资本主义异化劳动世界相分离，因此她们能更多地保持自己的感性，比男子更人性化。的确，女性比男性更接近自然，更扎根于大地，有更单纯的、未受污染的本能和感性。所以，莫洛亚说："一个纯粹的男子，最需要一个纯粹的女子去补充他……因了她，他才能和种族这深切的观念保持恒久的接触。"又说："我相信若是一个社会缺少女人的影响，定会堕入抽象，堕入组织的疯狂，随后是需要专制的现象……没有两性的合作，绝没有真正的文明。"在人性片面发展的时代，女性是一种人性复归的力量。德拉克罗瓦的名画《自由神引导人民》，画中的自由神是一位袒着胸脯、未着军装、面容安详的女子。歌德诗曰："永恒之女性，引导我们走。"走向何方？走向一个更实在的人生，一个更人情味的社会。

莫洛亚可说是女性的一位知音。人们常说，女性爱慕男性的"力"，男性爱慕女性的"美"。莫洛亚独能深入一步，看出："真正的女性爱慕男性的'力'，因为她们稔知强有力的男子的弱点。""女人之爱强的男子只是表面的，且她们所爱的往往是强的男子的弱点。"我只想补充一句：强的男子可能对千百个只知其强的崇拜者无动于衷，却会在一个知其弱点的女人面前倾倒。

五

男女之间是否可能有真正的友谊？这是在实际生活中常常遇到、常常引起争论的一个难题。即使在最封闭的社会里，一个人恋爱了，或者结了婚，仍然不免与别的异性接触和可能发生好感。这里不说泛爱者和爱情转移者，一般而论，一种排除情欲的澄明的友谊是否可能呢？

莫洛亚对这个问题的讨论是饶有趣味的。他列举了三种异性之间友谊的情形：一方单恋而另一方容忍；一方或双方是过了恋爱年龄的老人；旧日的恋人转变为友人。分析下来，其中每一种都不可能完全排除性吸引的因素。道德家们往往攻击这种"杂有爱的成分的友谊"，莫洛亚的回答是：即使有性的因素起作用，又有什么要紧呢！"既然身为男子与女子，若在生活中忘记了肉体的作用，始终是种疯狂的行为。"

异性之间的友谊即使不能排除性的吸引，它仍然可以是一种真正的友谊。蒙田曾经设想，男女之间最美满的结合方式不是婚姻，而是一种肉体得以分享的精神友谊。拜伦在谈到异性友谊时也赞美说："毫无疑义，性的神秘力量在其中也如同在血缘关系中占据着一种天真无邪的优越地位，把这谐音调弄到一种更微妙的境界。如果能摆脱一切友谊所防止的那种热情，又充分明白自己的真实情感，世间就没有什么能比得上做女人的朋友了，如果你过去不曾做过情人，将来也不愿做了。"在天才的生涯中起重要作用的女性未必是妻子或情人，有不少倒是天才的精神挚友，只要想 想贝蒂娜与歌德、贝多芬，梅森葆夫人与瓦格纳、尼采、赫尔岑、罗曼·罗兰，莎乐美与尼采、里尔克、弗洛伊德，梅克夫人与柴可夫斯基，就足够了。当然，性的神秘力量在其中起着的作用也是不言而喻的。区别只在于，这种力量因客观情境或主观努力而被限制在一个有益无害的地位，既可为异性友谊罩上一种为同性友谊所未有的温馨情趣，又不

致像爱情那样激起一种疯狂的占有欲。

六

在经过种种有趣的讨论之后，莫洛亚得出了一个似乎很平凡的结论：幸福在于爱，在于自我的遗忘。

当然，事情并不这么简单。康德曾经提出理性面临的四大二律背反，我们可以说人生也面临种种二律背反，爱与孤独便是其中之一。莫洛亚引用了拉伯雷《巨人传》中的一则故事。巴奴越去向邦太葛吕哀征询关于结婚的意见，他在要不要结婚的问题上陷入了两难的困境：结婚吧，失去自由；不结婚吧，又会孤独。其实这种困境不独在结婚问题上存在。个体与类的分裂早就埋下了冲突的种子，个体既要通过爱与类认同，但又不愿完全融入类之中而丧失自身。绝对的自我遗忘和自我封闭都不是幸福，并且也是不可能的。在爱之中有许多烦恼，在孤独之中又有许多悲凉。另一方面呢，爱诚然使人陶醉，孤独也未必不使人陶醉。当最热烈的爱受到创伤而返诸自身时，人在孤独中学会了爱自己，也学会了理解别的孤独的心灵和深藏在那些心灵中的深邃的爱，从而体味到一种超越的幸福。

一切爱都基于生命的欲望，而欲望不免造成痛苦。所以，许多哲学家主张节欲或禁欲，视宁静、无纷扰的心境为幸福。但另一些哲学家却认为拼命感受生命的欢乐和痛苦才是幸福，对于一个生命力旺盛的人，爱和孤独都是享受。如果说幸福是一个悖论，那么，这个悖论的解决正存在于争取幸福的过程之中。其中有斗争，有苦恼，但只要希望尚存，就有幸福。所以，我认为莫洛亚这本书的结尾句是说得很精彩的："若将幸福分析成基本原子时，亦可见它是由斗争与苦恼形成的，唯此斗争与苦恼永远被希望所挽救而已。"

1987. 3

每个人都是一个宇宙

一

我的怪癖是喜欢一般哲学史不屑记载的哲学家，宁愿绕开一个个曾经显赫一时的体系的颓宫，到历史的荒村陋巷去寻找他们的足迹。爱默生就属于这些我颇愿结识一番的哲学家之列。

我对爱默生向往已久。在我的精神旅行图上，我早已标出那个康科德小镇的方位。尼采常常提到他。如果我所喜欢的某位朋友常常情不自禁地向我提起他所喜欢的一位朋友，我知道我也准能喜欢他的这位朋友。

作为美国文艺复兴的领袖和杰出的散文大师，爱默生已名垂史册。作为一名哲学家，他却似乎进不了哲学的"正史"。他是一位长于灵感而拙于体系的哲学家。他的"体系"，所谓超验主义，如今在美国恐怕也没有人认真看待了。如果我试图对他的体系作一番条分缕析的解说，就未免太迂腐了。我只想受他的灵感的启发，随手写下我的感触。超验主义死了，但爱默生的智慧永存。

二

也许没有一个哲学家不是在实际上试图建立某种体系，赋予自己最得意的思想以普遍性形式。声称反对体系的哲学家也不例外。但是，大千世界的神秘不会屈从于任何公式，没有一个体系能够万

古长存。幸好真正有生命力的思想不会被体系的废墟掩埋，一旦除去体系的虚饰，它们反以更加纯粹的面貌出现在天空下，显示出它们与阳光、土地、生命的坚实联系，在我们心中唤起亲切的回响。

爱默生相信，人心与宇宙之间有着对应关系，所以每个人凭内心体验就可以认识自然和历史的真理。这就是他的超验主义，有点像主张"吾心即是宇宙""心即理""致良知"的宋明理学。人心与宇宙之间究竟有没有对应关系，这是永远无法在理论上证实或驳倒的。一种形而上学不过是一种信仰，其作用只是用来支持一种人生态度和价值立场。我宁可直接面对这种人生态度和价值立场，而不去追究它背后的形而上学信仰。于是我看到，爱默生想要表达的是他对人性完美发展的可能性的期望和信心，他的哲学是一首洋溢着乐观主义精神的个性解放的赞美诗。

但爱默生的人道主义不是欧洲文艺复兴的单纯回声。他生活在十九世纪，和同时代少数几个伟大思想家一样，他也是揭露现代资本主义社会异化现象的先知先觉者。每个人都是一个宇宙，但在现实中却成了碎片。"社会是这样一种状态，每一个人都像是从身上锯下来的一段肢体，昂然地走来走去，许多怪物——一个好手指，一个颈项，一个胃，一个肘弯，但是从来不是一个人。"我想起了马克思在一八四四年的手稿中对人的异化的分析。我也想起了尼采的话："我的目光从今天望到过去，发现比比皆是：碎片、断肢和可怕的偶然——可是没有人！"他们的理论归宿当然截然不同，但都同样热烈怀抱着人性全面发展的理想。往往有这种情况：同一种激情驱使人们从事理论探索，结果却找到了不同的理论，甚至彼此成为思想上的敌人。但是，真的是敌人吗？

三

每个人都是一个宇宙，每个人的天性中都蕴藏着大自然赋予的创造力。把这个观点运用到读书上，爱默生提倡一种"创造性的阅读"。这就是：把自己的生活当作正文，把书籍当作注解；听别人发言是为了使自己能说话；以一颗活跃的灵魂，为获得灵感而读书。

几乎一切创造欲强烈的思想家都对书籍怀着本能的警惕。蒙田曾谈到"文殇"，即因读书过多而被文字之斧砍伤，丧失了创造力。叔本华把读书太滥譬作将自己的头脑变成别人思想的跑马场。爱默生也说："我宁愿从来没有看见过一本书，而不愿意被它的吸力扭曲过来，把我完全拉到我的轨道外面，使我成为一颗卫星，而不是一个宇宙。"

许多人热心地请教读书方法，可是如何读书其实是取决于整个人生态度的。开卷有益，也可能有害。过去的天才可以成为自己天宇上的繁星，也可以成为压抑自己的偶像。爱默生俏皮地写道："温顺的青年人在图书馆里长大，他们相信他们的责任是应当接受西塞罗、洛克、培根的意见；他们忘了西塞罗、洛克与培根写这些书的时候，也不过是图书馆里的青年人。"我要加上一句：幸好那时图书馆的藏书比现在少得多，否则他们也许成不了西塞罗、洛克、培根了。

好的书籍是朋友，但也仅仅是朋友。与好友会晤是快事，但必须自己有话可说，才能真正快乐。一个愚钝的人，再智慧的朋友对他也是毫无用处的，他坐在一群才华横溢的朋友中间，不过是一具木偶，一个讽刺，一种折磨。每人都是一个神，然后才有奥林匹斯神界的欢聚。

我们读一本书，读到精彩处，往往情不自禁地要喊出声来：这是我的思想，这正是我想说的，被他偷去了！有时候真是难以分清，哪是作者的本意，哪是自己的混入和添加。沉睡的感受唤醒了，失落的记忆找回了，朦胧的思绪清晰了。其余一切，只是死的"知识"，也就是说，只是外在于灵魂有机生长过程的无机物。

我曾经计算过，尽我有生之年，每天读一本书，连我自己的藏书也读不完。何况还不断购进新书，何况还有图书馆里难计其数的书。这真有点令人绝望。可是，写作冲动一上来，这一切全忘了。

爱默生说得漂亮："当一个人能够直接阅读上帝的时候，那时间太宝贵了，不能够浪费在别人阅读后的抄本上。"只要自己有旺盛的创作欲，无暇读别人写的书也许是一种幸运呢。

四

有两种自信：一种是人格上的独立自主，藐视世俗的舆论和功利；一种是理智上的狂妄自大，永远自以为是，自我感觉好极了。我赞赏前一种自信，对后一种自信则总是报以几分不信任。

人在世上，总要有所依托，否则会空虚无聊。有两样东西似乎是公认的人生支柱，在讲究实际的人那里叫职业和家庭，在注重精神的人那里叫事业和爱情。食色性也，职业和家庭是社会认可的满足人的两大欲望的手段，当然不能说它们庸俗。然而，职业可能不称心，家庭可能不美满，欲望是满足了，但付出了无穷烦恼的代价。至于事业的成功和爱情的幸福，尽管令人向往之至，却更是没有把握的事情。而且，有些精神太敏感的人，即使得到了这两样东西，还是不能摆脱空虚之感。

所以，人必须有人格上的独立自主。你诚然不能脱离社会和他人生活，但你不能一味攀援在社会建筑物和他人身上。你要自己在生命的土壤中扎根。你要在人生的大海上抛下自己的锚。一个人如果把自己仅仅依附于身外的事物，即使是极其美好的事物，顺利时也许看不出他的内在空虚，缺乏根基，一旦起了风浪，例如社会动乱、事业挫折、亲人亡故、失恋，等等，就会一蹶不振乃至精神崩溃。正如爱默生所说："然而事实是：他早已是一只漂流着的破船，后来起的这一阵风不过向他自己暴露出他流浪的状态。"爱默生写有长文热情歌颂爱情的魅力，但我更喜欢他的这首诗：

　　为爱牺牲一切，
　　服从你的心；

朋友，亲戚，时日，

名誉，财产，

计划，信用与灵感，

什么都能放弃。

为爱离弃一切；

然而，你听我说：……

你须要保留今天，

明天，你整个的未来，

让它们绝对自由，

不要被你的爱人占领。

如果你心爱的姑娘另有所欢，你还她自由。

你应当知道

半人半神走了，

神就来了。

世事的无常使得古来许多贤哲主张退隐自守，清静无为，无动于衷。我厌恶这种哲学。我喜欢看见人们生气勃勃地创办事业，如痴如醉地堕入情网，痛快淋漓地享受生命。但是，不要忘记了最主要的事情：你仍然属于你自己。每个人都是一个宇宙，每个人都应该有一个自足的精神世界。这是一个安全的场所，其中珍藏着你最珍贵的宝物，任何灾祸都不能侵犯它。心灵是一本奇特的账簿，只有收入，没有支出，人生的一切痛苦和欢乐，都化作宝贵的体验记入它的收入栏中。是的，连痛苦也是一种收入。人仿佛有了两个自我，一个自我到世界上去奋斗，去追求，也许凯旋，也许败归；另一个自我便含着宁静的微笑，把这遍体汗水和血迹的哭着笑着的自我迎回家来，把丰厚的战利品指给他看，连败归者也有一份。

爱默生赞赏儿童身上那种不怕没得饭吃、说话做事从不半点随

人的王公贵人派头。一到成年，人就注重别人的观感，得失之患多了。我想，一个人在精神上真正成熟之后，又会返璞归真，如获一颗自足的童心。他消化了社会的成规习见，把它们扬弃了。

<h1 style="text-align:center">五</h1>

还有一点余兴，也一并写下。有句成语叫大智若愚。人类精神的这种逆反形式很值得研究一番。我还可以举出大善若恶，大悲若喜，大信若疑，大严肃若轻浮。在爱默生的书里，我也找到了若干印证。

悲剧是深刻的，领悟悲剧也须有深刻的心灵。"性情浅薄的人遇到不幸，他的感情仅只是演说式的做作。"然而这不是悲剧。人生的险难关头最能检验一个人的灵魂深浅。有的人一生接连遭到不幸，却未尝体验过真正的悲剧情感。相反，表面上一帆风顺的人也可能经历巨大的内心悲剧。一切高贵的情感都羞于表白，一切深刻的体验都拙于言辞。大悲者会以笑谑嘲弄命运，以欢容掩饰哀伤。丑角也许比英雄更知人生的辛酸。爱默生举了一个例子：正当喜剧演员卡里尼使整个那不勒斯城的人都笑断肚肠的时候，有一个病人去找城里的一个医生，治疗他致命的忧郁症。医生劝他到戏院去看卡里尼的演出，他回答："我就是卡里尼。"

与此相类似，最高的严肃往往貌似玩世不恭。古希腊人就已经明白这个道理。爱默生引用普鲁塔克的话说："研究哲理而外表不像研究哲理，在嬉笑中做成别人严肃认真地做的事，这是最高的智慧。"正经不是严肃，就像教条不是真理一样。真理用不着板起面孔来增添它的权威。在那些一本正经的人中间，你几乎找不到一个严肃思考过人生的人。不，他们思考的多半不是人生，而是权力，不是真理，而是利益。真正严肃思考过人生的人知道生命和理性的限度，他能自嘲，肯宽容，愿意用一个玩笑替受窘的对手解围，给正经的论敌一个教训。他以诙谐的口吻谈说真理，仿佛故意要减弱他的发现的重要性，以便只让它进入真正知音的耳朵。

尤其是在信仰崩溃的时代，那些佯癫装疯的狂人，倒是一些太严肃地对待其信仰的人。鲁迅深知此中之理，说嵇康、阮籍表面上毁坏礼教，实则倒是太相信礼教，因为不满意当权者利用和亵渎礼教，才以反礼教的过激行为发泄内心愤想。其实，在任何信仰体制之下，多数人并非真有信仰，只是做出相信的样子罢了。于是过分认真的人就起而论究是非，阐释信仰之真谛，结果被视为异端。一部基督教史就是没有信仰的人以维护信仰之名把有信仰的人当作邪教徒烧死的历史。殉道者多半死于同志之手而非敌人之手。所以，爱默生说，伟大的有信仰的人永远被视为异教徒，终于被迫以一连串的怀疑论来表现他的信念。怀疑论实在是过于认真看待信仰或知识的结果。苏格拉底为了弄明智慧的实质，遍访雅典城里号称有智慧的人，结果发现他们只是在那里盲目自信，其实并无智慧。他到头来认为自己仍然不知智慧为何物，说出了那句著名的话："我知道我一无所知。"哲学史上的怀疑论者大抵都是太认真地要追究人类认识的可靠性，结果反而疑团丛生。

1987.6

女性拯救人类

　　女性是一个神秘的性别。在各个民族的神话和宗教传说中，她既是美、爱情、丰饶的象征，又是诱惑、罪恶、堕落的象征。她时而被神化，时而被妖化。诗人们讴歌她，又诅咒她。她长久罩着一层神秘的面纱，掀开面纱，我们看到的仍是神秘莫测的面影和眼波。

　　有人说，女性是晨雾萦绕的绿色沼泽。这个譬喻形象地道出了男子心目中女性的危险魅力。

　　也许，对于诗人来说，女性的神秘是不必也不容揭破的，神秘一旦解除，诗意就荡然无存了。但是，觉醒的理性不但向人类，而且向女性也发出了"认识你自己"的召唤，一门以女性自我认识为宗旨的综合学科——女性学——正在兴起并迅速发展。面对这一事实，诗人们倒无须伤感，因为这门新兴学科将充分研究他们作品中所创造的女性形象，他们对女性的描绘也许还从未受到女性自身如此认真的关注呢。

　　一般来说，认识自己是件难事。难就难在这里不仅有科学与迷信、真理与谬误、良知与偏见的斗争，而且有不同价值取向的冲突。"人是什么"的问题势必与"人应该是什么""人能够是什么"的问题紧相纠缠。同样，"女人是什么"的问题总是与"女人应该是什么""女人能够是什么"的问题难分难解。正是问题的这一价值内涵使得任何自我认识同时也成了一个永无止境的自我评价、自我设计、自我创造的过程。

　　在人类之外毕竟不存在一个把人当作认识对象的非人族类，所谓神意也只是人类自我认识的折射。女性的情形就不同了，有一个相异的性类对她进行着认识和评价，因此她的自我认识难以摆脱男性观点的纠缠和影响。人们常常争论：究竟男人更理解女人，还是女人自己更理解女人？也许我们可以说女人"当局者迷"，但是男人并不具有"旁观者清"的优势，因为他在认识女人时恰恰不是旁观者，而也是一个当局者，不可能不受欲念和情感的左右。两性之间事实上不断发生误解，但这种误解又是同各性对自身的误解互为前提的。另一方面，我们即使彻底排除了男权主义的偏见，却终归不可能把男性观点对女性的影响也彻底排除掉。无论到什么时候，女人离开男人就不成其为女人，就像男人离开女人就不成其为男人一样。男人和女人是互相造就的，肉体上如此，精神上也如此。两性存在虽然同属人的存在，但各自性别意识的形成却始终有赖于对立性别的存在及其对己的作用。这种情形既加重了，也减轻了女性自我认识的困难。在各个时代的男性中，始终有一些人超越了社会的政治经济偏见而成为女性的知音，他们的意见是值得女性学家重视的。

对于女人，有两种常见的偏见。男权主义者在"女人"身上只见"女"，不见"人"，把女人只看作性的载体，而不看作独立的人格。某些偏激的女权主义者在"女人"身上只见"人"，不见"女"，只强调女人作为人的存在，抹杀其性别存在和性别价值。后者实际上是男权主义的变种，是男权统治下女性自卑的极端形式。真实的女人当然既是"人"，又是"女"，是人的存在与性别存在的统一。正像一个健全的男子在女人身上寻求的既是同类，又是异性一样，在一个健全的女人看来，倘若男人只把她看作无性别的抽象的人，所受侮辱的程度决不亚于只把她看作泄欲和生育的工具。

值得注意的是，随着西方文明日益暴露其弊病，愈来愈多的有识之士从女性身上发现了一种疗救弊病的力量。对于这种力量，艺术家早有觉悟，所以歌德诗曰："永恒之女性，领导我们走。"与以往不同的是，现在哲学家们也纷纷觉悟了。马尔库塞指出，由于妇女和资本主义异化劳动世界相分离，这就使得她们有可能不被行为

原则弄得过于残忍，有可能更多地保持自己的感性，也就是说，比男人更人性化。他得出结论：一个自由的社会将是一个女性社会。法国后结构主义者断言，如果没有人类历史的"女性化"，世界就不可能得救。女性本来就比男性更富于人性的某些原始品质，例如情感、直觉和合群性，而由于她们相对脱离社会的生产过程和政治斗争，使这些品质较少受到污染。因此，在"女人"身上，恰恰不是抽象的"人"，而是作为性别存在的"女"，更多地保存和体现了人的真正本性。同为强调"女人"身上的"女"，男权偏见是为了说明女人不是人，现代智慧却是要启示女人更是人。当然，我们说女性拯救人类，并不意味着让女性独担这救世重任，而是要求男性更多地接受女性的熏陶，世界更多地倾听女性的声音，人类更多地具备女性的品格。

1988.4

人与书之间

弄了一阵子尼采研究，不免常常有人问我："尼采对你的影响很大吧？"有一回我忍不住答道："互相影响嘛，我对尼采的影响更大。"其实，任何有效的阅读不仅是吸收和接受，同时也是投入和创造。这就的确存在人与他所读的书之间相互影响的问题。我眼中的尼采形象掺入了我自己的体验，这些体验在我接触尼采著作以前就已产生了。

近些年来，我在哲学上的努力似乎有了一个明确的方向，就是要突破学院化、概念化状态，使哲学关心人生根本，把哲学和诗沟通起来。尼采研究无非为我的追求提供了一种方便的学术表达方式而已。当然，我不否认，阅读尼采著作使我的一些想法更清晰了，但同时起作用的还有我的气质、性格、经历等因素，其中包括我过去的读书经历。

有的书改变了世界历史，有的书改变了个人命运。回想起来，书在我的生活中并无此类戏剧性效果，它们的作用是日积月累的。我说不出对我影响最大的书是什么，也不太相信形形色色的"世界之最"。我只能说，有一些书，它们在不同方面引起了我的强烈共鸣，在我的心灵历程中留下了痕迹。

中学毕业时，我报考北大哲学系，当时在我就学的上海中学算爆了个冷门，因为该校素有重理轻文传统，全班独我一人报考文科，而我一直是班里数学课代表，理科底子并不差。同学和老师差不多用一种怜悯的眼光看我，惋惜我误入了歧途。我不以为然，心想我反正不能一辈子生活在与人生无关的某个专业小角落里。怀着囊括

人类全部知识的可笑的贪欲，我选择哲学这门"凌驾于一切科学的科学"，这门不是专业的专业。

然而，哲学系并不如我想象的那般有意思，刻板枯燥的哲学课程很快就使我厌烦了。我成了最不用功的学生之一，"不务正业"，耽于课外书的阅读。上课时，课桌上摆着艾思奇编的教科书，课桌下却是托尔斯泰、陀思妥耶夫斯基、屠格涅夫、易卜生等等，读得入迷。老师课堂提问点到我，我站起来问他有什么事，引得同学们哄堂大笑。说来惭愧，读了几年哲学系，哲学书没读几本，读得多的却是小说和诗。我还醉心于写诗，写日记，积累感受。现在看来，当年我在文学方面的这些阅读和习作并非徒劳，它们使我的精神趋向发生了一个大转变，不再以知识为最高目标，而是更加珍视生活本身，珍视人生的体悟。这一点认识，对于我后来的哲学追求是重要的。

我上北大正值青春期，一个人在青春期读些什么书可不是件小事，书籍、友谊、自然环境三者构成了心灵发育的特殊氛围，其影响毕生不可磨灭。幸运的是，我在这三方面遭遇俱佳，卓越的外国文学名著、才华横溢的挚友和优美的燕园风光陪伴着我，启迪了我的求真爱美之心，使我愈发厌弃空洞丑陋的哲学教条。如果说我学了这么多年哲学而仍未被哲学败坏，则应当感谢文学。

我在哲学上的趣味大约是受文学熏陶而形成的。文学与人生有不解之缘，看重人的命运、个性和主观心境，我就在哲学中寻找类似的东西。最早使我领悟哲学之真谛的书是古希腊哲学家的一本著作残篇集，赫拉克利特的"我寻找过自己"，普罗塔哥拉的"人是万物的尺度"，苏格拉底的"未经思索的人生不值得一过"，犹如抽象概念迷雾中耸立的三座灯塔，照亮了久被遮蔽的哲学古老航道。我还偏爱具有怀疑论倾向的哲学家，例如笛卡尔、休谟，因为他们教我对一切貌似客观的绝对真理体系怀着戒心。可惜的是，哲学家们在批判早于自己的哲学体系时往往充满怀疑精神，一旦构筑自己的体系却又容易陷入独断论。相比之下，文学艺术作品就更能保持多义性、不确定性、开放性，并不孜孜于给宇宙和人生之谜一个终极答案。

长期的文化禁锢使得我这个哲学系学生竟也无缘读到尼采或其他现代西方人的著作。上学时，只偶尔翻看过萧赣译的《查拉图斯特拉如是说》，因为是用文言翻译，译文艰涩，未留下深刻印象。直到大学毕业以后很久，才有机会系统阅读尼采的作品。我的确感觉到一种发现的喜悦，因为我对人生的思考、对诗的爱好以及对学院哲学的怀疑都在其中找到了呼应。一时兴发，我搞起了尼采作品的翻译和研究，而今已三年有余。现在，我正准备同尼采告别。

读书犹如交友，再情投意合的朋友，在一块处得太久也会腻味的。书是人生的益友，但也仅止于此，人生的路还得自己走。在这路途上，人与书之间会有邂逅，离散，重逢，诀别，眷恋，反目，共鸣，误解，其关系之微妙，不亚于人与人之间，给人生添上了如许情趣。也许有的人对一本书或一位作家一见倾心，爱之弥笃，乃至白头偕老。我在读书上却没有如此坚贞专一的爱情。倘若临终时刻到来，我相信使我含恨难舍的不仅有亲朋好友，还一定有若干册知己好书。但尽管如此，我仍不愿同我所喜爱的任何一本书或一位作家厮守太久，受染太深，丧失了我自己对书对人的影响力。

1988.5

在义与利之外

"君子喻以义，小人喻以利。"中国人的人生哲学总是围绕着义利二字打转。可是，假如我既不是君子，也不是小人呢？

曾经有过一个人皆君子、言必称义的时代，当时或许有过大义灭利的真君子，但更常见的是假义之名逐利的伪君子和轻信义的旗号的迂君子。那个时代过去了。曾几何时，世风剧变，义的信誉一落千丈，真君子销声匿迹，伪君子真相毕露，迂君子豁然开窍，都一窝蜂奔利而去。据说观念更新，义利之辩有了新解，原来利并非小人的专利，倒是做人的天经地义。

"时间就是金钱！"这是当今的一句时髦口号。企业家以之鞭策生产，本无可非议。但世人把它奉为指导人生的座右铭，用商业精神取代人生智慧，结果就使自己的人生成了一种企业，使人际关系成了一个市场。

我曾经嘲笑廉价的人情味，如今，连人情味也变得昂贵而罕见了。试问，不花钱你可能买到一个微笑，一句问候，一丁点儿恻隐之心？

不过，无须怀旧。想靠形形色色的义的说教来匡正时弊，拯救世风人心，事实上无济于事。在义利之外，还有别样的人生态度。在君子小人之外，还有别样的人格。套孔子的句式，不妨说："至人喻以情。"

义和利，貌似相反，实则相通。"义"要求人献身抽象的社会实体，"利"驱使人投身世俗的物质利益，两者都无视人的心灵生活，遮蔽了人的真正的"自我"。"义"教人奉献，"利"诱人占有，前者把人生变成一次义务的履行，后者把人生变成一场权利的争夺，殊不知人生的真价值是超乎义务和权利之外的。义和利都脱不开计较，所以，无论义师讨伐叛臣，还是利欲支配众生，人与人之间的关系总是紧张。

如果说"义"代表一种伦理的人生态度，"利"代表一种功利的人生态度，那么，我所说的"情"便代表一种审美的人生态度。它主张率性而行，适情而止，每个人都保持自己的真性情。你不是你所信奉的教义，也不是你所占有的物品，你之为你仅在于你的真实"自我"。生命的意义不在奉献或占有，而在创造，创造就是人的真性情的积极展开，是人在实现其本质力量时所获得的情感上的满足。创造不同于奉献，奉献只是完成外在的责任，创造却是实现真实的"自我"。至于创造和占有，其差别更是一目了然，譬如写作，占有注重的是作品所带来的名利地位，创造注重的只是创作本身的快乐。有真性情的人，与人相处唯求情感的沟通，与物相触独钟情趣的品味。更为可贵的是，在世人匆忙逐利又为利所逐的时代，他待人接物有一种闲适之情。我不是指中国士大夫式的闲情逸致，也不是指小农式的知足保守，而是指一种不为利驱、不为物役的淡泊的生活情怀。仍以写作为例，我想不通，一个人何必要著作等身呢？倘想流芳千古，一首不朽的小诗足矣。倘无此奢求，则只要活得自在即可，写作也不过是这活得自在的一种方式罢了。

王尔德说："人生只有两种悲剧，一是没有得到想要的东西，另一是得到了想要的东西。"我曾经深以为然，并且佩服他把人生的可悲境遇表述得如此轻松俏皮。但仔细玩味，发现这话的立足点仍是占有，所以才会有占有欲未得满足的痛苦和已得满足的无聊这双重悲剧。如果把立足点移到创造上，以审美的眼光看人生，我们岂不可以反其意而说：人生中有两种快乐，一是没有得到想要的东西，于是你可以去寻求和创造；另一是得到了想要的东西，于是你可以去品味和体验？当然，人生总有其不可消除的痛苦，而重情轻利的人所体味到的辛酸悲哀，更为逐利之辈所梦想不到。但是，摆脱了

33

占有欲，至少可以使人免除许多琐屑的烦恼和渺小的痛苦，活得有器度些。我无意以审美之情为救世良策，而只是表达了一个信念：在义与利之外，还有一种更值得一过的人生。这个信念将支撑我度过未来吉凶难卜的岁月。

1988. 8

性爱五题

一、女人和自然

一个男人真正需要的只是自然和女人。其余的一切，诸如功名之类，都是奢侈品。

当我独自面对自然或面对女人时，世界隐去了。当我和女人一起面对自然时，有时女人隐去，有时自然隐去，有时两者都似隐非隐，朦胧一片。

女人也是自然。

文明已经把我们同自然隔离开来，幸亏我们还有女人，女人是我们与自然之间的最后纽带。

男人抽象而明晰，女人具体而混沌。

所谓形而上的冲动总是骚扰男人，他苦苦寻求着生命的家园。女人并不寻求，因为她从不离开家园，她就是生命、土地、花、草、河流、炊烟。

男人是被逻辑的引线放逐的风筝，他在风中飘摇，向天空奋飞，直到精疲力竭，逻辑的引线断了，终于坠落在地面，回到女人的怀抱。

男人一旦和女人一起生活便自以为已经了解女人了。他忘记了一个真理：我们最熟悉的事物，往往是我们最不了解的。

也许，对待女人的最恰当态度是，承认我们不了解女人，永远保持第一回接触女人时的那种新鲜和神秘的感觉。难道两性差异不是大自然的一个永恒奇迹吗？对此不再感到惊喜，并不表明了解增深，而只表明感觉已被习惯磨钝。

我确信，两性间的愉悦要保持在一个满意的程度，对彼此身心差异的那种惊喜之感是不可缺少的条件。

二、爱和喜欢

"我爱你。"

"不，你只是喜欢我罢了。"她或他哀怨地说。

"爱我吗？"

"我喜欢你。"她或他略带歉疚地回答。

在所有的近义词里，"爱"和"喜欢"似乎被掂量得最多，其间的差别被最郑重其事地看待。这时候男人和女人都成了最一丝不苟的语言学家。

也许没有比"爱"更抽象、更笼统、更歧义、更不可通约的概念了。应该用奥卡姆的剃刀把这个词也剃掉。不许说"爱"，要说就说一些比较具体的词眼，例如"想念""需要""尊重""怜悯"等等。这样，事情会简明得多。

怎么，你非说不可？好吧，既然剃不掉，它就属于你。你在爱。

爱就是对被爱者怀着一些莫须有的哀怜，做一些不必要的事情：怕她（他）冻着饿着，担心她遇到意外，好好地突然想到她有朝一日死了怎么办，轻轻地抚摸她好像她是病人又是易损的瓷器。爱就是做被爱者的保护人的冲动，尽管在旁人看来这种保护毫无必要。

三、风骚和魅力

风骚，放荡，性感，这些近义词之间有着细微的差别。

"性感"译自西文 sex appeal，一位朋友说，应该译作汉语中的"骚"，其含义正相同。怕未必，只要想想有的女人虽骚却并不性感，就可明白。

"性感"是对一个女人的性魅力的肯定评价，"风骚"则用来描述一个女人在性引诱方面的主动态度。风骚也不无魅力。喜同男性交往的女子，或是风骚的，或是智慧的。你知道什么是尤物吗？就是那种既风骚又智慧的女子。

放荡和贞洁各有各的魅力，但更有魅力的是二者的混合：荡妇的贞洁，或贞女的放荡。

调情之妙，在于情似有似无，若真若假，在有无真假之间。太有太真，认真地爱了起来，或全无全假，一点儿不动情，都不会有调情的兴致。调情是双方认可的意淫，以戏谑的方式表白了也宣泄了对于对方的爱慕或情欲。

昆德拉的定义是颇为准确的：调情是并不兑现的性交许诺。

一个真正有魅力的女人，她的魅力不但能征服男人，而且也能征服女人。因为她身上既有性的魅力，又有人的魅力。

好的女人是性的魅力与人的魅力的统一。好的爱情是性的吸引与人的吸引的统一。好的婚姻是性的和谐与人的和谐的统一。

性的诱惑足以使人颠倒一时，人的魅力方能使人长久倾心。

大艺术家兼有包容性和驾驭力，他既能包容广阔的题材和多样的风格，又能驾驭自己的巨大才能。

好女人也如此。她一方面能包容人生丰富的际遇和体验，其中包括男人们的爱和友谊；另一方面又能驾驭自己的感情，不流于轻浮，不会在情欲的汪洋上覆舟。

四、嫉妒和宽容

性爱的排他性，所欲排除的只是别的同性对手，而不是别的异性对象。它的根据不在性本能中，而在嫉妒本能中。事情够清楚的：自己的所爱再有魅力，也不会把其他所有异性的魅力都排除掉。在不同异性对象身上，性的魅力并不互相排斥。所以，专一的性爱仅是各方为了照顾自己的嫉妒心理而自觉地或被迫地向对方的嫉妒心理作出的让步，是一种基于嫉妒本能的理智选择。

可是，什么是嫉妒呢？嫉妒无非是虚荣心的受伤。

虚荣心的伤害是最大的，也是最小的，全看你在乎的程度。

在性爱中，嫉妒和宽容各有其存在的理由。如果你真心爱一个异性，当他（她）与别人发生性爱关系时，你不可能不嫉妒。如果你是一个通晓人类天性的智者，你又不会不对他（她）宽容。这是带着嫉妒的宽容，和带着宽容的嫉妒。二者互相约束，使得你的嫉妒成为一种有尊严的嫉妒，你的宽容也成为一种有尊严的宽容。相反，在此种情境中一味嫉妒，毫不宽容，或者一味宽容，毫不嫉妒，则都是失了尊严的表现。

好的爱情有韧性，拉得开，但又扯不断。

相爱者互不束缚对方，是他们对爱情有信心的表现。谁也不限制谁，到头来仍然是谁也离不开谁，这才是真爱。

五、弹性和灵性

我所欣赏的女人，有弹性，有灵性。

弹性是性格的张力。有弹性的女人，性格柔韧，伸缩自如。她善于妥协，也善于在妥协中巧妙地坚持。她不固执己见，但在不固执中自有一种主见。

都说男性的优点是力,女性的优点是美。其实,力也是好女人的优点。区别只在于,男性的力往往表现为刚强,女性的力往往表现为柔韧。弹性就是女性的力,是化作温柔的力量。

弹性的反面是僵硬或软弱。和僵硬的女人相处,累。和软弱的女人相处,也累。相反,有弹性的女人既温柔,又洒脱,使人感到双倍的轻松。

如果说爱是一门艺术,那么,弹性便是善于爱的女子固有的艺术气质。

灵性是心灵的理解力。有灵性的女人天生慧质,善解人意,善悟事物的真谛。她极其单纯,在单纯中却有一种惊人的深刻。

如果说男性的智慧偏于理性,那么,灵性就是女性的智慧,它是和肉体相融合的精神,未受污染的直觉,尚未蜕化为理性的感性。

灵性的反面是浅薄或复杂。和浅薄的女人相处,乏味。和复杂的女人相处,也乏味。有灵性的女人则以她的那种单纯的深刻使我们感到双倍的韵味。

所谓复杂的女人,既包括心灵复杂,工于利益的算计,也包括头脑复杂,热衷于抽象的推理。在我看来,两者都是缺乏灵性的表现。

有灵性的女子最宜于做天才的朋友,她既能给天才以温馨的理解,又能纠正男性智慧的偏颇。在幸运天才的生涯中,往往有这类女子的影子。未受这类女子滋润的天才,则每每因孤独和偏执而趋于狂暴。

其实,弹性和灵性是不可分的。灵性其内,弹性其外。心灵有理解力,接人待物才会宽容灵活。相反,僵硬固执之辈,天性必愚钝。

灵性与弹性的结合,表明真正的女性智慧也具一种大器,而非

琐屑的小聪明。智慧的女子一定有大家风度。

弹性和灵性又是我所赞赏的两性关系的品格。

好的两性关系有弹性，彼此既非僵硬地占有，也非软弱地依附。相爱的人给予对方的最好礼物是自由。两个自由人之间的爱，拥有必要的张力。这种爱牢固，但不板结；缠绵，但不粘滞。没有缝隙的爱太可怕了，爱情在其中失去了自由呼吸的空间，迟早要窒息。

好的两性关系当然也有灵性，双方不但获得官能的满足，而且获得心灵的愉悦。现代生活的匆忙是性爱的大敌，它省略细节，缩减过程，把两性关系简化为短促的发泄。两性的肉体接触更随便了，彼此在精神上却更陌生了。

1988.9

从挤车说到上海不是家

在上海出差，天天挤车，至今心有余悸。朋友说，住在上海，就得学会挤车。我怕不是这块料。即使恰好停在面前，我也常常上不了车，刹那间被人浪冲到了一边。万般无奈时，我只好退避三舍，旁观人群一次次冲刺，电车一辆辆开走。我发现，上海人挤车确实训练有素，哪怕打扮入时的姑娘，临阵也表现得既奋勇，又从容，令我不知该钦佩还是惋惜。

我无意苛责上海人，他们何尝乐意如此挤轧。我是叹惜挤轧败坏了上海人的心境，使得这些安分守己的良民彼此间却时刻准备着展开琐屑的战斗。几乎每回乘车，我都耳闻激烈的争吵。我自己慎之又慎，仍难免受到挑战。

有一回，车刚靠站，未待我挤下车，候车的人便蜂拥而上，堵住了车门。一个抱小孩的男子边往上挤，边振振有词地连声嚷道："还没有上车，你怎么下车?!"惊愕于这奇特的逻辑，我竟无言以答。

还有一回，我买票的钱被碰落在地上，便弯腰去拾。身旁是一个中年母亲带着她七八岁的女儿。女儿也弯腰想帮我拾钱，母亲却对我厉声喝道："当心点，不要乱撞人!"我感激地望一眼那女孩，悲哀地想：她长大了会不会变得像母亲一样蛮横自私?

上海人互不相让，面对外地人却能同仇敌忾。我看见一个农民模样的男子乘车，他坐在他携带的一只大包裹上，激起了公愤，呵斥声此起彼伏："上海就是被这种人搞坏了!""扣住他，不让他下车!"我厌恶盲流，但也鄙夷上海人的自大欺生。毕竟上海从来不是

幽静的乐园，用不着摆出这副失乐园的愤激姿态。

写到这里，我该承认，我也是一个上海人。据说上海人的家乡意识很重，我却常常意识不到上海是我的家。诚然，我生于斯，长于斯，在这喧闹都市的若干小角落里，藏着只有我自己知道和铭记不忘的儿时记忆。当我现在偶尔尝到或想起从小熟悉的某几样上海菜蔬的滋味时，还会有一丝类似乡思的情绪掠过心头。然而，每次回到上海，我并无游子归家的亲切感。"家乡"这个词提示着生命的源头，家族的繁衍，人与土地的血肉联系。一种把人与土地隔绝开来的装置是不配被称作家乡的。上海太拥挤了，这拥挤于今尤甚，但并非自今日始。我始终不解，许多上海人为何宁愿死守上海，挤在鸽笼般窄小封闭的空间里，忍受最悲惨的放逐——被阳光和土地放逐。拥挤导致人与人的碰撞，却堵塞了人与自然的交流。人与人的碰撞只能触发生活的精明，人与自然的交流才能开启生命的智慧。所以，上海人多小聪明而少大智慧。

我从小受不了喧嚣和拥挤，也许这正是出于生命的自卫本能。受此本能驱策，当初我才趁考大学的机会离开了上海，就像一个寄养在陌生人家的孩子，长大后知道了自己的身世，便出发去寻找自己真正的家。我不能说我的寻找有了满意的结果。时至今日，无论何处，土地都在成为一个愈来愈遥远的回忆。我仅获得了一种海德格尔式的安慰："语言是存在的家。"如果一个人写出了他真正满意的作品，你就没有理由说他无家可归。一切都是身外之物，唯有作品不是。对家园的渴望使我终了找到了语言这个家。我设想，如果我是一个心满意足的上海人，我的归宿就会全然不同。

1989.4

周 国 平

作 品 精 选

今天我活着

（1991—1992）

今 天 我 活 着

（ 1991——1992 ）

今天我活着

——《今天我活着》序

我相信我是一个勤于思考人生的人，其证据是，迄今为止，除了思考人生，我几乎别无作为。然而，当我检点思考的结果时，却发现我弄明白的似乎只有这一个简单的事实——

今天我活着。

真的明白吗？假如有一位苏格拉底把我拉住，追根究底地考问我什么是今天，我是谁，活着又是怎么回事，我一定会被问住的。这个短语纠缠着三个古老的哲学难题：时间，自我，生与死。对于其中每一个，哲学家们讨论了几千年，至今仍是众说纷纭。

我只能说：我也尽我所能地思考过了。

我只能说：无论我的思考多么不明晰，今天我活着却是一个明晰的事实。

我认清这个事实并不容易。因为对明天我将死去思考得太久，我一度忽略了今天我还活着。不过，也正因为对明天我将死去思考得太久，我才终于懂得了今天我该如何活着。

今天我活着，而明天我将死去——所以，我要执著生命，爱护自我，珍惜今天，度一个浓烈的人生。

今天我活着，而明天我将死去——所以，我要超脱生命，参破自我，宽容今天，度一个恬淡的人生。

当我说"今天我活着"时，意味着我有了一种精神准备，即使明天死也不该觉得意外，而这反而使我获得了一种从容的心情，可以像永远不死那样过好今天。

无论如何，活着是美好的，能够说"今天我活着"这句话是幸福的。

收在这本集子里的文章便记录了我对人生境况的思考和活着的感觉。

1992.6

等的滋味

　　人生有许多时光是在等中度过的。有千百种等，等有千百种滋味。等的滋味，最是一言难尽。

　　不过，我不喜欢一切等。无论所等的是好事，坏事，好坏未卜之事，不好不坏之事，等总是无可奈何的。等的时候，一颗心悬着，这滋味不好受。

　　就算等的是幸福吧，等本身却说不上幸福。想象中的幸福愈诱人，等的时光愈难捱。例如，"月上柳梢头，人约黄昏后"自是一件美事，可是，性急的情人大约都像《西厢记》里那一对儿，"自从那日初时，想月华，捱一刻似一夏。"只恨柳梢日轮下得迟，月影上得慢。第一次幽会，张生等莺莺，忽而倚门翘望，忽而卧床哀叹，心中无端猜度佳人来也不来，一会儿怨，一会儿谅，那副神不守舍的模样委实惨不忍睹。我相信莺莺就不至于这么惨。幽会前等的一方要比赴的一方更受煎熬，就像惜别后留的一方要比走的一方更觉凄凉一样。那赴的走的多少是主动的，这等的留的却完全是被动的。赴的未到，等的人面对的是静止的时间。走的去了，留的人面对的是空虚的空间。等的可怕，在于等的人对于所等的事完全不能支配，对于其他的事又完全没有心思，因而被迫处在无所事事的状态。有所期待使人兴奋，无所事事又使人无聊，等便是混合了兴奋和无聊的一种心境。随着等的时间延长，兴奋转成疲劳，无聊的心境就会占据优势。如果佳人始终不来，才子只要不是愁得竟吊死在那棵柳树上，恐怕就只有在月下伸懒腰打呵欠的份了。

　　人等好事嫌姗姗来迟，等坏事同样也缺乏耐心。没有谁愿意等

坏事，坏事而要等，是因为在劫难逃，实出于不得已。不过，既然在劫难逃，一般人的心理便是宁肯早点了结，不愿无谓拖延。假如我们所爱的一位亲人患了必死之症，我们当然惧怕那结局的到来。可是，再大的恐惧也不能消除久等的无聊。在《战争与和平》中，娜塔莎一边守护着弥留之际的安德烈，一边在编一只袜子。她爱安德烈胜于世上的一切，但她仍然不能除了等心上人死之外什么事也不做。一个人在等自己的死时会不会无聊呢？这大约首先要看有无足够的精力。比较恰当的例子是死刑犯，我揣摩他们只要离刑期还有一段日子，就不可能一门心思只想着那颗致命的子弹。恐惧如同一切强烈的情绪一样难以持久，久了会麻痹，会出现间歇。一旦试图做点什么事填充这间歇，阵痛般发作的恐惧又会起来破坏任何积极的念头。一事不做地坐等一个注定的灾难发生，这种等实在荒谬，与之相比，灾难本身反倒显得比较好忍受一些了。

　　无论等好事还是等坏事，所等的那个结果是明确的。如果所等的结果对于我们关系重大，但吉凶未卜，则又别是一番滋味在心头。这时我们宛如等候判决，心中焦虑不安。焦虑实际上是由彼此对立的情绪纠结而成，其中既有对好结果的盼望，又有对坏结果的忧惧。一颗心不仅悬在半空，而且七上八下，大受颠簸之苦。说来可怜，我们自幼及长，从做学生时的大小考试，到毕业后的就业、定级、升迁、出洋等等，一生中不知要过多少关口，等候判决的滋味真没有少尝。当然，一个人如果有足够的悟性，就迟早会看淡浮世功名，不再把自己放在这个等候判决的位置上。但是，若非修炼到类似涅槃的境界，恐怕就总有一些事情的结局是我们不能无动于衷的。此刻某机关正在研究给不给我加薪，我可以一哂置之。此刻某医院正在给我的妻子动剖腹产手术，我还能这么豁达吗？到产科手术室门外去看看等候在那里的丈夫们的冷峻脸色，我们就知道等候命运判决是多么令人心焦的经历了。在人生的道路上，我们难免会走到某几扇陌生的门前等候开启，那心情便接近于等在产科手术室门前的丈夫们的心情。

不过，我们一生中最经常等候的地方不是门前，而是窗前。那是一些非常窄小的小窗口，有形的或无形的，分布于商店、银行、车站、医院等与生计有关的场所，以及办理种种烦琐手续的机关衙门。我们为了生存，不得不耐着性子，排着队，缓慢地向它们挪动，然后屈辱地侧转头颅，以便能够把我们的视线、手和手中的钞票或申请递进那个窄洞里，又摸索着取出我们所需要的票据文件等等。这类小窗口常常无缘无故关闭，好在我们的忍耐力磨练得非常发达，已经习惯于默默地无止境地等待了。

等在命运之门前面，等的是生死存亡，其心情是焦虑，但不乏悲壮感。等在生计之窗前面，等的是柴米油盐，其心情是烦躁，掺和着屈辱感。前一种等，因为结局事关重大，不易感到无聊。然而，如果我们的悟性足以平息焦虑，那么，在超脱中会体味一种看破人生的大无聊。后一种等，因为对象平凡琐碎，极易感到无聊，但往往是一种习以为常的小无聊。

说起等的无聊，恐怕没有比逆旅中的迫不得已的羁留更甚的了。所谓旅人之愁，除离愁、乡愁外，更多的成分是百无聊赖的闲愁。譬如，由于交通中断，不期然被耽搁在旅途某个荒村野店，通车无期，举目无亲，此情此境中的烦闷真是难以形容。但是，若把人生比作逆旅，我们便会发现，途中耽搁实在是人生的寻常遭际。我们向理想生活进发，因了种种必然的限制和偶然的变故，或早或迟在途中某一个点上停了下来。我们相信这是暂时的，总在等着重新上路，希望有一天能过自己真正想过的生活，殊不料就在这个点上永远停住了。有些人渐渐变得实际，心安理得地在这个点上安排自己的生活。有些人仍然等啊等，岁月无情，到头来悲叹自己被耽误了一辈子。

那么，倘若生活中没有等，又怎么样呢？在说了等这么多坏话之后，我忽然想起等的种种好处，不禁为我的忘恩负义汗颜。

我曾经在一个农场生活了一年半。那是湖中的一个孤岛，四周只见茫茫湖水，不见人烟。我们在岛上种水稻，过着极其单调的生

活。使我终于忍受住这单调生活的正是等——等信。每天我是怀着怎样殷切的心情等送信人到来的时刻呵，我仿佛就是为这个时刻活着的，尽管等常常落空，但是等本身就为一天的生活提供了色彩和意义。

我曾经在一间地下室里住了好几年。日复一日，只有我一个人。当我伏案读书写作的时候，我不由自主地在等——等敲门声。我期待我的同类访问我，这期待使我感到我还生活在人间，地面上的阳光也有我一份。我不怕读书写作被打断，因为无需来访者，极度的寂寞早已把它们打断一次又一次了。

不管等多么需要耐心，人生中还是有许多值得等的事情的：等冬夜里情人由远及近的脚步声，等载着久别好友的列车缓缓进站，等第一个孩子出生，等孩子咿呀学语偶然喊出一声爸爸后再喊第二第三声，等第一部作品发表，等作品发表后读者的反响和共鸣……

可以没有爱情，但如果没有对爱情的憧憬，哪里还有青春？可以没有理解，但如果没有对理解的期待，哪里还有创造？可以没有所等的一切，但如果没有等，哪里还有人生？活着总得等待什么，哪怕是等待戈多。有人问贝克特，戈多究竟代表什么，他回答道："我要是知道，早在剧中说出来了。"事实上，我们一生都在等待自己也不知道的什么，生活就在这等待中展开并且获得了理由。等的滋味不免无聊，然而，一无所等的生活更加无聊。不，一无所等是不可能的。即使在一无所等的时候，我们还是在等，等那个有所等的时刻到来。一个人到了连这样的等也没有的地步，就非自杀不可。所以，始终不出场的戈多先生实在是人生舞台的主角，没有他，人生这场戏是演不下去的。

人生唯一有把握不会落空的等是等那必然到来的死。但是，人人都似乎忘了这一点而在等着别的什么，甚至死到临头仍执迷不悟。我对这种情形感到悲哀又感到满意。

1991. 1

人生寓言

一、告别遗体的队伍

那支一眼望不到头的队伍缓慢地、肃穆地向前移动着。我站在队伍里，胸前别着一朵小白花，小白花正中嵌着我的照片，别人和我一样，也都佩戴着嵌有自己的照片的小白花。

钟表奏着单调的哀乐。

这是永恒的仪式，我们排着队走向自己的遗体，同它作最后的告别。

我听见有人哭泣着祈祷："慢些，再慢些。"

可等待的滋味最难受，哪怕是等待死亡，连最怕死的人也失去耐心了。女人们开始织毛衣，拉家常。男人们互相递烟，吹牛，评论队伍里的漂亮女人。那个小伙子伸手触一下排在他前面的姑娘的肩膀，姑娘回头露齿一笑。一位画家打开了画夹。一位音乐家架起了提琴。现在这支队伍沉浸在一片生气勃勃的喧闹声里了。

可怜的人呵，你们在走向死亡！

我笑笑：我没有忘记。这又怎么样呢？生命害怕单调甚于害怕死亡，仅此就足以保证它不可战胜了。它为了逃避单调必须丰富自己，不在乎结局是否徒劳。

二、哲学家和他的妻子

哲学家爱流浪，他的妻子爱定居。不过，她更爱丈夫，所以毫

无怨言地跟随哲学家浪迹天涯。每到一地，找到了临时住所，她就立刻精心布置，仿佛这是一个永久的家。

"住这里是暂时的，凑合过吧！"哲学家不以为然地说。

她朝丈夫笑笑，并不停下手中的活。不多会儿，哲学家已经舒坦地把身子埋进妻子刚安放停当的沙发里，吸着烟，沉思严肃的人生问题了。

我忍不住打断哲学家的沉思，说道："尊敬的先生，别想了，凑合过吧，因为你在这世界上的居住也是暂时的！"

可是，哲学家的妻子此刻正幸福地望着丈夫，心里想："他多么伟大呵……"

三、幸福的西绪弗斯

西绪弗斯被罚推巨石上山，每次快到山顶，巨石就滚回山脚，他不得不重新开始这徒劳的苦役。听说他悲观沮丧到了极点。

可是，有一天，我遇见正在下山的西绪弗斯，却发现他吹着口哨，迈着轻盈的步伐，一脸无忧无虑的神情。我生平最怕见到大不幸的人，譬如说身患绝症的人，或刚死了亲人的人，因为对他们的不幸，我既不能有所表示，怕犯忌，又不能无所表示，怕显得我没心没肺。所以，看见西绪弗斯迎面走来，尽管不是传说的那副凄苦模样，深知他的不幸身世的我仍感到局促不安。

没想到西绪弗斯先开口了，他举起手，对我喊道：

"喂，你瞧，我逮了一只多漂亮的蝴蝶！"

我望着他渐渐远逝的背影，不禁思忖：总有些事情是宙斯的神威鞭长莫及的，那是一些太细小的事情，在那里便有了西绪弗斯（和我们整个人类）的幸福。

四、从一而终的女人

"先生，我的命真苦，我这一生是完完全全失败了。我羡慕您，如果可能，我真想和您交换人生。"

"老婆总是人家的好。"

"您这是什么意思？"

"听说你和你老婆过得不错。"

"我们不比你们开化，父母之命，媒妁之言，好歹得过一辈子，不兴离婚的。我不跟她好好过咋办？"

"人生就是一个从一而终的女人，你不妨尽自己的力量打扮她，引导她，但是，不管她终于成个什么样子，你好歹得爱她！"

五、抉择

一个农民从洪水中救起了他的妻子，他的孩子却被淹死了。

事后，人们议论纷纷。有的说他做得对，因为孩子可以再生一个，妻子却不能死而复活。有的说他做错了，因为妻子可以另娶一个，孩子却不能死而复活。

我听了人们的议论，也感到疑惑难决：如果只能救活一人，究竟应该救妻子呢，还是救孩子？

于是我去拜访那个农民，问他当时是怎么想的。

他答道："我什么也没想。洪水袭来，妻子在我身边，我抓住她就往附近的山坡游。当我返回时，孩子已经被洪水冲走了。"

归途上，我琢磨着农民的话，对自己说：所谓人生的重大抉择岂非多半如此？

六、流浪者和他的影子

命运如同一个人的影子，有谁能够摆脱自己的影子呢？

可是，有一天，一个流浪者对于自己的命运实在不堪忍受，便来到 座神庙，请求神允许他和别人交换命运。神说："如果你能找到一个对自己命运完全满意的人，你就和他交换吧。"

按照神的指示，流浪者出发去寻找了。他遍访城市和乡村，竟然找不到一个对自己命运完全满意的人。凡他遇到的人，只要一说起命运，个个摇头叹息，口出怨言。甚至那些王公贵族，达官富豪，名流权威，他们的命运似乎令人羡慕，但他们自己并不满意。事实上，世人所见的确只是他们的命运之河的表面景色，底下许多阴暗曲折唯有他们自己知道。

流浪者终于没有找到一个可以和他交换命运的人。直到今天，他仍然拖着他自己的影子到处流浪。

七、白兔和月亮

在众多的兔姐妹中，有一只白兔独具审美的慧心。她爱大自然的美，尤爱皎洁的月色。每天夜晚，她来到林中草地，一边无忧无虑地嬉戏，一边心旷神怡地赏月。她不愧是赏月的行家，在她的眼里，月的阴晴圆缺无不各具风韵。

于是，诸神之王召见这只白兔，向她宣布了一个慷慨的决定：

"万物均有所归属。从今以后，月亮归属于你，因为你的赏月之才举世无双。"

白兔仍然夜夜到林中草地赏月。可是，说也奇怪，从前的闲适心情一扫而光了，脑中只绷着一个念头："这是我的月亮!"她牢牢盯着月亮，就像财主盯着自己的金窖。乌云蔽月，她便紧张不安，唯恐宝藏丢失。满月缺损，她便心痛如割，仿佛遭了抢劫。在她的眼里，月的阴晴圆缺不再各具风韵，反倒险象迭生，勾起了无穷的得失之患。

和人类不同的是，我们的主人公毕竟慧心未灭，她终于去拜见诸神之王，请求他撤消了那个慷慨的决定。

八、小公务员的死

某机关有一个小公务员，一向过着安分守己的日子。有一天，他忽然得到通知，一位从未听说过的远房亲戚在国外死去，临终指定他为遗产继承人。那是一爿价值万金的珠宝商店。小公务员欣喜若狂，开始忙碌地为出国做种种准备。待到一切就绪，即将动身，他又得到通知，一场大火焚毁了那爿商店，珠宝也丧失殆尽。小公务员空欢喜一场，重返机关上班。但他似乎变了一个人，整日愁眉不展，逢人便诉说自己的不幸。

"那可是一笔很大的财产啊，我一辈子的薪水还不及它的零头呢。"他说。

同事们原先都嫉妒得要命，现在一齐怀着无比轻松的心情陪着他叹气。唯有一个同事非但不表同情，反而嘲笑他自寻烦恼。

"你不是和从前一样，什么也没有失去吗？"那个同事问道。

"这么一大笔财产，竟说什么也没有失去！"小公务员心疼得叫起来。

"在一个你从未到过的地方，有一爿你从未见过的商店遭了火灾，这与你有什么关系呢？"

"可那是我的商店呀！"

那个同事哈哈大笑，于是被别的同事一致判为幸灾乐祸的人。据说不久以后，小公务员死于忧郁症。

九、落难的王子

有一个王子，生性多愁善感，最听不得悲惨的故事。每当左右向他禀告天灾人祸的消息，他就流着泪叹息道："天哪，太可怕了！这事落到我头上，我可受不了！"

可是，厄运终于落到了他的头上。在一场突如其来的战争中，他的父王被杀，母后受辱自尽，他自己也被敌人掳去当了奴隶，受尽非人的折磨。当他终于逃出虎口时，他已经身罹残疾，从此以后流落异国他乡，靠行乞度日。

我是在他行乞时遇到他的，见他相貌不凡，便向他打听身世。

听他说罢，我早已泪流满面，发出了他曾经发过的同样的叹息：

"天哪，太可怕了！这事落到我头上，我可受不了！"

谁知他正色道——

"先生，请别说这话。凡是人间的灾难，无论落到谁头上，谁都得受着，而且都受得了——只要他不死。至于死，就更是一件容易的事了。"

落难的王子撑着拐杖远去了。有一天，厄运也落到了我的头上，而我的耳边也响起了那熟悉的叹息：

"天哪，太可怕了……"

十、执迷者悟

佛招弟子，应试者有三人，一个太监，一个嫖客，一个疯子。

佛首先考问太监："诸色皆空，你知道么？"

太监跪答："知道。学生从不近女色。"

佛一摆手："不近诸色，怎知色空？"

佛又考问嫖客："悟者不迷，你知道么？"

嫖客嬉皮笑脸答："知道，学生享尽天下女色，可对哪个婊子都不迷恋。"

佛一皱眉："没有迷恋，哪来觉悟？"

最后轮到疯子了。佛微睁慧眼，并不发问，只是慈祥地看着他。

疯子捶胸顿足，凄声哭喊："我爱！我爱！"

佛双手合十："善哉，善哉。"

佛收留疯子做弟子，开启他的佛性，终于使他成了正果。

1988. 11—1991. 7

孔子的洒脱

我喜欢读闲书，即使是正经书，也不妨当闲书读。譬如说《论语》，林语堂把它当作孔子的闲谈读，读出了许多幽默，这种读法就很对我的胃口。近来我也闲翻这部圣人之言，发现孔子乃是一个相当洒脱的人。

在我的印象中，儒家文化一重事功，二重人伦，是一种很入世的文化。然而，作为儒家始祖的孔子，其实对于功利的态度颇为淡泊，对于伦理的态度又颇为灵活。这两个方面，可以用两句话来代表，便是"君子不器"和"君子不仁"。

孔子是一个读书人。一般读书人寒窗苦读，心中都悬着一个目标，就是有朝一日成器，即成为某方面的专家，好在社会上混一个稳定的职业。说一个人不成器，就等于说他没出息，这是很忌讳的。孔子却坦然说，一个真正的人本来就是不成器的。也确实有人讥他博学而无所专长，他听了自嘲说，那么我就以赶马车为专长罢。

其实，孔子对于读书有他自己的看法。他主张读书要从兴趣出发，不赞成为求知而求知的纯学术态度（"知之者不如好之者，好之者不如乐之者"）。他还主张读书是为了完善自己，鄙夷那种沽名钓誉的庸俗文人（"古之学者为己，今之学者为人"）。他一再强调，一个人重要的是要有真才实学，而无须在乎外在的名声和遭遇，类似于"不患莫己知，求为可知也"这样的话，《论语》中至少重复了四次。

"君了不器"这句话不仅说出了孔子的治学观，也说出了他的人生观。有一回，孔子和他的四个学生聊天，让他们谈谈自己的志向。

其中三人分别表示想做军事家、经济家和外交家。唯有曾点说，他的理想是暮春三月，轻装出发，约了若干大小朋友，到河里游泳，在林下乘凉，一路唱歌回来。孔子听罢，喟然叹曰："我和曾点想的一样。"圣人的这一叹，活泼泼地叹出了他的未染的性灵，使得两千年后一位最重性灵的文论家大受感动，竟改名"圣叹"，以志纪念。人生在世，何必成个什么器，做个什么家呢，只要活得悠闲自在，岂非胜似一切？

学界大抵认为"仁"是孔子思想的核心，至于什么是"仁"，众说不一，但都不出伦理道德的范围。孔子重人伦是一个事实，不过他到底是一个聪明人，而一个人只要足够聪明，就决不会看不透一切伦理规范的相对性质。所以，"君子而不仁者有矣夫"这句话竟出自孔子之口，他不把"仁"看作理想人格的必备条件，也就不足怪了。有人把仁归结为忠恕二字，其实孔子决不主张愚忠和滥恕。他总是区别对待"邦有道"和"邦无道"两种情况，"邦无道"之时，能逃就逃（"乘桴浮于海"），逃不了则少说话为好（"言孙"），会装傻更妙（"愚不可及"这个成语出自《论语》，其本义不是形容愚蠢透顶，而是孔子夸奖某人装傻装得高明极顶的话，相当于郑板桥说的"难得糊涂"）。他也不像基督那样，当你的左脸挨打时，要你把右脸也送上去。有人问他该不该"以德报怨"，他反问：那么用什么来报德呢？然后说，应该是用公正回报怨仇，用恩德回报恩德。

孔子实在是一个非常通情达理的人，他有常识，知分寸，丝毫没有偏执狂。"信"是他亲自规定的"仁"的内涵之一，然而他明明说："言必信，行必果"，乃是僵化小人的行径（"径径然小人哉"）。要害是那两个"必"字，毫无变通的余地，把这位老先生惹火了。他还反对遇事过分谨慎。我们常说"三思而后行"，这句话也出自《论语》，只是孔子并不赞成，他说再思就可以了。

也许孔子还有不洒脱的地方，我举的只是一面。有这一面毕竟是令人高兴的，它使我可以放心承认孔子是一位够格的哲学家了，因为哲学家就是有智慧的人，而有智慧的人怎么会一点不洒脱呢？

1991. 8

人生贵在行胸臆

一

读袁中郎全集，感到清风徐徐扑面，精神阵阵爽快。

明末的这位大才子一度做吴县县令，上任伊始，致书朋友们道："吴中得若令也，五湖有长，洞庭有君，酒有主人，茶有知己，生公说法石有长老。"开卷读到这等潇洒不俗之言，我再舍不得放下了，相信这个人必定还会说出许多妙语。

我的期望没有落空。

请看这一段："天下有大败兴事三，而破国亡家不与焉。山水朋友不相凑，一败兴也。朋友忙，相聚不久，二败兴也。游非及时，或花落山枯，三败兴也。"

真是非常的飘逸。中郎一生最爱山水，最爱朋友，难怪他写得最好的是游记和书信。

不过，倘若你以为他只是个耽玩的倜傥书生，未免小看了他。《明史》记载，他在吴县任上"听断敏决，公庭鲜事"，遂整日"与士大夫谈说诗文，以风雅自命"。可见极其能干，游刃有余。但他是真个风雅，天性耐不得官场俗务，终于辞职。后来几度起官，也都以谢病归告终。

在明末文坛上，中郎和他的两位兄弟是开一代新风的人物。他们的风格，用他评其弟小修诗的话说，便是"独抒性灵，不拘格套，非从自己胸臆流出，不肯下笔"。其实，这话不但说出了中郎的文学主张，也说出了他的人生态度。他要依照自己的真性情生活，活出自己的本色来。他的潇洒绝非表面风流，而是他的内在性灵的自然流露。性者个性，灵者灵气，他实在是个极有个性极有灵气的人。

二

每个人一生中，都曾经有过一个依照真性情生活的年代，那便是童年。孩子是天真烂漫，不肯拘束自己的。他活着整个儿就是在享受生命，世俗的利害和规矩暂时还都不在他眼里。随着年龄增长，染世渐深，俗虑和束缚愈来愈多，原本纯真的孩子才被改造成了俗物。

那么，能否逃脱这个命运呢？很难，因为人的天性是脆弱的，环境的力量是巨大的。随着童年的消逝，倘若没有一种成年人的智慧及时来补救，几乎不可避免地会失掉童心。所谓大人先生者不失赤子之心，正说明智慧是童心的守护神。凡童心不灭的人，必定对人生有着相当的彻悟。

所谓彻悟，就是要把生死的道理想明白。名利场上那班人不但没有想明白，只怕连想也不肯想。袁中郎责问得好："天下皆知生死，然未有一人信生之必死者……趋名骛利，唯曰不足，头白面焦，如虑铜铁之不坚，信有死者，当如是耶？"名利的追求是无止境的，官做大了还想更大，钱赚多了还想更多。"未得则前涂为究竟，涂之前又有涂焉，可终究欤？已得则即景为寄寓，寓之中无非寓焉，故终身驰逐而已矣。"在这终身的驰逐中，不再有工夫做自己真正感兴趣的事，接着连属于自己的真兴趣也没有了，那颗以享受生命为最大快乐的童心就这样丢失得无影无踪了。

事情是明摆着的：一个人如果真正想明白了生之必死的道理，他就不会如此看重和孜孜追逐那些到头来一场空的虚名浮利了。他会觉得，把有限的生命耗费在这些事情上，牺牲了对生命本身的享受，实在是很愚蠢的。人生有许多出于自然的享受，例如爱情、友

谊、欣赏大自然、艺术创造等等，其快乐远非虚名浮利可比，而享受它们也并不需要太多的物质条件。在明白了这些道理以后，他就会和世俗的竞争拉开距离，借此为保存他的真性情赢得了适当的空间。而一个人只要依照真性情生活，就自然会努力去享受生命本身的种种快乐。用中郎的话说，这叫作："退得一步，即为稳实，多少受用。"

当然，一个人彻悟了生死的道理，也可能会走向消极悲观。不过，如果他是一个热爱生命的人，这一前途即可避免。他反而会获得一种认识：生命的密度要比生命的长度更值得追求。从终极的眼光看，寿命是无稽的，无论长寿短寿，死后都归于虚无。不止如此，即使用活着时的眼光作比较，寿命也无甚意义。中郎说："试令一老人与少年并立，问彼少年，尔所少之寿何在，觅之不得。问彼老人，尔所多之寿何在，觅之亦不得。少者本无，多者亦归于无，其无正等。"无论活多活少，谁都活在此刻，此刻之前的时间已经永远消逝，没有人能把它们抓在手中。所以，与其贪图活得长久，不如争取活得痛快。中郎引惠开的话说："人生不得行胸臆，纵年百岁犹为夭。"就是这个意思。

三

我们或许可以把袁中郎称作享乐主义者，不过他所提倡的乐，乃是合乎生命之自然的乐趣，体现生命之质量和浓度的快乐。在他看来，为了这样的享乐，付出什么代价也是值得的，甚至这代价也成了一种快乐。

有两段话，极能显出他的个性的光彩。

在一处他说："世人所难得者唯趣"，尤其是得之自然的趣。他举出童子的无往而非趣，山林之人的自在度日，愚不肖的率心而行，作为这种趣的例子。然后写道："自以为绝望于世，故举世非笑之不顾也，此又一趣也。"凭真性情生活是趣，因此遭到全世界的反对又是趣，从这趣中更见出了怎样真的性情！

另一处谈到人生真乐有五，原文太精彩，不忍割爱，照抄如下：

> 目极世间之色，耳极世间之声，身极世间之鲜，口极世间之谭，一快活也。堂前列鼎，堂后度曲，宾客满席，男女交舄，烛气熏天，珠翠委地，皓魄入帐，花影流衣，二快活也。箧中藏万卷书，书皆珍异。宅畔置一馆，馆中约真正同心友十余人，人中立一识见极高，如司马迁、罗贯中、关汉卿者为主，分曹部署，各成一书，远文唐宋酸儒之陋，近完一代未竟之篇，三快活也。千金买一舟，舟中置鼓吹一部，妓妾数人，游闲数人，泛家浮宅，不知老之将至，四快活也。然人生受用至此，不及十年，家资田产荡尽矣。然后一身狼狈，朝不谋夕，托钵歌妓之院，分餐孤老之盘，往来乡亲，恬不知耻，五快活也。

前四种快活，气象已属不凡，谁知他笔锋一转，说享尽人生快乐以后，一败涂地，沦为乞丐，又是一种快活！中郎文中多这类飞来之笔，出其不意，又顺理成章。世人常把善终视作幸福的标志，其实经不起推敲。若从人生终结看，善不善终都是死，都无幸福可言。若从人生过程看，一个人只要痛快淋漓地生活过，不管善不善终，都称得上幸福了。对于一个洋溢着生命热情的人来说，幸福就在于最大限度地穷尽人生的各种可能性，其中也包括困境和逆境。极而言之，乐极生悲不足悲，最可悲的是从来不曾乐过，一辈子稳稳当当，也平平淡淡，那才是白活了一场。

中郎自己是个充满生命热情的人，他做什么事都兴致勃勃，好像不要命似的。爱山水，便说落雁峰"可值百死"。爱朋友，便叹"以友为性命"。他知道"世上希有事，未有不以死得者"，值得要死要活一番。读书读到会心处，便"灯影下读复叫，叫复读，僮仆睡者皆惊起"，真是忘乎所以。他爱女人，坦陈有"青娥之癖"。他甚至发起懒来也上瘾，名之"懒癖"。

关于癖，他说过一句极中肯的话："余观世上语言无味面目可憎之人，皆无癖之人耳。若真有所癖，将沉湎酗溺，性命死生以之，何暇及钱奴宦贾之事。"有癖之人，哪怕有的是怪癖恶癖，终归还保留着一种自己的真兴趣真热情，比起那班名利俗物来更是一个活人。当然，所谓癖是真正着迷，全心全意，死活不顾。譬如巴尔扎克小说里的于洛男爵，爱女色爱到财产名誉地位性命都可以不要，到头来穷困潦倒，却依然心满意足，这才配称好色，那些只揩油不肯作半点牺牲的偷香窃玉之辈是不够格的。

四

一面彻悟人生的实质，一面满怀生命的热情，两者的结合形成了袁中郎的人生观。他自己把这种人生观与儒家的谐世、道家的玩世、佛家的出世并列为四，称作适世。若加比较，儒家是完全入世，佛家是完全出世，中郎的适世似与道家的玩世相接近，都在入世出世之间。区别在于，玩世是入世者的出世法，怀着生命的忧患意识逍遥世外，适世是出世者的入世法，怀着大化的超脱心境享受人生。用中郎自己的话说，他是想学"凡间仙，世中佛，无律度的孔子"。

明末知识分子学佛参禅成风，中郎是不以为然的。他"自知魔重""出则为湖魔，入则为诗魔，遇佳友则为谈魔"，舍不得人生如许乐趣，绝不肯出世。况且人只要生命犹存，真正出世是不可能的。佛祖和达摩舍太子位出家，中郎认为是没有参透生死之理的表现。他批评道："当时便在家何妨，何必掉头不顾，为此偏枯不可训之事？似亦不圆之甚矣。"人活世上，如空中鸟迹，去留两可，无须拘泥区区行藏的所在。若说出家是为了离生死，你总还带着这个血肉之躯，仍是跳不出生死之网。若说已经看破生死，那就不必出家，在网中即可作自由跳跃。死是每种人生哲学不可回避的根本问题。中郎认为，儒道释三家，至少就其门徒的行为看，对死都不甚了悟。儒生"以立言为不死，是故著书垂训"，道士"以留形为不死，是故锻金炼气",释子"以寂灭为不死,是故耽心禅观",他们都企求某种方式的不死。而事实上,"茫茫众生,谁不有死,堕地之时,死案已立。"不死是不可能的。

那么,依中郎之见,如何才算了悟生死呢?说来也简单,就是要正视生之必死的事实,放下不死的幻想。他比较赞赏孔子的话:"朝闻道,夕死可矣。"一个人只要明白了人生的道理,好好地活过一场,也就死而无憾了。既然死是必然的,何时死,缘何死,便完全不必在意。他曾患呕血之病,担心必死,便给自己讲了这么一个故事:有人在家里藏一笔钱,怕贼偷走,整日提心吊胆,频频查看。有一天携带着远行,回来发现,钱已不知丢失在途中何处了。自己总担心死于呕血,而其实迟早要生个什么病死去,岂不和此人一样可笑?这么一想,就宽心了。

总之,依照自己的真性情痛快地活,又抱着宿命的态度坦然地死,这大约便是中郎的生死观。

未免太简单了一些!然而,还能怎么样呢?我自己不是一直试图对死进行深入思考,而结论也仅是除了平静接受,别无更好的法子?许多文人,对于人生问题作过无穷的探讨,研究过各种复杂的理论,在兜了偌大圈子以后,往往回到一些十分平易质朴的道理上。对于这些道理,许多文化不高的村民野夫早已了然于胸。不过,倘真能这样,也许就对了。罗近溪说:"圣人者,常人而肯安心者也。"中郎赞"此语抉圣学之髓",实不为过誉。我们都是有生有死的常人,倘若我们肯安心做这样的常人,顺乎天性之自然,坦然于生死,我们也就算得上是圣人了。只怕这个境界并不容易达到呢。

1992.3

父亲的死

　　一个人无论多大年龄上没有了父母，他都成了孤儿。他走入这个世界的门户，他走出这个世界的屏障，都随之塌陷了。父母在，他的来路是眉目清楚的，他的去路则被遮掩着。父母不在了，他的来路就变得模糊，他的去路反而敞开了。

　　我的这个感觉，是在父亲死后忽然产生的。我说忽然，因为父亲活着时，我丝毫没有意识到父亲的存在对于我有什么重要。从少年时代起，我和父亲的关系就有点疏远。那时候家里子女多，负担重，父亲心情不好，常发脾气。每逢这种情形，我就当他面抄起一本书，头也不回地跨出家门，久久躲在外面看书，表示对他的抗议。后来我到北京上学，第一封家信洋洋洒洒数千言，对父亲的教育方法进行了全面批判。听说父亲看了后，只是笑一笑，对弟妹们说："你们的哥哥是个理论家。"

　　年纪渐大，子女们也都成了人，父亲的脾气是愈来愈温和了。然而，每次去上海，我总是忙于会朋友，很少在家。就是在家，和父亲好像也没有话可说，仍然有一种疏远感。有一年他来北京，一个天气晴朗的日子，他突然提议和我一起去游香山。我有点惶恐，怕一路上两人相对无言，彼此尴尬，就特意把一个小侄子也带了去。

　　我实在是个不孝之子，最近十余年里，只给家里写过一封信。那是在妻子怀孕以后，我知道父母一直盼我有个孩子，便把这件事当作好消息报告了他们。我在信中说，我和妻子都希望生个女儿。父亲立刻给我回了信，说无论生男生女，他都喜欢。他的信确实洋溢着欢喜之情，我心里明白，他也是在为好不容易收到我的信而高兴。谁能想到，仅仅几天之后，就接到了父亲的死讯。

父亲死得很突然。他身体一向很好，谁都断言他能长寿。那天早晨，他像往常一样提着菜篮子，到菜场取奶和买菜。接着，步行去单位处理一件公务。然后，因为半夜里曾感到胸闷难受，就让大弟陪他到医院看病。一检查，广泛性心肌梗塞，立即抢救，同时下了病危通知。中午，他对守在病床旁的大弟说，不要大惊小怪，没事的。他真的不相信他会死。可是，一小时后，他就停止了呼吸。

父亲终于没能看到我的孩子出生。如我所希望的，我得到了一个可爱的女儿。谁又能想到，我的女儿患有绝症，活到一岁半也死了。每想到我那封报喜的信和父亲喜悦的回应，我总感到对不起他。好在父亲永远不会知道这幕悲剧了，这于他又未尝不是件幸事。但我自己做了一回父亲，体会了做父亲的心情，才内疚地意识到父亲其实一直有和我亲近一些的愿望，却被我那么矜持地回避了。

短短两年里，我被厄运纠缠着，接连失去了父亲和女儿。父亲活着时，尽管我也时常沉思死亡问题，但总好像和死还隔着一道屏障。父母健在的人，至少在心理上会有一种离死尚远的感觉。后来我自己做了父亲，却未能为女儿做好这样一道屏障。父亲的死使我觉得我住的屋子塌了一半，女儿的死又使我觉得我自己成了一间徒有四壁的空屋子。我一向声称一个人无须历尽苦难就可以体悟人生的悲凉，现在我知道，苦难者的体悟毕竟是有着完全不同的分量的。

1992.3

平淡的境界

一

　　很想写好的散文，一篇篇写，有一天突然发现竟积了厚厚一摞。这样过日子，倒是很惬意的。至于散文怎么算好，想来想去，还是归于"平淡"二字。

　　以平淡为散文的极境，这当然不是什么新鲜的见解。苏东坡早就说过"寄至味于淡泊"一类的话。今人的散文，我喜欢梁实秋的，读起来真是非常舒服，他追求的也是"绚烂之极归于平淡"的境界。不过，要达到这境界谈何容易。"作诗无古今，惟造平淡难。"之所以难，我想除了在文字上要下千锤百炼的功夫外，还因为这不是单单文字功夫能奏效的。平淡不但是一种文字的境界，更是一种胸怀，一种人生的境界。

　　仍是苏东坡说的："大凡为文，当使气象峥嵘，五色绚烂，渐老渐熟，乃造平淡。"所谓老熟，想来不光指文字，也包含年龄阅历。人年轻时很难平淡，譬如正走在上山的路上，多的是野心和幻想。直到攀上绝顶，领略过了天地的苍茫和人生的限度，才会生出一种散淡的心境，不想再匆匆赶往某个目标，也不必再担心错过什么，下山就从容多了。所以，好的散文大抵出在中年之后，无非是散淡人写的散淡文。

　　当然，年龄不能担保平淡，多少人一辈子蝇营狗苟，死不觉悟。说到文人，最难戒的却是卖弄，包括我自己在内。写文章一点不卖弄殊不容易，而一有卖弄之心，这颗心就已经不平淡了。举凡名声、地位、学问、经历，还有那一副多愁善感的心肠，都可以拿来卖弄。不知哪里吹来一股风，散文中开出了许多顾影自怜的小花朵。读有的作品，你可以活脱看到作者多么知道自己多愁善感，并且被自己的多愁善感所感动，于是愈发多愁善感了。戏演得愈真诚，愈需要观众。他确实在想象中看到了读者的眼泪，自己禁不住也流泪，泪眼蒙眬地在稿子上签下了自己的名字。

好的散文家是旅人，他只是如实记下自己的人生境遇和感触。这境遇也许很平凡，这感触也许很普通，然而是他自己的，他舍不得丢失。他写时没有想到读者，更没有想到流传千古。他知道自己是易朽的，自己的文字也是易朽的，不过他不在乎。这个世界已经有太多的文化，用不着他再来添加点什么。另一方面呢，他相信人生最本质的东西终归是单纯的，因而不会永远消失。他今天所捡到的贝壳，在他之前一定有许多人捡到过，在他之后一定还会有许多人捡到。想到这一点，他感到很放心。

有一年我到云南大理，坐在洱海的岸上，看白云在蓝天缓缓移动，白帆在蓝湖缓缓移动，心中异常宁静。这景色和这感觉千古如斯，毫不独特，却很好。那时就想，刻意求独特，其实也是一种文人的做作。

活到今天，我觉得自己已经基本上（不是完全）看淡了功名富贵，如果再放下那一份"语不惊人死不休"的虚荣心，我想我一定会活得更自在，那么也许就具备了写散文的初步条件。

二

当然，要写好散文，不能光靠精神涵养，文字上的功夫也是缺不了的。

散文最讲究味。一个人写散文，是因为他品尝到了某种人生滋味，想把它说出来。散文无论叙事、抒情、议论，或记游、写景、

咏物，目的都是说出这个味来。说不出一个味，就不配叫散文。譬如说，游记写得无味，就只好算导游指南。再也没有比无味的散文和有学问的诗更让我厌烦的了。

平淡而要有味，这就难了。酸甜麻辣，靠的是作料。平淡之为味，是以原味取胜，前提是东西本身要好。林语堂有一妙比：只有鲜鱼才可清蒸。袁中郎云："凡物酿之得甘，炙之得苦，唯淡也不可造，不可造，是文之真性灵也。"平淡是真性灵的流露，是本色的自然呈现，不能刻意求得。庸僧谈禅，与平淡沾不上边儿。

说到这里，似乎说的都是内容问题，其实，文字功夫的道理已经蕴含在其中了。

如何做到文字平淡有味呢？

第一，家无鲜鱼，就不要宴客。心中无真感受，就不要作文。不要无病呻吟，不要附庸风雅，不要敷衍文债，不要没话找话。尊重文字，不用文字骗人骗己，乃是学好文字功夫的第一步。

第二，有了鲜鱼，就得讲究烹调了，目标只有一个，即保持原味。但怎样才能保持原味，却是说不清的，要说也只能从反面来说，就是千万不要用不必要的作料损坏了原味。作文也是如此。林语堂说行文要"来得轻松自然，发自天籁，宛如天地间本有此一句话，只是被你说出而已"。话说得极漂亮，可惜做起来只有会心者知道，硬学是学不来的。我们能做到的是谨防自然的反面，即不要做作，不要着意雕琢，不要堆积辞藻，不要故弄玄虚，不要故作高深，等等，由此也许可以逐渐接近一种自然的文风了。爱护文字，保持语言在日常生活中的天然健康，不让它被印刷物上的流行疾患侵染和扭曲，乃是文字上的养生功夫。

第三，只有一条鲜鱼，就不要用它熬一大锅汤，冲淡了原味。文字贵在凝练，不但在一篇文章中要尽量少说和不说废话，而且在一个句子里也要尽量少用和不用可有可无的字。文字的平淡得力于自然质朴，有味则得力于凝聚和简练了。因为是原味，所以淡，因为水分少，密度大，所以又是很浓的原味。事实上，所谓文字功夫，基本上就是一种删除废话废字的功夫。陀思妥耶夫斯基在谈到普希金的诗作时说："这些小诗之所以看起来好像是一气呵成的，正是因为普希金把它们修改得太久了的缘故。"梁实秋也是一个极知道割爱的人，所以他的散文具有一种简练之美。世上有一挥而就的佳作，但一定没有未曾下过锤炼功夫的文豪。灵感是石头中的美，不知要凿去多少废料，才能最终把它捕捉住。

如此看来，散文的艺术似乎主要是否定性的。这倒不奇怪，因为前提是有好的感受，剩下的事情就只是不要把它损坏和冲淡。换一种比方，有了真性灵和真体验，就像是有了良种和肥土，这都是文字之前的功夫，而所谓文字功夫无非就是对长出的花木施以防虫和剪枝的护理罢了。

1991. 6—1992. 4

家

如果把人生比作一种漂流——它确实是的，对于有些人来说是漂过许多地方，对于所有人来说是漂过岁月之河——那么，家是什么呢？

一、家是一只船

南方水乡，我在湖上荡舟。迎面驶来一只渔船，船上炊烟袅袅。当船靠近时，我闻到了饭菜的香味，听到了孩子的嬉笑。这时我恍然悟到，船就是渔民的家。

以船为家，不是太动荡了吗？可是，我亲眼看到渔民们安之若素，举止泰然，而船虽小，食住器具，一应俱全，也确实是个家。

于是我转念想，对于我们，家又何尝不是一只船？这是一只小小的船，却要载我们穿过多么漫长的岁月。岁月不会倒流，前面永远是陌生的水域，但因为乘在这只熟悉的船上，我们竟不感到陌生。四周时而风平浪静，时而波涛汹涌，但只要这只船是牢固的，一切都化为美丽的风景。人世命运莫测，但有了一个好家，有了命运与共的好伴侣，莫测的命运仿佛也不复可怕。

我心中闪过一句诗："家是一只船，在漂流中有了亲爱。"

望着湖面上缓缓而行的点点帆影，我暗暗祝祷，愿每张风帆下都有一个温馨的家。

二、家是温暖的港湾

正当我欣赏远处美丽的帆影时，耳畔响起一位哲人的讽喻："朋友，走近了你就知道，即使在最美丽的帆船上也有着太多琐屑的噪音！"

这是尼采对女人的讥评。

可不是吗，家太平凡了，再温馨的家也难免有俗务琐事、闲言碎语乃至小吵小闹。

那么，让我们扬帆远航。

然而，凡是经历过远洋航行的人都知道，一旦海平线上出现港口朦胧的影子，寂寞已久的心会跳得多么欢快。如果没有一片港湾在等待着拥抱我们，无边无际的大海岂不令我们绝望？在人生的航行中，我们需要冒险，也需要休憩，家就是供我们休憩的温暖的港湾。在我们的灵魂被大海神秘的涛声陶冶得过分严肃以后，家中琐屑的噪音也许正是上天安排来放松我们精神的人间乐曲。

傍晚，征帆纷纷归来，港湾里灯火摇曳，人声喧哗，把我对大海的沉思冥想打断了。我站起来，愉快地问候："晚安，回家的人们！"

三、家是永远的岸

我知道世上有一些极骄傲也极荒凉的灵魂，他们永远无家可归，让我们不要去打扰他们。作为普通人，或早或迟，我们需要一个家。

荷马史诗中的英雄奥德修斯长年漂泊在外，历尽磨难和诱惑，正是回家的念头支撑着他，使他克服了一切磨难，抵御了一切诱惑。最后，当女神卡吕浦索劝他永久留在她的小岛上时，他坚辞道："尊贵的女神，我深知我的老婆在你的光彩下只会黯然失色，你长生不老，她却注定要死。可是我仍然天天想家，想回到我的家。"

　　自古以来，无数诗人咏唱过游子的思家之情。"渔灯暗，客梦回，一声声滴人心碎。孤舟五更家万里，是离人几行情泪。"家是游子梦魂萦绕的永远的岸。

　　不要说"赤条条来去无牵挂"。至少，我们来到这个世界，是有一个家让我们登上岸的。当我们离去时，我们也不愿意举目无亲，没有一个可以向之告别的亲人。倦鸟思巢，落叶归根，我们回到故乡故土，犹如回到从前靠岸的地方，从这里启程驶向永恒。我相信，如果灵魂不死，我们在天堂仍将怀念留在尘世的这个家。

1992. 4

失去的岁月

一

上大学时，常常当我在灯下聚精会神读书时，灯突然灭了。这是全宿舍同学针对我一致作出的决议：遵守校规，按时熄灯。我多么恨那只拉开关的手，咔嚓一声，又从我的生命线上割走了一天。怔怔地坐在黑暗里，凝望着月色朦胧的窗外，我委屈得泪眼汪汪。

年龄愈大，光阴流逝愈快，但我好像愈麻木了。一天又一天，日子无声无息地消失，就像水滴消失于大海。蓦然回首，我在世上活了一万多个昼夜，它们都已经不知去向。

"子在川上曰：逝者如斯夫，不舍昼夜。"其实，光阴何尝是这样一条河，可以让我们伫立其上，河水从身边流过，而我却依然故我？时间不是某种从我身边流过的东西，而就是我的生命。弃我而去的不是日历上的一个个日子，而是我生命中的岁月；甚至也不仅仅是我的岁月，而就是我自己。我不但找不回逝去的年华，而且也找不回从前的我了。

当我回想很久以前的我，譬如说，回想大学宿舍里那个泪眼汪汪的我的时候，在我眼前出现的总是一个孤儿的影子，他被无情地遗弃在过去的岁月里了。他孑然一身，举目无亲，徒劳地盼望回到活人的世界上来，而事实上却不可阻挡地被过去的岁月带往更远的远方。我伸出手去，但是我无法触及他并把他领回。我大声呼唤，但是我的声音到达不了他的耳中。我不得不承认这是一种死亡，从

75

前的我已经成为一个死者，我对他的怀念与对一个死者的怀念有着相同的性质。

二

自古以来，不知多少人问过：时间是什么？它在哪里？人们在时间中追问和苦思，得不到回答，又被时间永远地带走了。

时间在哪里？被时间带走的人在哪里？

为了度量时间，我们的祖先发明了日历，于是人类有历史，个人有年龄。年龄代表一个人从出生到现在所拥有的时间。真的拥有吗？它们在哪里？

总是这样：因为失去童年，我们才知道自己长大；因为失去岁月，我们才知道自己活着；因为失去，我们才知道时间。

我们把已经失去的称作过去，尚未得到的称作未来，停留在手上的称作现在。但时间何尝停留，现在转瞬成为过去，我们究竟有什么？

多少个深夜，我守在灯下，不甘心一天就此结束。然而，即使我通宵不眠，一天还是结束了。我们没有任何办法能留住时间。

我们永远不能占有时间，时间却掌握着我们的命运。在它宽大无边的手掌里，我们短暂的一生同时呈现，无所谓过去、现在、未来，我们的生和死、幸福和灾祸早已记录在案。

可是，既然过去不复存在，现在稍纵即逝，未来尚不存在，世上真有时间吗？这个操世间一切生灵生杀之权的隐身者究竟是谁？

我想象自己是草地上的一座雕像，目睹一代又一代孩子嬉闹着从远处走来，渐渐长大，在我身旁谈情说爱，寻欢作乐，又慢慢衰老，蹒跚着向远处走去。我在他们中间认出了我自己的身影，他走着和大家一样的路程。我焦急地朝他瞪眼，示意他停下来，但他毫不理会。现在他已经越过我，继续向前走去了。我悲哀地看着他无可挽救地走向衰老和死亡。

三

许多年以后，我回到我出生的那个城市，一位小学时的老同学陪伴我穿越面貌依旧的老街。他突然指着坐在街沿屋门口的一个丑女人悄悄告诉我，她就是我们的同班同学某某。我赶紧转过脸去，不敢相信我昔日心目中的偶像竟是这般模样。我的心中保存着许多美丽的面影，然而一旦邂逅重逢，没有不立即破灭的。

我们总是觉得儿时尝过的某样点心最香甜，儿时听过的某支曲子最美妙，儿时见过的某片风景最秀丽。"幸福的岁月是那失去的岁月。"你可以找回那点心、曲子、风景，可是找不回岁月。所以，同一样点心不再那么香甜，同一支曲子不再那么美妙，同一片风景不再那么秀丽。

当我坐在电影院里看电影时，我明明知道，人类的彩色摄影技术已经有了非凡的长进，但我还是找不回像幼时看的幻灯片那么鲜亮的色彩了。失去的岁月便如同那些幻灯片一样，在记忆中闪烁着永远不可企及的幸福的光华。

每次回母校，我都要久久徘徊在我过去住的那间宿舍的窗外。窗前仍是那株木槿，隔了这么些年居然既没有死去，也没有长大。我很想进屋去，看看从前那个我是否还在那里。从那时到现在，我到过许多地方，有过许多遭遇，可是这一切会不会是幻觉呢？也许，我仍然是那个我，只不过走了一会儿神？也许，根本没有时间，只有许多个我同时存在，说不定会在哪里突然相遇？但我终于没有进屋，因为我知道我的宿舍已被陌生人占据，他们会把我看作入侵者，尽管在我眼中，他们才是我的神圣的青春岁月的入侵者。

在回忆的引导下，我们寻访旧友，重游故地，企图找回当年的感觉，然而徒劳。我们终于怅然发现，与时光一起消逝的不仅是我们的童年和青春，而且是由当年的人、树木、房屋、街道、天空组成的一个完整的世界，其中也包括我们当年的爱和忧愁，感觉和心情，我们当年的整个心灵世界。

四

可是，我仍然不相信时间带走了一切。逝去的年华，我们最珍贵的童年和青春岁月，我们必定以某种方式把它们保存在一个安全的地方了。我们遗忘了藏宝的地点，但必定有这么一个地方，否则我们不会这样苦苦地追寻。或者说，有一间心灵的密室，其中藏着我们过去的全部珍宝，只是我们竭尽全力也回想不起开锁的密码了。然而，可能会有一次纯属偶然，我们漫不经心地碰对了这密码，于是密室开启，我们重新置身于从前的岁月。

当普鲁斯特的主人公口含一块泡过茶水的玛德莱娜小点心，突然感觉到一种奇特的快感和震颤的时候，便是碰对了密码。一种当下的感觉，也许是一种滋味，一阵气息，一个旋律，石板上的一片阳光，与早已遗忘的那个感觉巧合，因而混合进了和这感觉联结在一起的昔日的心境，于是昔日的生活情景便从这心境中涌现出来。

其实，每个人的生活中都不乏这种普鲁斯特式幸福的机缘，在此机缘触发下，我们会产生一种对某样东西似曾相识又若有所失的感觉。但是，很少有人像普鲁斯特那样抓住这种机缘，促使韶光重现。我们总是生活在眼前，忙碌着外在的事务。我们的日子是断裂的，缺乏内在的连续性。逝去的岁月如同一张张未经显影的底片，杂乱堆积在暗室里。它们仍在那里，但和我们永远失去了它们又有什么区别？

五

诗人之为诗人，就在于他对时光的流逝比一般人更加敏感，诗便是他为逃脱这流逝自筑的避难所。摆脱时间有三种方式：活在回忆中，把过去永恒化；活在当下的激情中，把现在永恒化；活在期待中，把未来永恒化。然而，想象中的永恒并不能阻止事实上的时光流逝。所以，回忆是忧伤的，期待是迷惘的，当下的激情混合着狂喜和绝望。难怪一个最乐观的诗人也如此喊道：

"时针指示着瞬息，但什么能指示永恒呢？"

诗人承担着悲壮的使命：把瞬间变成永恒，在时间之中摆脱时间。

谁能生活在时间之外，真正拥有永恒呢？

孩子和上帝。

孩子不在乎时光流逝。在孩子眼里，岁月是无穷无尽的。童年之所以令人怀念，是因为我们在童年曾经一度拥有永恒。可是，孩子会长大，我们终将失去童年。我们的童年是在我们明白自己必将死去的那一天结束的。自从失去了童年，我们也就失去了永恒。

从那以后，我所知道的唯一的永恒便是我死后时间的无限绵延，我的永恒的不存在。

还有上帝呢？我多么愿意和圣奥古斯丁一起歌颂上帝："你的岁月无往无来，永是现在，我们的昨天和明天都在你的今天之中过去和到来。"我多么希望世上真有一面永恒的镜子，其中映照着被时间劫走的我的一切珍宝，包括我的生命。可是，我知道，上帝也只是诗人的一个避难所！

在很小的时候，我就自己偷偷写起了日记。一开始的日记极幼稚，只是写些今天吃了什么好东西之类。我仿佛本能地意识到那好滋味容易消逝，于是想用文字把它留住。年岁渐大，我用文字留住了许多好滋味：爱，友谊，孤独，欢乐，痛苦……在青年时代的一次劫难中，我烧掉了全部日记。后来我才知道此举的严重性，为我的过去岁月的真正死亡痛哭不止。但是，写作的习惯延续下来了。我不断把自己最好的部分转移到我的文字中去，到最后，罗马不在罗马了，我借此逃脱了时光的流逝。

仍是想象中的？可是，在一个已经失去童年而又不相信上帝的人，此外还能怎样呢？

1992. 5

自我二重奏

一、有与无

日子川流不息。我起床，写作，吃饭，散步，睡觉。在日常的起居中，我不怀疑有一个我存在着。这个我有名有姓，有过去的生活经历，现在的生活圈子。我忆起一些往事，知道那是我的往事。我怀着一些期待，相信那是我的期待。尽管我对我的出生毫无印象，对我的死亡无法预知，但我明白这个我在时间上有始有终，轮廓是清楚的。

然而，有时候，日常生活的外壳仿佛突然破裂了，熟悉的环境变得陌生，我的存在失去了参照系，恍兮惚兮，不知身在何处，我是谁，世上究竟有没有一个我。

庄周梦蝶，醒来自问："不知周之梦为蝴蝶与，蝴蝶之梦为周与？"这一问成为千古迷惑。问题在于，你如何知道你现在不是在做梦？你又如何知道你的一生不是一个漫长而短促的梦？也许，流逝着的世间万物，一切世代，一切个人，都只是造物主的梦中景象？

我的存在不是一个自明的事实，而是需要加以证明的，于是有笛卡尔的命题："我思故我在。"

但我听见佛教导说：诸法无我，一切众生都只是随缘而起的幻象。

正当我为我存在与否苦思的时候，电话铃响了，听筒里叫着我的名字，我不假思索地应道：

80

"是我。"

二、轻与重

我活在世上，爱着，感受着，思考着。我心中有一个世界，那里珍藏着许多往事，有欢乐的，也有悲伤的。它们虽已逝去，却将永远活在我心中，与我终身相伴。

一个声音对我说：在无限宇宙的永恒岁月中，你不过是一个顷刻便化为乌有的微粒，这个微粒的悲欢甚至连一丝微风、一缕轻烟都算不上，刹那间就会无影无踪。你如此珍惜的那个小小的心灵世界，究竟有何价值？

我用法国作家辛涅科尔的话回答："是的，对于宇宙，我微不足道；可是，对于我自己，我就是一切。"

我何尝不知道，在宇宙的生成变化中，我只是一个极其偶然的存在，我存在与否完全无足轻重。面对无穷，我确实等于零。然而，我可以用同样的道理回敬这个傲慢的宇宙：倘若我不存在，你对我来说岂不也等于零？倘若没有人类及其众多自我的存在，宇宙的永恒存在究竟有何意义？而每一个自我一旦存在，便不能不从自身出发估量一切，正是这估量的总和使本无意义的宇宙获得了意义。

我何尝不知道，在人类的悲欢离合中，我的故事极其普通。然而，我不能不对自己的故事倾注更多的悲欢。对于我来说，我的爱情波折要比罗密欧更加惊心动魄，我的苦难要比俄狄浦斯更加催人泪下。原因很简单，因为我不是罗密欧，不是俄狄浦斯，而是我自己。事实上，如果人人看轻 己的悲欢，世上就不会有罗密欧和俄狄浦斯了。

我终归是我自己。当我自以为跳出了我自己时，仍然是这个我在跳。我无法不成为我的一切行为的主体，我对世界的一切关系的中心。当然，同时我也知道每个人都有他的自我，我不会狂妄到要充当世界和他人的中心。

三、灵与肉

我站在镜子前，盯视着我的面孔和身体，不禁惶惑起来。我不知道究竟盯视者是我，还是被盯视者是我。灵魂和肉体如此不同，一旦相遇，彼此都觉陌生。我的耳边响起帕斯卡尔的话语：肉体不可思议，灵魂更不可思议，最不可思议的是肉体居然能和灵魂结合在一起。

人有一个肉体似乎是一件尴尬事。那个丧子的母亲终于停止哭泣，端起饭碗，因为她饿了。那个含情脉脉的姑娘不得不离开情人一小会儿，她需要上厕所。那个哲学家刚才还在谈论面对苦难的神明般的宁静，现在却因为牙痛而呻吟不止。当我们的灵魂在天堂享受幸福或在地狱体味悲剧时，肉体往往不合时宜地把它拉回到尘世。

马雅可夫斯基在列车里构思一首长诗，眼睛心不在焉地盯着对面的姑娘。那姑娘惊慌了。马雅可夫斯基赶紧声明："我不是男人，我是穿裤子的云。"为了避嫌，他必须否认肉体的存在。

我们一生中不得不花费许多精力来伺候肉体：喂它，洗它，替它穿衣，给它铺床。博尔赫斯屈辱地写道："我是他的老护士，他逼我为他洗脚。"还有更屈辱的事：肉体会背叛灵魂。一个心灵美好的女人可能其貌不扬，一个灵魂高贵的男人可能终身残疾。荷马是瞎子，贝多芬是聋子，拜伦是跛子。而对一切人相同的是，不管我们如何精心调理，肉体仍不可避免地要走向衰老和死亡，拖着不屈的灵魂同归于尽。

那么，不要肉体如何呢？不，那更可怕，我们将不再能看风景，听音乐，呼吸新鲜空气，读书，散步，运动，宴饮，尤其是——世上不再有男人和女人，不再有爱情这件无比美妙的事儿。原来，灵魂的种种愉悦根本就离不开肉体，没有肉体的灵魂不过是幽灵，不复有任何生命的激情和欢乐，比死好不了多少。

所以，我要修改帕斯卡尔的话：肉体是奇妙的，灵魂更奇妙，最奇妙的是肉体居然能和灵魂结合在一起。

四、动与静

喧哗的白昼过去了，世界重归于宁静。我坐在灯下，感到一种独处的满足。

我承认，我需要到世界上去活动，我喜欢旅行、冒险、恋爱、奋斗、成功、失败。日子过得平平淡淡，我会无聊；过得冷冷清清，我会寂寞。但是，我更需要宁静的独处，更喜欢过一种沉思的生活。总是活得轰轰烈烈热热闹闹，没有时间和自己待一会儿，我就会非常不安，好像丢了魂一样。

我身上必定有两个自我。一个好动，什么都要尝试，什么都想经历。另一个喜静，对一切加以审视和消化。这另一个自我，如同罗曼·罗兰所说，是"一颗清明宁静而非常关切的灵魂"。仿佛是它把我派遣到人世间活动，鼓励我拼命感受生命的一切欢乐和苦难，同时又始终关切地把我置于它的视野之内，随时准备把我召回它的身边。即使我在世上遭受最悲惨的灾难和失败，只要我识得返回它的途径，我就不会全军覆没。它是我的守护神，为我守护着一个任何风雨都侵袭不到也损坏不了的家园，使我在最风雨飘摇的日子里也不致无家可归。

耶稣说："一个人赚得了整个世界，却丧失了自我，又有何益？"他在向其门徒透露自己的基督身份后说这话，可谓意味深长。真正的救世主就在我们每个人身上，便是那个清明宁静的自我。这个自我即是我们身上的神性，只要我们能守住它，就差不多可以说上帝和我们同在了。守不住它，一味沉沦于世界，我们便会浑浑噩噩，随波飘荡，世界也将沸沸扬扬，永无得救的希望。

五、真与伪

我走在街上，一路朝熟人点头微笑；我举起酒杯，听着应酬话，

用笑容答谢；我坐在一群妙语连珠的朋友中，自己也说着俏皮话，赞赏或得意地大笑……

在所有这些时候，我心中会突然响起一个声音："这不是我！"于是，笑容冻结了。莫非笑是社会性的，真实的我永远悲苦，从来不笑？

多数时候，我是独处的，我曾庆幸自己借此避免了许多虚伪。可是，当我关起门来写作时，我怎能担保已经把公众的趣味和我的虚荣心也关在了门外，因而这个正在写作的人必定是真实的我呢？

"成为你自己！"——这句话如同一切道德格言一样知易行难。我甚至无法判断，我究竟是否已经成为了我自己。角色在何处结束，真实的我在何处开始，这界限是模糊的。有些角色仅是服饰，有些角色却已经和我们的躯体生长在一起，如果把它们一层层剥去，其结果比剥葱头好不了多少。

演员尚有卸妆的时候，我们却生生死死都离不开社会的舞台。在他人目光的注视下，甚至隐居和自杀都可以是在扮演一种角色。也许，只有当我们扮演某个角色露出破绽时，我们才得以一窥自己的真实面目。

卢梭说："大自然塑造了我，然后把模子打碎了。"这话听起来自负，其实适用于每一个人。可惜的是，多数人忍受不了这个失去了模子的自己，于是又用公共的模子把自己重新塑造一遍，结果彼此变得如此相似。

我知道，一个人不可能也不应该脱离社会而生活。然而，有必要节省社会的交往。我不妨和他人交谈，但要更多地直接向上帝和自己说话。我无法一劳永逸地成为真实的自己，但是，倘若我的生活中充满着仅仅属于我的不可言说的特殊事物，我也就在过一种非常真实的生活了。

六、逃避与寻找

我是喜欢独处的，不觉得寂寞。我有许多事可做：读书，写作，回忆，遐想，沉思，等等。做着这些事的时候，我相当投入，乐在其中，内心很充实。

但是，独处并不意味着和自己在一起。在我潜心读书或写作时，我很可能是和想象中的作者或读者在一起。

直接面对自己似乎是一件令人难以忍受的事，所以人们往往要设法逃避。逃避自我有二法，一是事务，二是消遣。我们忙于职业上和生活上的种种事务，一旦闲下来，又用聊天、娱乐和其他种种消遣打发时光。对于文人来说，读书和写作也不外是一种事务或一种消遣，比起斗鸡走狗之辈，诚然有雅俗之别，但逃避自我的实质则为一。

然而，有这样一种时候，我翻开书，又合上，拿起笔，又放下，不知道自己究竟要什么，找不到一件自己真正想做的事，只觉得心中弥漫着一种空虚怅惘之感。这是无聊袭来的时候。

当一个人无所事事而直接面对自己时，便会感到无聊。在通常情况下，我们仍会找些事做，尽快逃脱这种境遇。但是，也有无可逃脱的时候，我就是百事无心，不想见任何人，不想做任何事。

自我似乎喜欢捉迷藏，如同蒙田所说："我找我的时候找不着；我找着我由于偶然的邂逅比由于有意的搜寻多。"无聊正是与自我邂逅的一个契机。这个自我，摆脱了一切社会的身份和关系，来自虚无，归于虚无。难怪我们和它相遇时，不能直面相视太久，便要匆匆逃离。可是，让我多坚持一会儿吧，我相信这个可怕的自我一定会教给我许多人生的真理。

自古以来，哲人们一直叮咛我们："认识你自己！"卡莱尔却主张代之以一个"最新的教义"："认识你要做和能做的工作！"因为一个人永远不可能认识自己，而通过工作则可以使自己成为完人。我承认认识自己也许是徒劳之举，但同时我也相信，一个人倘若从来不想认识自己，从来不肯从事一切无望的精神追求，那么，工作决不会使他成为完人，而只会使他成为庸人。

七、爱与孤独

凡人群聚集之处，必有孤独。我怀着我的孤独，离开人群，来到郊外。我的孤独带着如此浓烈的爱意，爱着田野里的花朵、小草、树木和河流。

原来，孤独也是一种爱。

爱和孤独是人生最美丽的两支曲子，两者缺一不可。无爱的心灵不会孤独，未曾体味过孤独的人也不可能懂得爱。

由于怀着爱的希望，孤独才是可以忍受的，甚至是甜蜜的。当我独自在田野里徘徊时，那些花朵、小草、树木、河流之所以能给我以慰藉，正是因为我隐约预感到，我可能会和另一颗同样爱它们的灵魂相遇。

不止一位先贤指出，一个人无论看到怎样的美景奇观，如果他没有机会向人讲述，他就决不会感到快乐。人终究是离不开同类的。一个无人分享的快乐绝非真正的快乐，而一个无人分担的痛苦则是最可怕的痛苦。所谓分享和分担，未必要有人在场。但至少要有人知道。永远没有人知道，绝对的孤独，痛苦便会成为绝望，而快乐——同样也会变成绝望！

交往为人性所必需，它的分寸却不好掌握。帕斯卡尔说："我们由于交往而形成了精神和感情，但我们也由于交往而败坏着精神和感情。"我相信，前一种交往是两个人之间的心灵沟通，它是马丁·布伯所说的那种"我与你"的相遇，既充满爱，又尊重孤独；相反，后一种交往则是熙熙攘攘的利害交易，它如同尼采所形容的"市场"，既亵渎了爱，又羞辱了孤独。相遇是人生莫大的幸运，在此时刻，两颗灵魂仿佛同时认出了对方，惊喜地喊出："是你！"人一生中只要有过这个时刻，爱和孤独便都有了着落。

1992.6

周 国 平
作 品 精 选

守望的距离

（1993—1995）

守望的距离

(1993—1995)

守望者的职责

——《守望的距离》序

　　这是我迄今为止最完整的一个散文集，汇集了我从 1984 年以来发表的几乎全部散文。尽管我出版过两个散文的单行本《只有一个人生》和《今天我活着》，即将出版一个散文的选本，但是仍然有许多想要购买我的作品的读者未能如愿，还有一些对我偏爱的读者希望得到完整的汇集，是他们促使我编了这个集子。

　　十余年的积累只是这么一本不厚的书，成果未免可怜。了解我的朋友都知道，我写作的速度不快。我倒并没有"文章千古事"的觉悟和抱负，我的觉悟和抱负仅限于，写文章尽量做到有感而发，并且尽量减少（不可能避免）自我重复，于是难免下笔犹豫了。再说，我首先在生活，人生的变幻和命运的磨难每每使我无暇握笔。不过，同时我也发现，正是在变幻和磨难的极点，我会不由自主地拿起笔来，用真理和谎言救助自己。所以，如果把我的散文归入所谓闲适派，实在是误解。我毫不反对闲适，只是觉得自己离那境界还远。真正的闲适是自然无为，不需努力的，而我却是一个太执著的人，经过努力能达到的至多是超脱的境界罢了。

　　所谓超脱，并不是超然物外，遗世独立，而只是与自己在人世间的遭遇保持一个距离。有了这个距离，也就有了一种看世界的眼光。一个人一旦省悟人生的底蕴和限度，他在这个浮华世界上就很难成为一个踌躇满志的风云人物了。不过，如果他对天下事仍有一份责任心，他在世上还是可以找到他的合适的位置的，"守望者"便是为他定位的一个确切名称。我很喜欢这个名称，曾经想以此为刊

名办一个杂志，可惜未能如愿。以我之见，"守望者"的职责是，与时代潮流保持适当的距离，守护人生的那些永恒的价值，瞭望和关心人类精神生活的基本走向。

　　曾经有一位读者来信，给我派了一个很好的差使：在激烈的竞技场上吹几声临时退场休息的哨子。做这种事，也许有些人会觉得扫兴，但还总有人会认为人生的使命不仅仅是竞争，也应包括休息和思考。那么，就让我为这些人好好吹哨吧。

1995.4

习惯于失去

出门时发现，搁在楼道里的那辆新自行车不翼而飞了。两年之中，这已是第三辆。我一面为世风摇头，一面又感到内心比前两次失窃时要平静得多。

莫非是习惯了？

也许是。近年来，我的生活中接连遭到惨重的失去，相比之下，丢辆把自行车真是不足挂齿。生活的劫难似乎使我悟出了一个道理：人生在世，必须习惯于失去。

一般来说，人的天性是习惯于得到，而不习惯于失去的。呱呱坠地，我们首先得到了生命。自此以后，我们不断地得到：从父母得到衣食、玩具、爱和抚育，从社会得到职业的训练和文化的培养。长大成人以后，我们靠着自然的倾向和自己的努力继续得到：得到爱情、配偶和孩子，得到金钱、财产、名誉、地位，得到事业的成功和社会的承认，如此等等。

当然，有得必有失，我们在得到的过程中也确实不同程度地经历了失去。但是，我们比较容易把得到看作是应该的，正常的，把失去看作是不应该的，不正常的。所以，每有失去，仍不免感到委屈。所失愈多愈大，就愈委屈。我们暗暗下决心要重新获得，以补偿所失。在我们心中的蓝图上，人生之路仿佛是由一系列的获得勾画出来的，而失去则是必须涂抹掉的笔误。总之，不管失去是一种多么频繁的现象，我们对它反正不习惯。

道理本来很简单：失去当然也是人生的正常现象。整个人生是一个不断地得而复失的过程，就其最终结果看，失去反比得到更为

木质。我们迟早要失去人生最宝贵的赠礼——生命，随之也就失去了在人生过程中得到的一切。有些失去看似偶然，例如天灾人祸造成的意外损失，但也是无所不包的人生的题中应有之义。"人有旦夕祸福"，既然生而为人，就得有承受旦夕祸福的精神准备和勇气。至于在社会上的挫折和失利，更是人生在世的寻常遭际了。由此可见，不习惯于失去，至少表明对人生尚欠觉悟。一个只求得到不肯失去的人，表面上似乎富于进取心，实际上是很脆弱的，很容易在遭到重大失去之后一蹶不振。

为了习惯于失去，有时不妨主动地失去。东西方宗教都有布施一说。照我的理解，布施的本义是教人去除贪鄙之心，由不执著于财物，进而不执著于一切身外之物，乃至于这尘世的生命。如此才可明白，佛教何以把布施列为"六度"之首，即从迷惑的此岸渡向觉悟的彼岸的第一座桥梁。俗众借布施积善图报，寺庙靠布施敛财致富，实在是小和尚念歪了老祖宗的经。我始终把佛教看作古今中外最透彻的人生哲学，对它后来不伦不类的演变深不以为然。佛教主张"无我"，既然"我"不存在，也就不存在"我的"这回事了。无物属于自己，连自己也不属于自己，何况财物。明乎此理，人还会有什么得失之患呢？

当然，佛教毕竟是一种太悲观的哲学，不宜提倡。只是对于入世太深的人，它倒是一帖必要的清醒剂。我们在社会上尽可以积极进取，但是，内心深处一定要为自己保留一份超脱。有了这一份超脱，我们就能更加从容地品尝人生的各种滋味，其中也包括失去的滋味。

由丢车引发这么多议论，可见还不是太不在乎。如果有人嘲笑我阿Q精神，我乐意承认。试想，对于人生中种种不可避免的失去，小至破财，大至死亡，没有一点阿Q精神行吗？由社会的眼光看，盗窃是一种不义，我们理应与之做力所能及的斗争，而不该摆出一副哲人的姿态容忍姑息。可是，倘若社会上有更多的人了悟人生根本道理，世风是否会好一些呢？那么，这也许正是我对不义所作的一种力所能及的斗争罢。

1993. 1

时光村落里的往事

——蓝蓝《人间情书》序

一

人分两种，一种人有往事，另一种人没有往事。

有往事的人爱生命，对时光流逝无比痛惜，因而怀着一种特别的爱意，把自己所经历的一切珍藏在心灵的谷仓里。

世上什么不是往事呢？此刻我所看到、听到、经历到的一切，无不转瞬即逝，成为往事。所以，珍惜往事的人便满怀爱怜地注视一切，注视即将被收割的麦田，正在落叶的树，最后开放的花朵，大路上边走边衰老的行人。这种对万物的依依惜别之情是爱的至深源泉。由于这爱，一个人才会真正用心在看，在听，在生活。

是的，只有珍惜往事的人才真正在生活。

没有往事的人对时光流逝毫不在乎，这种麻木使他轻慢万物，凡经历的一切都如过眼烟云，随风飘散，什么也留不下。他根本没有想到要留下。他只是貌似在看、在听、在生活罢了，实际上早已是一具没有灵魂的空壳。

二

珍惜往事的人也一定有一颗温柔爱人的心。

当我们的亲人远行或故世之后，我们会不由自主地百般追念他

94

们的好处，悔恨自己的疏忽和过错。然而，事实上，即使尚未生离死别，我们所爱的人何尝不是在时时刻刻离我们而去呢？

浩渺宇宙间，任何一个生灵的降生都是偶然的，离去却是必然的；一个生灵与另一个生灵的相遇总是千载一瞬，分别却是万劫不复。说到底，谁和谁不同是这空空世界里的天涯沦落人？

在平凡的日常生活中，你已经习惯了和你所爱的人的相处，仿佛日子会这样无限延续下去。忽然有一天，你心头一惊，想起时光在飞快流逝，正无可挽回地把你、你所爱的人以及你们共同拥有的一切带走。于是，你心中升起一股柔情，想要保护你的爱人免遭时光劫掠。你还深切感到，平凡生活中这些最简单的幸福也是多么宝贵，有着稍纵即逝的惊人的美……

三

人是怎样获得一个灵魂的？

通过往事。

正是被亲切爱抚着的无数往事使灵魂有了深度和广度，造就了一个丰满的灵魂。在这样一个灵魂中，一切往事都继续活着：从前的露珠在继续闪光，某个黑夜里飘来的歌声在继续回荡，曾经醉过的酒在继续芳香，早已死去的亲人在继续对你说话……你透过活着的往事看世界，世界别具魅力。活着的往事——这是灵魂之所以具有孕育力和创造力的秘密所在。

在一切往事中，童年占据着最重要的篇章。童年是灵魂生长的源头。我甚至要说，灵魂无非就是一颗成熟了的童心，因为成熟而不会再失去。圣爱克苏佩里创作的童话中的小王子说得好："使沙漠显得美丽的，是它在什么地方藏着一口水井。"我相信童年就是人生沙漠中的这样一口水井。始终携带着童年走人生之路的人是幸福的，由于心中藏着永不枯竭的爱的源泉，最荒凉的沙漠也化作了美丽的风景。

四

"上帝创造了乡村，人类创造了城市。"这是英国诗人库柏的诗句。我要补充说：在乡村中，时间保持着上帝创造时的形态，它是岁月和光阴；在城市里，时间却被抽象成了日历和数字。

在城市里，光阴是停滞的。城市没有季节，它的春天没有融雪和归来的候鸟，秋天没有落叶和收割的庄稼。只有敏锐感知到时光流逝的人才有往事，可是，城里人整年被各种建筑物包围着，他对季节变化和岁月交替会有什么敏锐的感觉呢？

何况在现代商业社会中，人们活得愈来愈匆忙，哪里有工夫去注意草木发芽、树叶飘落这种小事！哪里有闲心用眼睛看，用耳朵听，用心灵感受！时间就是金钱，生活被简化为尽快地赚钱和花钱。沉思未免奢侈，回味往事简直是浪费。一个古怪的矛盾：生活节奏加快了，然而没有生活。天天争分夺秒，岁岁年华虚度，到头来发现一辈子真短。怎么会不短呢？没有值得回忆的往事，一眼就望到了头。

五

就在这样一个愈来愈没有往事的世界上，一个珍惜往事的人悄悄写下了她对往事的怀念。这是一些太细小的往事，就像她念念不忘的小花、甲虫、田野上的炊烟、井台上的绿苔一样细小。可是，在她心目中，被时光带来又带走的一切都是造物主写给人间的情书，她用情人的目光从其中读出了无穷的意味，并把它们珍藏在忠贞的心中。

这就是摆在你们面前的这本《人间情书》。你们将会发现，我的序中的许多话都是蓝蓝说过的，我只是稍作概括罢了。

蓝蓝上过大学，出过诗集，但我觉得她始终只是个乡下孩子。

她的这本散文集也好像是乡村田埂边的一朵小小的野花，在温室鲜花成为时髦礼品的今天也许是很不起眼的。但是，我相信，一定会有读者喜欢它，并且想起泰戈尔的著名诗句——

"我的主，你的世纪，一个接着一个，来完成一朵小小的野花。"

1993.1

何必温馨

不太喜欢温馨这个词。我写文章有时也用它，但尽量少用。不论哪个词，一旦成为一个热门、时髦、流行的词，我就对它厌烦了。

温馨本来是一个书卷气很重的词，如今居然摇身一变，俨然是形容词家族中脱颖而出的一位通俗红歌星。它到处走穴，频频亮相，泛滥于歌词中，散文中，商品广告中。以至于在日常言谈中，人们也可以脱口说出这个文绉绉的词了，宛如说出一个人所共知的女歌星的名字。

可是，仔细想想，究竟什么是温馨呢？温馨的爱、温馨的家、温馨的时光、温馨的人生究竟是什么样子的？朦朦胧胧，含含糊糊，反正我想不明白。也许，正是词义上的模糊不清增加了这个词的魅力，能够激起说者和听者一些非常美好但也非常空洞的联想。

正是这样：美好，然而空洞。这个词是没有任何实质内容的。温者温暖，馨者馨香。暖洋洋，香喷喷。这样一个词非常适合于譬如说一个情窦初开的少女用来描绘自己对爱的憧憬，一个初为人妻的少妇用来描绘自己对家的期许。它基本上是一个属于女中学生词典的词汇。当举国男女老少都温馨长温馨短的时候，我不免感到滑稽，诧异国人何以在精神上如此柔弱化，纷纷竞作青春女儿态？

事实上，两性之间真正热烈的爱情未必是温馨的。这里无须举出罗密欧与朱丽叶，奥涅金与达吉亚娜，贾宝玉与林黛玉。每一个经历过热恋的人都不妨自问，真爱是否只有甜蜜，没有苦涩，只有和谐，没有冲突，只有温暖的春天，没有炎夏和寒冬？我不否认爱情中也有温馨的时刻，即两情相悦、心满意足的时刻，这样的时刻自有其价值，可是，倘若把它树为爱情的最高境界，就会扼杀一切深邃的爱情所固有的悲剧性因素，把爱情降为平庸的人间喜剧。

比较起来，温馨对于家庭来说倒是一个较为合理的概念。家是一个窝，我们当然希望自己有一个温暖、舒适、安宁、气氛浓郁的窝。不过，我们也该记住，如果爱情要在家庭中继续生长，就仍然会有种种亦悲亦喜的冲突和矛盾。一味地温馨，试图抹去一切不和谐音，结果不是磨灭掉夫妇双方的个性，从而窒息爱情（我始终认为，真正的爱情只能发生在两个富有个性的人之间），就是造成升平的假象，使被掩盖的差异终于演变为不可愈合的裂痕。

至于说以温馨为一种人生理想，就更加小家子气了。人生中有顺境，也有困境和逆境。困境和逆境当然一点儿也不温馨，却是人生最真实的组成部分，往往促人奋斗，也引人彻悟。我无意赞美形形色色的英雄、圣徒、冒险家和苦行僧，可是，如果否认了苦难的价值，就不复有壮丽的人生了。

写到这里，我忽然悟到了温馨这个词时髦起来的真正原因。我的眼前浮现出许多广告画面，画面上是各种高档的家具、家用电器、室内装饰材料、化妆品等等，随之响起同一句画外音："……伴你度一个温馨的人生。"一点也不错！舒适的环境，安逸的氛围，精美的物质享受，这就是现代人的生活理想，这就是温馨一词的确切的现代含义！这个听起来好像颇浪漫的词，其实包含着非常务实的意思，一个正在形成中的中产阶级的生活标准，一种讲究实际的人生态度。不要跟我们提罗密欧了吧，爱就要爱得惬意。不要跟我们提哈姆雷特了吧，活就要活得轻松。理想主义的时代已经结束，让我们回归最实在的人生……

我丝毫不反对实在的生活情趣。和突出政治时代到处膨胀的权力野心相比，这是一个进步。然而，实在的生活有着深刻丰富的内涵，绝非限于舒适安逸。使我反感的是"温馨"这个流行词所标志的人们精神上的半庸化，在这个女歌星的唱遍千家万户的温软歌声中，一切人的爱情和人生变得如此雷同，就像当今一切流行歌曲的

歌词和曲调如此雷同一样。听着这些流行歌曲，我不禁缅怀起歌剧《卡门》的音乐和它所讴歌的那种惊心动魄的爱情和人生来了。

所以，在这种情况下，我要说：

爱，未必温馨，又何必温馨？

人生，未必温馨，又何必温馨？

1993. 2

"沉默学" 导言

　　一个爱唠叨的理发师给马其顿王理发，问他喜欢什么发型，马其顿王答道："沉默型。"

　　我很喜欢这个故事。素来怕听人唠叨，尤其是有学问的唠叨。遇见那些满腹才学关不住的大才子，我就不禁想起这位理发师来，并且很想效法马其顿王告诉他们，我最喜欢的学问是"沉默学"。

　　无论会议上，还是闲谈中，听人神采飞扬地发表老生常谈，激情满怀地叙说妇孺皆知，我就惊诧不已。我简直还有点嫉妒：这位先生（往往是先生）的自我感觉何以这样好呢？据说讲演术的第一秘诀是自信，一自信，就自然口若悬河滔滔不绝起来了。可是，自信总应该以自知为基础吧？不对，我还是太迂了。毋宁说，天下的自信多半是盲目的。唯其盲目，才拥有那一份化腐朽为神奇的自信，敢于以创始人的口吻宣说陈词滥调，以发明家的身份公布道听途说。

　　可惜的是，我始终无法拥有这样的自信。话未出口，自己就怀疑起它的价值了，于是嗫嚅欲止，字不成句，更谈何出口成章。对于我来说，谎言重复十遍未必成为真理，真理重复十遍（无须十遍）就肯定成为废话。人在世，说废话本属难免，因为创新总是极稀少的。能够把废话说得漂亮，岂不也是一种才能？若不准说废话，人世就会沉寂如坟墓。我知道自己的挑剔和敏感实在有悖常理，无奈改不掉，只好不改。不但不改，还要把它合理化，于自卑中求另一种自信。

　　好在这方面不乏贤哲之言，足可供我自勉。古希腊最早的哲人泰勒斯就说过："多说话并不表明有才智。"人有两只耳朵，只有一

张嘴，一位古罗马哲人从中揣摩出了造物主的意图：让我们多听少说。孔子主张"君子欲讷于言而敏于行"，这是众所周知的了。明朝的李笠翁也认为：智者拙于言谈，善谈者罕是智者。当然，沉默寡言未必是智慧的征兆，世上有的是故作深沉者或天性木讷者，我也难逃此嫌。但是，我确信其反命题是成立的：夸夸其谈者必无智慧。

曾经读到一则幽默，大意是某人参加会议，一言不发，事后，一位评论家对他说："如果你蠢，你做得很聪明；如果你聪明，你做得很蠢。"当时觉得这话说得很机智，意思也是明白的：蠢人因沉默而未暴露其蠢，所以聪明；聪明人因沉默而未表现其聪明，所以蠢。仔细琢磨，发现不然。聪明人必须表现自己的聪明吗？聪明人非说话不可吗？聪明人一定有话可说吗？再也没有比听聪明人在无话可说时偏要连篇累牍地说聪明的废话更让我厌烦的了，在我眼中，此时他不但做得很蠢，而且他本人也成了天下最蠢的一个家伙。如果我自己身不由己地被置于一种无话可说却又必须说话的场合，那真是天大的灾难，老天饶了我吧！

公平地说，那种仅仅出于表现欲而夸夸其谈的人毕竟还不失为天真。今日之聪明人已经不满足于这无利可图的虚荣，他们要大张旗鼓地推销自己，力求卖个好价钱。于是，我们接连看到，靠着传播媒介的起哄，平庸诗人发出摘冠诺贝尔的豪言，俗不可耐的小说跃居畅销书目的榜首，尚未开拍的电视剧先声夺人闹得天下沸沸扬扬。在这一片叫卖声中，我常常想起甘地的话："沉默是信奉真理者的精神训练之一。"我还想起吉辛的话："人世一天天愈来愈吵闹，我不愿在增长着的喧嚣中加上一份，单凭了我的沉默，我也向一切人奉献了一种好处。"这两位圣者都是羞于言谈的人，看来绝非偶然。当然，沉默者未免寂寞，那又有什么？说到底，一切伟大的诞生都是在沉默中孕育的。广告造就不了文豪。哪个自爱并且爱孩子的母亲会在分娩前频频向新闻界展示她的大肚子呢？

种种热闹一时的吹嘘和喝彩，终是虚声浮名。在万象喧嚣的背后，在一切语言消失之处，隐藏着世界的秘密。世界无边无际，有声的世界只是其中很小一部分。只听见语言不会倾听沉默的人是被声音堵住了耳朵的聋子。懂得沉默的价值的人却有一双善于倾听沉默的耳朵，如同纪伯伦所说，他们"听见了寂静的唱诗班唱着世纪的歌，吟咏着空间的诗，解释着永恒的秘密"。一个听懂了千古历史和万有存在的沉默的话语的人，他自己一定也是更懂得怎样说话的。

世有声学、语言学、音韵学、广告学、大众传播学、公共关系学等等，唯独没有沉默学。这就对了，沉默怎么能教呢？所以，仅存此"导言"一篇，"正论"则理所当然地将永远付诸阙如了。

1993.3

永远未完成

一

高鹗续《红楼梦》，金圣叹腰斩《水浒》，其功过是非，累世迄无定论。我们只知道一点：中国最伟大的两部古典小说处在永远未完成之中，没有一个版本有权自命是唯一符合作者原意的定本。

舒伯特最著名的交响曲只有两个乐章，而非如同一般交响曲那样有三至四个乐章，遂被后人命名为《未完成》。好事者一再试图续写，终告失败，从而不得不承认：它的"未完成"也许比任何"完成"更接近完美的形态。

卡夫卡的主要作品在他生前均未完成和发表，他甚至在遗嘱中吩咐把它们全部焚毁。然而，正是这些他自己不满意的未完成之作，死后一经发表，便奠定了他在世界文学史上的巨人地位。

凡大作家，哪个不是在死后留下了许多未完成的手稿？即使生前完成的作品，他们何尝不是常怀一种未完成的感觉，总觉得未尽人意，有待完善？每一个真正的作家都有一个梦：写出自己最好的作品。可是，每写完一部作品，他又会觉得那似乎即将写出的最好的作品仍未写出。也许，直到生命终结，他还在为未能写出自己最好的作品而抱憾。然而，正是这种永远未完成的心态驱使着他不断超越自己，取得了那些自满之辈所不可企及的成就。在这个意义上，每一个真正的作家一辈子只是在写一部作品，他的生命之作。只要他在世一日，这部作品就不会完成。

104

　　而且，一切伟大的作品在本质上是永远未完成的，它们的诞生仅是它们生命的开始，在今后漫长的岁月中，它们仍在世世代代读者心中和在文化史上继续生长，不断被重新解释，成为人类永久的精神财富。

　　相反，那些平庸作家的趋时之作，不管如何畅销一时，决无持久的生命力。而且我可以断言，不必说死后，就在他们活着时，你去翻检这类作家的抽屉，也肯定找不到积压的未完成稿。不过，他们也谈不上完成了什么，而只是在制作和销售罢了。

二

　　无论在文学作品中，还是在现实生活中，最动人心魄的爱情似乎都没有圆满的结局。由于社会的干涉、天降的灾祸、机遇的错位等外在困境，或由于内心的冲突、性格的悲剧、致命的误会等内在困境，有情人终难成为眷属。然而，也许正因为未完成，我们便在心中用永久的怀念为它们罩上了一层圣洁的光辉。终成眷属的爱情则不免黯然失色，甚至因终成眷属而寿终正寝。

　　这么说来，爱情也是因未完成而成其完美的。

　　其实，一切真正的爱情都是未完成的。不过，对于这"未完成"，不能只从悲剧的意义上作狭隘的理解。真正的爱情是两颗心灵之间不断互相追求和吸引的过程，这个过程不应该因为结婚而终结。以婚姻为爱情的完成，这是一个有害的观念，在此观念支配下，结婚者自以为大功告成，已经获得了对方，不需要继续追求了。可是，求爱求爱，爱即寓于追求之中，一旦停止追求，爱必随之消亡。相反，好的婚姻则应当使爱情始终保持未完成的态势。也就是说，相爱双方之间始终保持着必要的距离和张力，各方都把对方看作独立的个人，因而是一个永远需要重新追求的对象，决不可能一劳永逸地加以占有。在此态势中，彼此才能不断重新发现和欣赏，而非互相束缚和厌倦，爱情才能获得继续生长的空间。

当然，再好的婚姻也不能担保既有的爱情永存，杜绝新的爱情发生的可能性。不过，这没有什么不好。世上没有也不该有命定的姻缘。人生魅力的前提之一恰恰是，新的爱情的可能性始终向你敞开着，哪怕你并不去实现它们。如果爱情的天空注定不再有新的云朵飘过，异性世界对你不再有任何新的诱惑，人生岂不太乏味了？靠闭关自守而得维持其专一长久的爱情未免可怜，唯有历尽诱惑而不渝的爱情才富有生机，真正值得自豪。

三

弗洛斯特在一首著名的诗中叹息：林中路分为两股，走上其中一条，把另一条留给下次，可是再也没有下次了。因为走上的这一条路又会分股，如此至于无穷，不复有可能回头来走那条未定的路了。

这的确是人生境况的真实写照。每个人的一生都包含着许多不同的可能性，而最终得到实现的仅是其中极小的一部分，绝大多数可能性被舍弃了，似乎浪费掉了。这不能不使我们感到遗憾。

但是，真的浪费掉了吗？如果人生没有众多的可能性，人生之路沿着唯一命定的轨迹伸展，我们就不遗憾了吗？不，那样我们会更受不了。正因为人生的种种可能性始终处于敞开的状态，我们才会感觉到自己是命运的主人，从而踌躇满志地走自己正在走着的人生之路。绝大多数可能性尽管未被实现，却是现实人生不可缺少的组成部分，正是它们给那极少数我们实现了的可能性罩上了一层自由选择的光彩。这就好像尽管我们未能走遍树林里纵横交错的无数条小路，然而，由于它们的存在，我们即使走在其中一条上也仍能感受到曲径通幽的微妙境界。

回首往事，多少事想做而未做。瞻望前程，还有多少事准备做。未完成是人生的常态，也是一种积极的心态。如果一个人感觉到活在世上已经无事可做，他的人生恐怕就要打上句号了。当然，如果一个人在未完成的心态中和死亡照面，他又会感到突兀和委屈，乃至于死不瞑目。但是，只要我们认识到人生中的事情是永远做不完的，无论死亡何时到来，人生永远未完成，那么，我们就会在生命的任何阶段上与死亡达成和解，在积极进取的同时也保持着超脱的心境。

1993. 3

车窗外

小时候喜欢乘车，尤其是火车，占据一个靠窗的位置，扒在窗户旁看窗外的风景。这爱好至今未变。

列车飞驰，窗外无物长驻，风景永远新鲜。

其实，窗外掠过什么风景，这并不重要。我喜欢的是那种流动的感觉。景物是流动的，思绪也是流动的，两者融为一片，仿佛置身于流畅的梦境。

当我望着窗外掠过的景物出神时，我的心灵的窗户也洞开了。许多似乎早已遗忘的往事，得而复失的感受，无暇顾及的思想，这时都不召自来，如同窗外的景物一样在心灵的窗户前掠过。于是我发现，平时我忙于种种所谓必要的工作，使得我的心灵的窗户有太多的时间是关闭着的，我的心灵世界还有太多的风景未被鉴赏。而此刻，这些平时遭到忽略的心灵景观在打开了的窗户前源源不断地闪现了。

所以，我从来不觉得长途旅行无聊，或者毋宁说，我有点喜欢这一种无聊。在长途车上，我不感到必须有一个伴与我闲聊，或者必须有一种娱乐让我消遣。我甚至舍不得把时间花在读一本好书上，因为书什么时候都能读，白日梦却不是想做就能做的。

就因为贪图车窗前的这一份享受，凡出门旅行，我宁愿坐火车，不愿乘飞机。飞机太快地把我送到了目的地，使我来不及寂寞，因而来不及触发那种出神遐想的心境，我会因此感到像是未曾旅行一样。航行江海，我也宁愿搭乘普通轮船，久久站在甲板上，看波涛万古流涌，而不喜欢坐封闭型的豪华快艇。有一回，从上海到南通，

108

我不幸误乘这种快艇，当别人心满意足地靠在舒适的软椅上看彩色录像时，我痛苦地盯着舱壁上那一个个窄小的密封窗口，真觉得自己仿佛遭到了囚禁。

我明白，这些仅是我的个人癖性，或许还是过了时的癖性。现代人出门旅行讲究效率和舒适，最好能快速到把旅程缩减为零，舒适到如同住在自己家里。令我不解的是，既然如此，又何必出门旅行呢？如果把人生譬作长途旅行，那么，现代人搭乘的这趟列车就好像是由工作车厢和娱乐车厢组成的，而他们的惯常生活方式就是在工作车厢里拼命干活和挣钱，然后又在娱乐车厢里拼命享受和把钱花掉，如此交替往复，再没有工夫和心思看一眼车窗外的风景了。

光阴蹉跎，世界喧嚣，我自己要警惕，在人生旅途上保持一份童趣和闲心是不容易的。如果哪一天我只是埋头于人生中的种种事务，不再有兴致扒在车窗旁看沿途的风光，倾听内心的音乐，那时候我就真正老了俗了，那样便辜负了人生这一趟美好的旅行。

1993.4

生命本来没有名字

　　这是一封读者来信，从一家杂志社转来的。每个作家都有自己的读者，都会收到读者的来信，这很平常。我不经意地拆开了信封。可是，读了信，我的心在一种温暖的感动中战栗了。

　　请允许我把这封不长的信抄录在这里——

　　"不知道该怎样称呼您，每一种尝试都令自己沮丧，所以就冒昧地开口了，实在是一份由衷的生命对生命的亲切温暖的敬意。

　　"记住你的名字大约是在七年前，那一年翻看一本《父母必读》，上面有一篇写孩子的或者是写给孩子的文章，是印刷体却另有一种纤柔之感，觉得您这个男人的面孔很别样。

　　"后来慢慢长大了，读您的文章便多了，常推荐给周围的人去读，从不多聒噪什么，觉得您的文章和人似乎是很需要我们安静的，因为什么，却并不深究下去了。

　　"这回读您的《时光村落里的往事》，恍若穿行乡村，沐浴到了最干净最暖和的阳光。我是一个卑微的生命，但我相信您一定愿意静静地听这个生命说：'我愿意静静地听您说话……'我从不愿把您想象成一个思想家或散文家，您不会为此生气吧。

　　"也许再过好多年之后，我已经老了，那时候，我相信为了年轻时读过的您的那些话语，我要用心说一声：谢谢您！"

　　信尾没有落款，只有这一行字："生命本来没有名字吧，我是，你是。"我这才想到查看信封，发现那上面也没有寄信人的地址，作为替代的是"时光村落"四个字。我注意了邮戳，寄自河北怀来。

　　从信的口气看，我相信写信人是一个很年轻的刚刚长大的女孩，一个生活在穷城僻镇的女孩。我不曾给《父母必读》寄过稿子,那篇使她和我初次相遇的文章,也许是这个杂志转载的,也许是她记错了刊载的地方,不过这都无关紧要。令我感动的是她对我的文章的读法,不是从中寻找思想,也不是作为散文欣赏,而是一个生命静静地倾听另一个生命。所以,我所获得的不是一个作家的虚荣心的满足,而是一个生命被另一个生命领悟的温暖,一种暖入人性根底的深深的感动。

"生命本来没有名字"——这话说得多么好!我们降生到世上,有谁是带着名字来的?又有谁是带着头衔、职位、身份、财产等等来的?可是,随着我们长大,越来越深地沉溺于俗务琐事,已经很少有人能记起这个最单纯的事实了。我们彼此以名字相见,名字又与头衔、身份、财产之类相连,结果,在这些寄生物的缠绕之下,生命本身隐匿了,甚至萎缩了。无论对己对人,生命的感觉都日趋麻痹。多数时候,我们只是作为一个称谓活在世上。即使是朝夕相处的伴侣,也难得以生命的本然状态相待,更多的是一种伦常和习惯。浩瀚宇宙间,也许只有我们的星球开出了生命的花朵,可是,在这个幸运的星球上,比比皆是利益的交换,身份的较量,财产的争夺,最罕见的偏偏是生命与生命的相遇。仔细想想,我们是怎样地本末倒置,因小失大,辜负了造化的宠爱。

是的——我是,你是,每一个人都是一个多么普通又多么独特的生命,原本无名无姓,却到底可歌可泣。我、你、每一个生命都是那么偶然地来到这个世界上,完全可能不降生,却毕竟降生了,然后又将必然地离去。想一想世界在时间和空间上的无限,每一个生命的诞生的偶然,怎能不感到一个生命与另一个生命的相遇是种奇迹呢。有时我甚至觉得,两个生命在世上同时存在过,哪怕永不相遇,其中也仍然有一种令人感动的因缘。我相信,对于生命的这种珍惜和体悟乃是一切人间之爱的至深的源泉。你说你爱你的妻子,可是,如果你不是把她当作一个独一无二的生命来爱,那么你的爱还是比较有限。你爱她的美丽、温柔、贤惠、聪明,当然都对,

但这些品质在别的女人身上也能找到。唯独她的生命，作为一个生命体的她，却是在普天下的女人身上也无法重组或再生的，一旦失去，便是不可挽回地失去了。世上什么都能重复，恋爱可以再谈，配偶可以另择，身份可以炮制，钱财可以重挣，甚至历史也可以重演，唯独生命不能。愈是精微的事物愈不可重复，所以，与每一个既普通又独特的生命相比，包括名声地位财产在内的种种外在遭遇实在粗浅得很。

既然如此，当另一个生命，一个陌生得连名字也不知道的生命，远远地却又那么亲近地发现了你的生命，透过世俗功利和文化的外观，向你的生命发出了不求回报的呼应，这岂非人生中令人感动的幸运？

所以，我要感谢这个不知名的女孩，感谢她用她的安静的倾听和领悟点拨了我的生命的性灵。她使我愈加坚信，此生此世，当不当思想家或散文家，写不写得出漂亮文章，真是不重要。我唯愿保持住一份生命的本色，一份能够安静聆听别的生命也使别的生命愿意安静聆听的纯真，此中的快乐远非浮华功名可比。

很想让她知道我的感谢，但愿她读到这篇文章。

1994. 3

爱情不风流

有一个字，内心严肃的人最不容易说出口，有时是因为它太假，有时是因为它太真。

爱情不风流，爱情是两性之间最严肃的一件事。

调情是轻松的，爱情是沉重的。风流韵事不过是躯体的游戏，至多还是感情的游戏。可是，当真的爱情来临时，灵魂因恐惧和狂喜而战栗了。

爱情不风流，因为它是灵魂的事。真正的爱情是灵魂与灵魂的相遇，肉体的亲昵仅是它的结果。不管持续时间是长是短，这样的相遇极其庄严，双方的灵魂必深受震撼。相反，在风流韵事中，灵魂并不真正在场，一点儿小感情只是肉欲的佐料。

爱情不风流，因为它极认真。正因为此，爱情始终面临着失败的危险，如果失败又会留下很深的创伤，这创伤甚至可能终身不愈。热恋者把自己全身心投入对方并被对方充满，一旦爱情结束，就往往有一种被掏空的感觉。风流韵事却无所谓真正的成功或失败，投入甚少，所以退出也甚易。

爱情不风流，因为它其实是很谦卑的。"爱就是奉献"——如果除去这句话可能具有的说教意味，便的确是真理，准确地揭示了爱这种情感的本质。爱是一种奉献的激情，爱一个人，就会遏制不住地想为她（他）做些什么，想使她快乐，而且是绝对不求回报的。爱者的快乐就在这奉献之中，在他所创造的被爱者的快乐之中。最明显的例子是父母对幼仔的爱，推而广之，一切真爱均应如此。可以用这个标准去衡量男女之恋中真爱所占的比重，剩下的就只是情

欲罢了。

爱情不风流，因为它需要一份格外的细致。爱是一种了解的渴望，爱一个人，就会不由自主地想了解她的一切，把她所经历和感受的一切当作最珍贵的财富接受过来，精心保护。如果你和一个异性发生了很亲密的关系，但你并没有这种了解的渴望，那么，我敢断定你并不爱她，你们之间只是又一段风流姻缘罢了。

爱情不风流，因为它虽甜犹苦，使人销魂也令人断肠，同时是天堂和地狱。正如纪伯伦所说——

"爱虽给你加冠，它也要把你钉在十字架上。它虽栽培你，它也刈剪你。

"它虽升到你的最高处，抚惜你在日中颤动的枝叶。它也要降到你的根下，摇动你的根柢的一切关节，使之归土。"

所以，内心不严肃的人，内心太严肃而又被这严肃吓住的人，自私的人，懦弱的人，玩世不恭的人，饱经风霜的人，在爱情面前纷纷逃跑了。

所以，在这人际关系日趋功利化、表面化的时代，真正的爱情似乎越来越稀少了。有人愤激地问我："这年头，你可听说某某恋爱了，某某又失恋了？"我一想，果然少了，甚至带有浪漫色彩的风流韵事也不多见了。在两性交往中，人们好像是越来越讲究实际，也越来越潇洒了。

也许现代人真是活得太累了，所以不愿再给自己加上爱情的重负，而宁愿把两性关系保留为一个轻松娱乐的园地。也许现代人真是看得太透了，所以不愿再徒劳地经受爱情的折磨，而宁愿不动感情地面对异性世界。然而，逃避爱情不是现代人精神生活空虚的一个征兆吗？爱情原是灵肉两方面的相悦，而在普遍的物欲躁动中，人们尚且无暇关注自己的灵魂，又怎能怀着珍爱的情意去发现和欣赏另一颗灵魂呢？

可是，尽管真正的爱情确实可能让人付出撕心裂肺的代价，却也会使人得到刻骨铭心的收获。逃避爱情的代价更大。就像一万部艳情小说也不能填补《红楼梦》的残缺一样，一万件风流韵事也不能填补爱情的空白。如果男人和女人之间不再信任和关心彼此的灵魂，肉体徒然亲近，灵魂终是陌生，他们就真正成了大地上无家可归的孤魂了。如果亚当和夏娃互相不再有真情甚至不再指望真情，他们才是真正被逐出了伊甸园。

爱情不风流，因为风流不过尔尔，爱情无价。

1994. 5

心疼这个家

　　有一种曾经广泛流传的理论认为，家庭是社会经济发展一定阶段上的产物，所以必将随着经济的高度发展而消亡。这种理论忽视了一点：家庭的存在还有着人性上的深刻根据。有人称之为人的"家庭天性"，我很赞赏这个概念。我相信，在人类历史中，家庭只会改变其形式，不会消亡。

　　人的确是一种很贪心的动物，他往往想同时得到彼此矛盾的东西。譬如说，他既想要安宁，又想要自由；既想有一个温暖的窝，又想作浪漫的漂流。他很容易这山望那山高，不满足于既得的这一面而向往未得的那一面，于是便有了进出"围城"的迷乱和折腾。不过，就大多数人而言，是宁愿为了安宁而约束一下自由的。一度以唾弃家庭为时髦的现代人，现在纷纷回归家庭，珍视和谐的婚姻，也正证明了这一点。原因很简单，人终究是一种社会性的动物，而作为社会之细胞的家庭能使人的社会天性得到最经常最切近的满足。

　　活在世上，没有一个人愿意完全孤独。天才的孤独是指他的思想不被人理解，在实际生活中，他却也是愿意有个好伴侣的，如果没有，那是运气不好，并非他的主动选择。人不论伟大平凡，真实的幸福都是很平凡很实在的。才赋和事业只能决定一个人是否优秀，不能决定他是否幸福。我们说贝多芬是一个不幸的天才，泰戈尔是一个幸福的天才，其根据就是他们在婚姻和家庭问题上的不同遭遇。讲究实际的中国人把婚姻和家庭关系推崇为人伦之首，敬神的希伯来人把一个好伴侣看作神赐的礼物，把婚姻看作生活的最高成就之一，均自有其道理。家庭是人类一切社会组织中最自然的社会组织，是把人与大地、与生命的源头联结起来的主要纽带。有一个好伴侣，筑一个好窝，生儿育女，恤老抚幼，会给人一种踏实的生命感觉。无家的人倒是一身轻，只怕这轻有时难以承受，容易使人陷入一种在这世上没有根基的虚无感觉之中。

当然，我不是不分青红皂白地为婚姻唱赞歌。我的价值取向是，最好是有一个好伴侣，其次是没有伴侣，最糟是有一个坏伴侣。伴侣好不好，标准是有没有爱情。建设一个好家不容易，前提当然是要有爱情，但又不是单靠爱情就能成功的。也许更重要的是，还必须有珍惜这个家的心意和行动。美丽的爱情之花常常也会结出苦涩的婚姻之果，开始饱满的果实也可能会半途蛀坏腐烂，原因之一便是不珍惜。为了树立珍惜之心，我要提出一个命题：家是一个活的有生命的东西。所以，我们要把它作为活的有生命的东西那样，怀着疼爱之心去珍惜它。

家的确不仅仅是一个场所，而更是一个本身即具有生命的活体。两个生命因相爱而结合为一个家，在共同生活的过程中，他们的生命随岁月的流逝而流逝，流归何处？我敢说，很大一部分流入这个家，转化为这个家的生命了。共同生活的时间愈长，这个家就愈成为一个有生命的东西，其中交织着两人共同的生活经历和命运，无数细小而宝贵的共同记忆，在多数情况下还有共同抚育小生命的辛劳和欢乐。正因为如此，即使在爱情已经消失的情况下，离异仍然会使当事人感觉到一种撕裂的痛楚。此时不是别的东西，而正是家这个活体，这个由双方生命岁月交织成的生命体在感到疼痛。古犹太法典告诉我们，当一个人和他的结发妻子离婚时，甚至圣坛也会为他们哭泣。如果我们时时记住家是一个有生命的东西，它也知道疼，它也畏惧死，我们就会心疼它，更加细心地爱护它了。那么，我们也许就可以避免一些原可避免的家庭破裂的悲剧了。

人的天性是需要一个家的，家使我们感觉到生命的温暖和实在，也凝聚了我们的生命岁月。心疼这个家吧，如同心疼一个默默护佑着也铭记着我们的生命岁月的善良的亲人。

1994.7

康德、胡塞尔和职称

我正在啃胡塞尔的那些以晦涩著称的著作。哲学圈子里的人都知道，胡塞尔是二十世纪最重要的哲学家之一。作为现代现象学之父，他开创了一个半分天下、影响深广的哲学运动。可是，人们大约很难想到，这位大哲学家在 57 岁前一直是一个没有职称的人，在哥廷根大学当了 16 年编外讲师。而在此期间，他的两部最重要的著作，《逻辑研究》和《观念》第一卷，事实上都已经问世了。

有趣的是，德国另一位大哲学家，近现代哲学史上当之无愧的第一人康德，也是一个长期评不上职称的倒霉蛋，直到 47 岁才当上哥尼斯堡大学的正式教授。在此之前，尽管他在学界早已声誉卓著，无奈只是"墙内开花墙外香"，教授空缺总也轮不上他。

这两位哲学家并非超脱得对这种遭遇毫不介意的。康德屡屡向当局递交申请，力陈自己的学术专长、经济拮据状况，最后是那一把年纪，以表白他的迫切心情。当哥廷根大学否决胡塞尔的教授任命时，这位正埋头于寻求哲学的严格科学性的哲学家一度深感屈辱，这种心境和他在学术上的困惑掺和在一起，竟至于使他怀疑起自己做哲学家的能力了。

一个小小的疑问：且不说像斯宾诺莎这样靠磨镜片谋生的贫穷哲人，他的命运是太特殊了，只说在大学这样的学术圣地，为什么学术职称和真实的学术成就之间也会出现如此巨大的偏差？假设我是康德或胡塞尔的同时代人，某日与其中一位邂逅，问道："您写了这么重要的著作，怎么连一个教授也当不上？"他会如何回答？我想他也许会说："正因为这些著作太重要了，我必须全力以赴，所以没有多余精力去争取当教授了。"胡塞尔的确这样说了，在一封信中，他分析自己之所以一直是个编外讲师的原因说，这是因为他出于紧迫的必然性，自己选择自己的课题，走自己的道路，而不屑费神于主题以外的事情，讨好有影响的人物。也许，在任何时代，从事精神创造的人都面临着这个选择：是追求精神创造本身的成功，还是追求社会功利方面的成功？前者的判官是良知和历史，后者的判官是时尚和权力。在某些幸运的场合，两者会出现一定程度的一致，时尚和权力会向已获得显著成就的精神创造者颁发证书。但是，在多数场合，两者往往偏离甚至背道而驰，因为它们毕竟是性质不同的两件事，需要花费不同的功夫。即使真实的业绩受到足够的重视，决定升迁的还有观点异同、人缘、自我推销的干劲和技巧等其他因素，而总是有人不愿意在这些方面浪费宝贵的生命的。

以我们后人的眼光看，对于康德、胡塞尔来说，职称实在是太微不足道的小事，丝毫无损于他们在哲学史上的伟人地位。就像在莫里哀死后，法兰西学院在提到这位终生未获院士称号的大文豪时怀着自责的心情所说的："他的荣誉中什么都不缺少，是我们的荣誉中有欠缺。"然而，康德、胡塞尔似乎有点看不开，那默想着头上的星空和心中的道德律的智慧头脑，有时不免为虚名的角逐而烦躁，那探寻着真理的本源的敏锐眼光，有时不免因身份的卑微而暗淡。我不禁想对他们说：如此旷世大哲，何必、何苦、何至于在乎许多平庸之辈也可轻易得到的教授称号？转念一想，伟人活着时也是普通人，不该求全责备。德国的哲学家多是地道的书斋学者，康德、胡塞尔并不例外。既然在大学里教书，学术职称几乎是他们唯一的世俗利益，有所牵挂也在情理之中。何况目睹周围远比自己逊色的人一个个捷足先登，他们心中有委屈，更属难免。相比之下，法国人潇洒多了。萨特的职称只是中学教师，他拒做大学教授，拒领诺贝尔奖金，视一切来自官方的荣誉富贵如粪土。不过，他的舞台不是在学院，而是在社会，直接面向大众。与他在大众中的辉煌声誉相比，职称当然不算什么东西。人毕竟难以完全免俗，这是无可厚

非的吧。

可是，小事终究是小事，包括职称，包括在学术界、在社会上、在历史上的名声地位。什么是大事呢？依我之见，唯一的大事是把自己真正喜欢做的事做好。

1994.12

消费＝享受？

我讨厌形形色色的苦行主义。人活一世，生老病死，苦难够多的了，在能享受时凭什么不享受？享受实在是人生的天经地义。蒙田甚至把善于享受人生称作"至高至圣的美德"，据他说，恺撒、亚历山大都是视享受生活乐趣为自己的正常活动，而把他们叱咤风云的战争生涯看作非正常活动的。

然而，怎样才算真正享受人生呢？对此就不免见仁见智了。依我看，我们时代的迷误之一是把消费当作享受，而其实两者完全不是一回事。我并不想介入高消费能否促进繁荣的争论，因为那是经济学家的事，和人生哲学无关。我也无意反对汽车、别墅、高档家具、四星级饭店、KTV 包房等等，只想指出这一切仅属于消费范畴，而奢华的消费并非享受的必要条件，更非充分条件。

当然，消费和享受不是绝对互相排斥的，有时两者会发生重合。但是，它们之间的区别又是显而易见的。例如，纯粹泄欲的色情活动只是性消费，灵肉与共的爱情才是性的真享受；走马看花式的游览景点只是旅游消费，陶然于山水之间才是大自然的真享受；用电视、报刊、书籍解闷只是文化消费，启迪心智的读书和艺术欣赏才是文化的真享受。要而言之，真正的享受必是有心灵参与的，其中必定包含了所谓"灵魂的愉悦和升华"的因素。否则，花钱再多，也只能叫做消费。享受和消费的不同，正相当于创造和生产的不同。创造和享受属于精神生活的范畴，就像生产和消费属于物质生活的范畴一样。

以为消费的数量会和享受的质量成正比，实在是一种糊涂看法。

苏格拉底看遍雅典街头的货摊，惊叹道："这里有多少我不需要的东西呵！"每个稍有悟性的读者读到这个故事，都不禁要会心一笑。塞涅卡说得好："许多东西，仅当我们没有它们也能对付时，我们才发现它们原来是多么不必要的东西。我们过去一直使用着它们，这并不是因为我们需要它们，而是因为我们拥有它们。"另一方面呢，正因为我们拥有了太多的花钱买来的东西，便忽略了不用花钱买的享受。"清风朗月不用一钱买"，可是每天夜晚守在电视机前的我们哪里还想得起它们？"何处无月，何处无竹柏，但少闲人如吾两人耳。"在人人忙于赚钱和花钱的今天，这样的闲人更是到哪里去寻？

那么，难道不存在纯粹肉体的、物质的享受了吗？不错，人有一个肉体，这个肉体也是很喜欢享受，为了享受也是很需要物质手段的。可是，仔细想一想，我们便会发现，人的肉体需要是有被它的生理构造所决定的极限的，因而由这种需要的满足而获得的纯粹肉体性质的快感差不多是千古不变的，无非是食色温饱健康之类。殷纣王"以酒为池，悬肉为林"，但他自己只有一只普通的胃。秦始皇筑阿房宫，"东西五百步，南北五十丈"，但他自己只有五尺之躯。多么热烈的美食家，他的朵颐之快也必须有间歇，否则会消化不良。多么勤奋的登徒子，他的床笫之乐也必须有节制，否则会肾虚。每一种生理欲望都是会餍足的，并且严格地遵循着过犹不足的法则。山珍海味，挥金如土，更多的是摆阔气。藏娇纳妾，美女如云，更多的是图虚荣。万贯家财带来的最大快乐并非直接的物质享受，而是守财奴清点财产时的那份欣喜，败家子挥霍财产时的那份痛快。凡此种种，都已经超出生理满足的范围了，但称它们为精神享受未免肉麻，它们至多只是一种心理满足罢了。

我相信人必定是有灵魂的，而灵魂与感觉、思维、情绪、意志之类的心理现象必定属于不同的层次。灵魂是人的精神"自我"的栖居地，所寻求的是真挚的爱和坚实的信仰，关注的是生命意义的实现。幸福只是灵魂的事，它是爱心的充实，是一种活得有意义的鲜明感受。肉体只会有快感，不会有幸福感。奢侈的生活方式给人带来的至多是一种浅薄的优越感，也谈不上幸福感。当一个享尽人间荣华富贵的幸运儿仍然为生活的空虚苦恼时，他听到的正是他的灵魂的叹息。

1995. 1

守望的角度

　　若干年前，我就想办一份杂志，刊名也起好了，叫《守望者》，但一直未能如愿。我当然不是想往色彩缤纷的街头报摊上凑自己的一份热闹，也不是想在踌躇满志的文化精英中挤自己的一块地盘。正好相反，在我的想象中，这份杂志应该是很安静的，与世无争的，也因此而在普遍的热闹和竞争中有了存在的价值。我只想开一个小小的园地，可以让现代的帕斯卡尔们在这里发表他们的思想录。

　　我很喜欢"守望者"这个名称，它使我想起守林人。守林人的心境总是非常宁静的，他长年与树木、松鼠、啄木鸟这样一些最单纯的生命为伴，他自己的生命也变得单纯了。他的全部生活就是守护森林，瞭望云天，这守望的生涯使他心明眼亮，不染尘嚣。"守望者"的名称还使我想起守灯塔人。在奔流的江河中，守灯塔人日夜守护灯塔，瞭望潮汛，保护着船只的安全航行。当然，与都市人相比，守林人的生活未免冷清。与弄潮儿相比，守灯塔人的工作未免平凡。可是，你决不能说他们是人类中可有可无的一员。如果没有这些守望者的默默守望，森林消失，地球化为沙漠，都市人到哪里去寻欢作乐，灯塔熄灭，航道成为墓穴，弄潮儿如何还能大出风头？

　　在历史的进程中，我们同样需要守望者。守望是一种角度。当我这样说时，我已经承认对待历史进程还可以有其他的角度，它们也都有存在的理由。譬如说，你不妨做一个战士，甚至做一个将军，在时代的战场上冲锋陷阵，发号施令。你不妨投身到任何一种潮流中去，去经商，去从政，去称霸学术，统帅文化，叱咤风云，指点江山，去充当各种名目的当代英雄。但是，在所有这些显赫活跃的身影之外，还应该有守望者的寂寞的身影。守望者是这样一种人，他们并不直接投身于时代的潮流，毋宁说往往与一切潮流保持着一个距离。但他们也不是旁观者，相反对于潮流的来路和去向始终怀着深深的关切。他们关心精神价值甚于关心物质价值，在他们看来，无论个人还是人类，物质再繁荣，生活再舒适，如果精神流于平庸，灵魂变得空虚，就绝无幸福可言。所以，他们虔诚地守护着他们心灵中那一块精神的园地，其中珍藏着他们所看重的人生最基本的精神价值，同时警惕地瞭望着人类前方的地平线，注视着人类精神生活的基本走向。在天空和土地日益被拥挤的高楼遮蔽的时代，他们怀着忧虑之心仰望天空，守卫土地。他们守的是人类安身立命的生命之土，望的是人类超凡脱俗的精神之天。

　　说到"守望者"，我总是想起塞林格的名作《麦田里的守望者》。许多年前，当我还是一个大学生的时候，这部小说的中译本印着"内部发行"的字样，曾在小范围内悄悄流传，也在我手中停留过。"守望者"这个名称给我留下印象，最初就缘于这部小说。小说的主人公是一个被学校开除的中学生，他貌似玩世不恭，厌倦现存的平庸的一切，但他并非没有理想。他想象悬崖边有一大块麦田，一大群孩子在麦田里玩，而他的理想就是站在悬崖边做一个守望者，专门捕捉朝悬崖上乱跑的孩子，防止他们掉下悬崖。后来我发现，在英文原作中，被译为"守望者"的那个词是 Catcher，直译应是"捕捉者""棒球接球手"。不过，我仍觉得译成"守望者"更传神，意思也好。今日的孩子们何尝不是在悬崖边的麦田里玩，麦田里有天真、童趣和自然，悬崖下是空虚和物欲的深渊。当此之时，我希望世上多几个志愿的守望者，他们能以智慧和爱心守护着麦田和孩子，守护着我们人类的未来。

1995.4

被废黜的国王

帕斯卡尔说：人是一个被废黜的国王，否则就不会因为自己失了王位而悲哀了。所以，从人的悲哀也可证明人的伟大。借用帕斯卡尔的这个说法，我们可以把人类的精神史看作为恢复失去的王位而奋斗的历史。当然，人曾经拥有王位并非一个历史事实，而只是一个譬喻，其含义是：人的高贵的灵魂必须拥有配得上它的精神生活。

我不相信上帝，但我相信世上必定有神圣。如果没有神圣，就无法解释人的灵魂何以会有如此执拗的精神追求。用感觉、思维、情绪、意志之类的心理现象完全不能概括人的灵魂生活，它们显然属于不同的层次。灵魂是人的精神生活的真正所在地，在这里，每个人最内在深邃的"自我"直接面对永恒，追问有限生命的不朽意义。灵魂的追问总是具有形而上的性质，不管现代哲学家们如何试图证明形而上学问题的虚假性，也永远不能平息人类灵魂的这种形而上追问。

我们当然可以用不同的尺度来衡量历史的进步，例如物质财富的富裕，但精神圣洁肯定也是必不可少的一维。正如黑格尔所说："一个没有形而上学的民族就像一座没有祭坛的神庙。"没有祭坛，也就是没有信仰，没有神圣的价值，没有敬畏之心，没有道德的约束，人生唯剩纵欲和消费，人与人之间只有利益的交易和争斗。它甚至不再是一座神庙，而成了一个吵吵闹闹的市场。事实上，不仅在比喻的意义上，而且按照字面的意思理解，在今日中国，这种沦落为乌烟瘴气的市场的所谓神庙，我们见得还少吗？

在一个功利至上、精神贬值的社会里，适应取代创造成了才能的标志，消费取代享受成了生活的目标。在许多人心目中，"理想""信仰""灵魂生活"都是过时的空洞词眼。可是，我始终相信，人的灵魂生活比外在的肉身生活和社会生活更为本质，每个人的人生质量首先取决于他的灵魂生活的质量。一个经常在阅读和沉思中与古今哲人文豪倾心交谈的人，和一个沉湎在歌厅、肥皂剧以及庸俗小报中的人，他们肯定生活在两个绝对不同的世界上。

人是一个被废黜的国王，被废黜的是人的灵魂。由于被废黜，精神有了一个多灾多难的命运。然而，不论怎样被废黜，精神终归有着高贵的王室血统。在任何时代，总会有一些人默记和继承着精神的这个高贵血统，并且为有朝一日恢复它的王位而努力着。我愿把他们恰如其分地称作"精神贵族"。"精神贵族"曾经是一个批判性的词汇，可是真正的"精神贵族"何其稀少！尤其在一个精神遭到空前贬值的时代，倘若一个人仍然坚持做"精神贵族"，以精神的富有而坦然于物质的清贫，我相信他就必定不是为了虚荣，而是真正出于精神上的高贵和诚实。

1995.4

在沉默中面对

　　最真实最切己的人生感悟是找不到言辞的。对于人生最重大的问题，我们每个人都只能在沉默中独自面对。我们可以一般地谈论爱情、孤独、幸福、苦难、死亡等等，但是，倘若这些词眼确有意义，那属于每个人自己的真正的意义始终在话语之外。我无法告诉别人我的爱情有多温柔，我的孤独有多绝望，我的幸福有多美丽，我的苦难有多沉重，我的死亡有多荒谬。我只能把这一切藏在心中。我所说出写出的东西只是思考的产物，而一切思考在某种意义上都是一种逃避，从最个别的逃向最一般的，从命运逃向生活，从沉默的深渊逃向语言的岸。如果说它们尚未沦为纯粹的空洞观念，那也只是因为它们是从沉默中挣扎出来的，身上还散发着深渊里不可名状的事物的气息。

　　有的时候，我会忽然觉得一切观念、话语、文字都变得异常疏远和陌生，惶然不知它们为何物，一向信以为真的东西失去了根据，于是陷入可怕的迷茫之中。包括读我自己过去所写的文字时，也常常会有这种感觉。这使我几乎丧失了再动笔的兴致和勇气，而我也确实很久没有认真地动笔了。之所以又拿起笔，实在是因为别无更好的办法，使我得以哪怕用一种极不可靠的方式保存沉默的收获，同时也摆脱沉默的压力。

　　我不否认人与人之间沟通的可能，但我确信其前提是沉默而不是言辞。梅特林克说得好：沉默的性质揭示了一个人的灵魂的性质。在不能共享沉默的两个人之间，任何言辞都无法使他们的灵魂发生沟通。对于未曾在沉默中面对过相同问题的人来说，再深刻的哲理也只是一些套话。事实上，那些浅薄的读者的确分不清深刻的感悟和空洞的感叹，格言和套话，哲理和老生常谈，平淡和平庸，佛性和故弄玄虚的禅机，而且更经常地是把鱼目当作珍珠，搜集了一堆破烂。一个人对言辞理解的深度取决于他对沉默理解的深度，归根结蒂取决于他的沉默亦即他的灵魂的深度。所以，在我看来，凡有志于探究人生真理的人，首要的功夫便是沉默，在沉默中面对他灵魂中真正属于他自己的重大问题。到他有了足够的孕育并因此感到不堪其重负时，一切语言之门便向他打开了，这时他不但理解了有限的言辞，而且理解了言辞背后沉默着的无限的存在。

1995. 12

周 国 平

作 品 精 选

各自的朝圣路

（1996—1998）

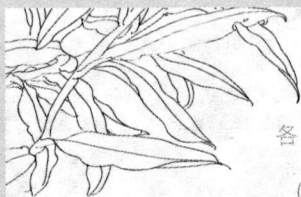

各 自 的 朝 圣 路

（ 1996—1998 ）

朝圣的心路

——《各自的朝圣路》序

托尔斯泰年老的时候，一个美国女作家去拜访他，问他为什么不写作了，托尔斯泰回答说："这是无聊的事。书太多了，如今无论写出什么书出来也影响不了世界。即使基督再现，把《福音书》拿去付印，太太们也只是拼命想得到他的签名，别无其他。我们不应该再写书，而应该行动。"

近来我好像也常常有这样的想法。看见人们正以可怕的速度写书、编书、造书、"策划"（这个词已经堂而皇之地上了版权页）书，每天有无数的新书涌入市场，叫卖声震耳欲聋，转眼间又都销声匿迹，我不禁想：我再往其中增加一本有什么意义吗？

可是，我还是往其中增加了一本。

我如此为自己解嘲：我写作从来就不是为了影响世界，而只是为了安顿自己——让自己有事情做，活得有意义或者似乎有意义。所以，对于我来说，写作何尝不是一种行动呢。

托尔斯泰晚年之所以拒斥写作，是因为耻于智识界的虚伪，他决心与之划清界限，又愤于公众的麻木，他不愿再对爱慕虚荣的崇拜者说话。然而，事实上，托尔斯泰始终不是一个真正的社会活动家。他从前的文学创作也罢，后来的宣传宗教、上书沙皇、解放家奴、编写识字读本等所谓行动也罢，都是为了解决他自己灵魂的问题，是由不同的途径走向他心目中的那同一个上帝。正像罗曼·罗兰在驳斥所谓有前后两个截然不同的托尔斯泰的论调时所说的："只有一个托尔斯泰，我们爱他整个，因为我们本能地感到在这样的心

133

魂中，一切都有立场，一切都有关联。"我相信，这立场就是他对人生真理的不懈寻求，这关联就是他一直在走着的同一条朝圣路。

但我还是要庆幸托尔斯泰一生主要是用写作的方式来寻找和接近他的上帝的，我们因此才得以辨认他的朝圣的心迹。我想说的是，我要庆幸世上毕竟有真正的好书，它们真实地记录了那些优秀灵魂的内在生活。不，不只是记录，当我读它们的时候，我鲜明地感觉到，作者在写它们的同时就是在过一种真正的灵魂生活。这些书多半是沉默的，可是我知道它们存在着，等着我去把它们一本本打开，无论打开哪一本，都必定会是一次新的难忘的经历。读了这些书，我仿佛结识了一个个不同的朝圣者，他们走在各自的朝圣路上。是的，世上有多少个朝圣者，就有多少条朝圣路。每一条朝圣的路都是每一个朝圣者自己走出来的，不必相同，也不可能相同。然而，只要你自己也是一个朝圣者，你就不会觉得这是一个缺陷，反而是一个鼓舞。你会发现，每个人正是靠自己的孤独的追求加入人类的精神传统的，而只要你的确走在自己的朝圣路上，你其实并不孤独。

本书是我 1996 年至 1998 年所发表的文章的一个结集。我给这本书取现在这个名字，一是因为其中我自己比较满意的文章几乎都是读了我所说的那些朝圣者的书而发的感想；二是因为我自己写作时心中悬着的对象常是隐藏在人群里的今日的朝圣者，不管世风如何浮躁，我始终读到他们存在的消息。当然，这个书名同时也是我对自己的一个鞭策，为我的写作立一标准。我对本书在总体上并不满意，但我还要努力。假如有一天写作真成了托尔斯泰所说的无聊的事，我就坚决搁笔，决不在这个文坛上瞎掺和下去。

1999. 2

有所敬畏

在这个世界上，有的人信神，有的人不信，由此而区分为有神论者和无神论者，宗教徒和俗人。不过，这个区分并非很重要。还有一个比这重要得多的区分，便是有的人相信神圣，有的人不相信，人由此而分出了高尚和卑鄙。

一个人可以不信神，但不可以不相信神圣。是否相信上帝、佛、真主或别的什么主宰宇宙的神秘力量，往往取决于个人所隶属的民族传统、文化背景和个人的特殊经历，甚至取决于个人的某种神秘体验，这是勉强不得的。一个没有这些宗教信仰的人，仍然可能是一个善良的人。然而，倘若不相信人世间有任何神圣价值，百无禁忌，为所欲为，这样的人就与禽兽无异了。

相信神圣的人有所敬畏。在他心目中，总有一些东西属于做人的根本，是亵渎不得的。他并不是害怕受到惩罚，而是不肯丧失基本的人格。不论他对人生怎样充满着欲求，他始终明白，一旦人格扫地，他在自己面前竟也失去了做人的自信和尊严，那么，一切欲求的满足都不能挽救他的人生的彻底失败。

相反，对于那些毫无敬畏之心的人来说，是不存在人格上的自我反省的。如果说"知耻近乎勇"，那么，这种人因为不知耻便显出一种卑怯的无赖相和残忍相。只要能够不受惩罚，他们可以在光天化日下干任何恶事，欺负、迫害乃至残杀无辜的弱者。盗匪之中，多这种愚昧兼无所敬畏之徒。一种消极的表现则是对他人生命的极端冷漠，见死不救，如今这类事既频频发生在众多路人旁观歹徒行凶的现场，也频频发生在号称治病救人实则草菅人命的某些医院里。

类似行为每每使善良的人们不解，因为善良的人们无法相信，世上竟然真的会有这样丧失起码人性的人。在一个正常社会里，这种人总是极少数，并且会受到法律或正义力量的制裁。可是，当一个民族普遍丧失对神圣价值的信念时，这种人便可能相当多地滋生出来，成为触目惊心的颓败征兆。

赤裸裸的凶蛮和冷漠只是不知耻的粗糙形式，不知耻还有稍微精致一些的形式。有的人有很高的文化程度，仍然可能毫无敬畏之心。他可以玩弄真心爱他的女人，背叛诚恳待他的朋友，然后装出一副无辜的面孔。他的足迹所到之处，再神圣的东西也敢践踏，再美好的东西也敢毁坏，而且内心没有丝毫不安。不论他的头脑里有多少知识，他的心是蒙昧的，真理之光到不了那里。这样的人有再多的艳遇，也没有能力真正爱一回，交再多的哥们，也体味不了友谊的纯正，获取再多的名声，也不知什么是光荣。我对此深信不疑：不相信神圣的人，必被世上一切神圣的事物所抛弃。

1996. 1

人不只属于历史

那个时代似乎离我们已经非常遥远了。当时，不仅在中国，而且在欧洲和全世界，人文知识分子大多充满着政治激情，它的更庄严的名称叫做历史使命感。那是在五十年代初期，第二次世界大战结束不久，世界刚刚分裂为两大阵营。就在那个时候，曾经积极参加抵抗运动的加缪发表了他的第二部散文风格的哲学著作《反抗者》，对历史使命感进行了清算。此举激怒了欧洲知识分子中的左派，直接导致了萨特与加缪的决裂，同时又招来了右派的喝彩，被视为加缪在政治上转向的铁证。两派的态度鲜明对立，却对加缪的立场发生了完全相同的误解。

当然，这毫不奇怪。两派都只从政治上考虑问题，而加缪恰恰是要为生命争得一种远比政治宽阔的视野。

加缪从对"反抗"概念做哲学分析开始。"反抗"在本质上是肯定的，反抗者总是为了捍卫某种价值才说"不"的。他要捍卫的这种价值并不属个人，而是被视为人性的普遍价值。因此，反抗使个人摆脱孤独。"我反抗，故我们存在。"这是反抗的意义所在。但其中也隐含着危险，便是把所要捍卫的价值绝对化。其表现之一，就是以历史的名义进行的反抗，即革命。

对卢梭的《社会契约论》的批判是《反抗者》中的精彩篇章。加缪一针见血地指出，卢梭的这部为法国革命奠基的著作是新福音书，新宗教，新神学。革命的特点是要在历史中实现某种绝对价值，并且声称这种价值的实现就是人类的最终统一和历史的最终完成。这一现代革命概念肇始于法国革命。革命所要实现的那个绝对价值

必定是抽象的，至高无上的，在卢梭那里，它就是与每个人的意志相分离的"总体意志"。"总体意志"被宣布为神圣的普遍理性的体现，因而作为这"总体意志"之载体的抽象的"人民"也就成了新的上帝。圣·鞠斯特进而赋予"总体意志"以道德含义，并据此把"任何在细节上反对共和国"亦即触犯"总体意志"的行为都宣判为罪恶，从而大开杀戒，用断头台来担保品德的纯洁。浓烈的道德化色彩也正是现代革命的特点之一，正如加缪所说："法国革命要把历史建立在绝对纯洁的原则上，开创了形式道德的新纪元。"而形式道德是要吃人的，它导致了无限镇压原则。它对心理的威慑力量甚至使无辜的受害者自觉有罪。我们由此而可明白，圣·鞠斯特本人后来从被捕到处死为何始终保持着沉默，斯大林时期冤案中的那些被告又为何几乎是满怀热情地给判处他们死刑的法庭以配合。在这里起作用的已经不是法律，而是神学。既然是神圣的"人民"在审判，受审者已被置于与"人民"相对立的位置上，因而在总体上是有罪的，细节就完全不重要了。

加缪并不怀疑诸如圣·鞠斯特这样的革命者的动机的真诚，问题也许恰恰出在这种可悲的真诚上，亦即对于原则的迷醉上。"醉心于原则，就是为一种不可能实现的爱去死。"革命者自命对于历史负有使命，要献身于历史的终极目标。可是，他们是从哪里获知这个终极目标的呢？雅斯贝尔斯指出：人处在历史中，所以不可能把握作为整体的历史。加缪引证了这一见解，进一步指出：因此，任何历史举动都是冒险，无权为任何绝对立场辩护。绝对的理性主义就如同绝对的虚无主义一样，也会把人类引向荒漠。

放弃了以某种绝对理念为依据的历史使命感，生活的天地就会变得狭窄了吗？当然不。恰好相反，从此以后，我们不再企图做为历史规定方向的神，而是在人的水平上行动和思想。历史不再是信仰的对象，而只是一种机会。人们不是献身于抽象的历史，而是献身于大地上活生生的生活。"谁献身于每个人自己的生命时间，献身于他保卫着的家园，活着的人的尊严，那他就是献身于大地并且从大地取得收获。"加缪一再说:"人不只属于历史,他还在自然秩序中发现了一种存在的理由。""人们可能拒绝整个历史,而又与繁星和大海的世界相协调。"总之,历史不是一切,在历史之外,阳光下还绵亘着存在的广阔领域,有着人生简朴的幸福。

我领会加缪的意思是,一个人未必要充当某种历史角色才活得有意义,最好的生活方式是古希腊人那样的贴近自然和生命本身的生活。我猜想那些至今仍渴望进入历史否则便会感到失落的知识分子是不满意这种见解的,不过,我承认我自己是加缪的一个拥护者。

1996. 8

苦难的精神价值

维克多·弗兰克是意义治疗法的创立者，他的理论已成为弗洛伊德、阿德勒之后维也纳精神治疗法的第三学派。第二次世界大战期间，他曾被关进奥斯维辛集中营，受尽非人的折磨，九死一生，只是侥幸地活了下来。在《活出意义来》这本小书中，他回顾了当时的经历。作为一名心理学家，他并非像一般受难者那样流于控诉纳粹的暴行，而是尤能细致地捕捉和分析自己的内心体验以及其他受难者的心理现象，许多章节读来饶有趣味，为研究受难心理学提供了极为生动的材料。不过，我在这里想着重谈的是这本书的另一个精彩之处，便是对苦难的哲学思考。

对意义的寻求是人的最基本的需要。当这种需要找不到明确的指向时，人就会感到精神空虚，弗兰克称之为"存在的空虚"。这种情形普遍地存在于当今西方的"富裕社会"。当这种需要有明确的指向却不可能实现时，人就会有受挫之感，弗兰克称之为"存在的挫折"。这种情形发生在人生的各种逆境或困境之中。

寻求生命意义有各种途径，通常认为，归结起来无非一是创造，以实现内在的精神能力和生命的价值；二是体验，借爱情、友谊、沉思、对大自然和艺术的欣赏等美好经历获得心灵的愉悦。那么，倘若一个人落入了某种不幸境遇，基本上失去了积极创造和正面体验的可能，他的生命是否还有一种意义呢？在这种情况下，人们一般是靠希望活着的，即相信或至少说服自己相信厄运终将过去，然后又能过一种有意义的生活。然而，第一，人生中会有一种可以称作绝境的境遇，所遭遇的苦难是致命的，或者是永久性的，人不复有未来，不复有希望。这正是弗兰克曾经陷入的境遇，因为对于奥斯维辛集中营的战俘来说，煤气室和焚尸炉几乎是不可逃脱的结局。我们还可以举出绝症患者，作为日常生活中的一个相关例子。如果苦难本身毫无价值，则一旦陷入此种境遇，我们就只好承认生活没有任何意义了。第二，不论苦难是否是暂时的，如果把眼前的苦难生活仅仅当作一种虚幻不实的生活，就会如弗兰克所说忽略了苦难本身所提供的机会。他以狱中亲历指出，这种态度是使大多数俘虏丧失生命力的重要原因，他们正因此而放弃了内在的精神自由和真实自我，意志消沉，一蹶不振，彻底成为苦难环境的牺牲品。

所以，在创造和体验之外，有必要为生命意义的寻求指出第三种途径，即肯定苦难本身在人生中的意义。一切宗教都很重视苦难的价值，但认为这种价值仅在于引人出世，通过受苦，人得以救赎原罪，进入天国（基督教），或看破红尘，遁入空门（佛教）。与它们不同，弗兰克的思路属于古希腊以来的人文主义传统，他是站在肯定人生的立场上来发现苦难的意义的。他指出，即使处在最恶劣的境遇中，人仍然拥有一种不可剥夺的精神自由，即可以选择承受苦难的方式。一个人不放弃他的这种"最后的内在自由"，以尊严的方式承受苦难，这种方式本身就是"一项实实在在的内在成就"，因为它所显示的不只是一种个人品质，而且是整个人性的高贵和尊严，证明了这种尊严比任何苦难更有力，是世间任何力量不能将它剥夺的。正是由于这个原因，在人类历史上，伟大的受难者如同伟大的创造者一样受到世世代代的敬仰。也正是在这个意义上，陀斯妥耶夫斯基说出了这句耐人寻味的话："我只担心一件事，就是怕我配不上我所受的苦难。"

我无意颂扬苦难。如果允许选择，我宁要平安的生活，得以自由自在地创造和享受。但是，我赞同弗兰克的见解，相信苦难的确是人生的必含内容，一旦遭遇，它也的确提供了一种机会。人性的某些特质，唯有借此机会才能得到考验和提高。一个人通过承受苦难而获得的精神价值是一笔特殊的财富，由于它来之不易，就决不

会轻易丧失。而且我相信，当他带着这笔财富继续生活时，他的创造和体验都会有一种更加深刻的底蕴。

1996. 10

人的高贵在于灵魂

　　法国思想家帕斯卡尔有一句名言："人是一支有思想的芦苇。"他的意思是说，人的生命像芦苇一样脆弱，宇宙间任何东西都能置人于死地。可是，即使如此，人依然比宇宙间任何东西高贵得多，因为人有一颗能思想的灵魂。我们当然不能也不该否认肉身生活的必要，但是，人的高贵却在于他有灵魂生活。作为肉身的人，人并无高低贵贱之分。唯有作为灵魂的人，由于内心世界的巨大差异，人才分出了高贵和平庸，乃至高贵和卑鄙。

　　两千多年前，罗马军队攻进了希腊的一座城市，他们发现一个老人正蹲在沙地上专心研究一个图形。他就是古代最著名的物理学家阿基米德。他很快便死在了罗马军人的剑下，当剑朝他劈来时，他只说了一句话："不要踩坏我的圆！"在他看来，他画在地上的那个图形是比他的生命更加宝贵的。更早的时候，征服了欧亚大陆的亚历山大大帝视察希腊的另一座城市，遇到正躺在地上晒太阳的哲学家第欧根尼，便问他："我能替你做些什么？"得到的回答是："不要挡住我的阳光！"在他看来，面对他在阳光下的沉思，亚历山大大帝的赫赫战功显得无足轻重。这两则传为千古美谈的小故事表明了古希腊优秀人物对于灵魂生活的珍爱，他们爱思想胜于爱一切，包括自己的生命，把灵魂生活看得比任何外在的事物（包括显赫的权势）更加高贵。

　　珍惜内在的精神财富甚于外在的物质财富，这是古往今来一切贤哲的共同特点。英国作家王尔德到美国旅行，入境时，海关官员问他有什么东西要报关，他回答："除了我的才华，什么也没有。"

使他引以自豪的是，他没有什么值钱的东西，但他拥有不能用钱来估量的艺术才华。正是这位骄傲的作家在他的一部作品中告诉我们："世间再没有比人的灵魂更宝贵的东西，任何东西都不能跟它相比。"

其实，无需举这些名人的事例，我们不妨稍微留心观察周围的现象。我常常发现，在平庸的背景下，哪怕是一点不起眼的灵魂生活的迹象，也会闪放出一种很动人的光彩。

有一回，我乘车旅行。列车飞驰，车厢里闹哄哄的，旅客们在聊天、打牌、吃零食。一个少女躲在车厢的一角，全神贯注地读着一本书。她读得那么专心，还不时地往随身携带的一个小本子上记些什么，好像完全没有听见周围嘈杂的人声。望着她仿佛沐浴在一片光辉中的安静的侧影，我心中充满感动，想起了自己的少年时代。那时候我也和她一样，不管置身于多么混乱的环境，只要拿起一本好书，就会忘记一切。如今我自己已经是一个作家，出过好几本书了，可是我却羡慕这个埋头读书的少女，无限缅怀已经渐渐远逝的有着同样纯正追求的我的青春岁月。

每当北京举办世界名画展览时，便有许多默默无闻的青年画家节衣缩食，自筹旅费，从全国各地风尘仆仆来到首都，在名画前流连忘返。我站在展厅里，望着这一张张热忱仰望的年轻的面孔，心中也会充满感动。我对自己说：有着纯正追求的青春岁月的确是人生最美好的岁月。

若干年过去了，我还会常常不由自主地想起列车上的那个少女和展厅里的那些青年，揣摩他们现在不知怎样了。据我观察，人在年轻时多半是富于理想的，随着年龄增长就容易变得越来越实际。由于生存斗争的压力和物质利益的诱惑，大家都把眼光和精力投向外部世界，不再关注自己的内心世界。其结果是灵魂日益萎缩和空虚，只剩下了一个在世界上忙碌不止的躯体。对于一个人来说，没有比这更可悲的事情了。我暗暗祝愿他们仍然保持着纯正的追求，没有走上这条可悲的路。

1996.10

独处的充实

　　怎么判断一个人究竟有没有他的"自我"呢？我可以提出一个检验的方法，就是看他能不能独处。当你自己一个人待着时，你是感到百无聊赖、难以忍受呢，还是感到一种宁静、充实和满足？

　　对于有"自我"的人来说，独处是人生中的美好时刻和美好体验，虽然有些寂寞，寂寞中却又有一种充实。独处是灵魂生长的必要空间。在独处时，我们从别人和事务中抽身出来，回到了自己。这时候，我们独自面对自己和上帝，开始了与自己的心灵以及与宇宙中的神秘力量的对话。一切严格意义上的灵魂生活都是在独处时展开的。和别人一起谈古说今，引经据典，那是闲聊和讨论；唯有自己沉浸于古往今来大师们的杰作之时，才会有真正的心灵感悟。和别人一起游山玩水，那只是旅游；唯有自己独自面对苍茫的群山和大海之时，才会真正感受到与大自然的沟通。所以，一切注重灵魂生活的人对于卢梭的话都会发生同感："我独处时从来不感到厌烦，闲聊才是我一辈子忍受不了的事情。"这种对于独处的爱好与一个人的性格完全无关，爱好独处的人同样可能是一个性格活泼、喜欢朋友的人，只是无论他怎么乐于与别人交往，独处始终是他生活中的必需。在他看来，一种缺乏交往的生活当然是一种缺陷，一种缺乏独处的生活则简直是一种灾难了。

　　当然，人是一种社会性的动物，他需要与他的同类交往，需要爱和被爱，否则就无法生存。世上没有一个人能够忍受绝对的孤独。但是，绝对不能忍受孤独的人却是一个灵魂空虚的人。世上正有这样的一些人，他们最怕的就是独处，让他们和自己待一会儿，对于

他们简直是一种酷刑。只要闲了下来，他们就必须找个地方去消遣，什么卡拉 OK 舞厅啦，录像厅啦，电子娱乐厅啦，或者就找人聊天。自个儿待在家里，他们必定会打开电视机，没完没了地看那些粗制滥造的节目。他们的日子表面上过得十分热闹，实际上他们的内心极其空虚。他们所做的一切都是为了想方设法避免面对面看见自己。对此我只能有一个解释，就是连他们自己也感觉到了自己的贫乏，和这样贫乏的自己待在一起是顶没有意思的，再无聊的消遣也比这有趣得多。这样做的结果是他们变得越来越贫乏，越来越没有了自己，形成了一个恶性循环。

独处的确是一个检验，用它可以测出一个人的灵魂的深度，测出一个人对自己的真正感觉，他是否厌烦自己。对于每一个人来说，不厌烦自己是一个起码要求。一个连自己也不爱的人，我敢断定他对于别人也是不会有多少价值的，他不可能有高质量的社会交往。他跑到别人那里去，对于别人只是一个打扰，一种侵犯。一切交往的质量都取决于交往者本身的质量。唯有在两个灵魂充实丰富的人之间，才可能有真正动人的爱情和友谊。我敢担保历史上和现实生活中找不出一个例子，能够驳倒我的这个论断，证明某一个浅薄之辈竟也会有此种美好的经历。

1996. 10

在黑暗中并肩行走

　　人们常常说，人与人之间，尤其相爱的人之间，应该互相了解和理解，最好做到彼此透明，心心相印。史怀泽却在《我的青少年时代》中说，这是不可能的，即使可能，任何人也无权对别人提出这种要求。"不仅存在着肉体上的羞耻，而且还存在着精神上的羞耻，我们应该尊重它。心灵也有其外衣，我们不应脱掉它。"如同对于上帝的神秘一样，对于他人灵魂的神秘，我们同样不能像看一本属于自己的书那样去阅读和认识，而只能给予爱和信任。每个人对于别人来说都是一个秘密，我们应该顺应这个事实。相爱的人们也只是"在黑暗中并肩行走"，所能做到的仅是各自努力追求心中的光明，并互相感受到这种努力，互相鼓励，而"不需要注视别人的脸和探视别人的心灵"。

　　读着这些精彩无比的议论，我无言而折服，它们使我瞥见了史怀泽的"敬畏生命"伦理学的深度。凡是有着深刻而丰富的内心生活的人，必然会深知一切精神事物的神秘性并对之充满敬畏之情，史怀泽就是这样的一个人。在他看来，一切生命现象都是世界某种神秘的精神本质的显现，由此他提出了敬畏一切生命的主张。在一切生命现象中，尤以人的心灵生活最接近世界的这种精神本质。因而，他认为对于敬畏世界之神秘本质的人来说，"敬畏他人的精神本质"乃是不言而喻的事情。

　　以互相理解为人际关系的鹄的，其根源就在于不懂得人的心灵生活的神秘性。按照这　思路，人们一方面非常看重别人是否理解自己，甚至公开索取理解。至少在性爱中，索取理解似乎成了一种

最正当的行为，而指责对方不理解自己则成了最严厉的谴责，有时候还被用作破裂前的最后通牒。另一方面，人们又非常踊跃地要求理解别人，甚至以此名义强迫别人袒露内心的一切，一旦遭到拒绝，便斥以缺乏信任。在爱情中，在亲情中，在其他较亲密的交往中，这种因强求理解和被理解而造成的有声或无声的战争，我们见得还少吗？可是，仔细想想，我们对自己又真正理解了多少？一个人懂得了自己理解自己之困难，他就不会强求别人完全理解自己，也不会奢望自己完全理解别人了。

在最内在的精神生活中，我们每个人都是孤独的，爱并不能消除这种孤独，但正因为由己及人地领悟到了别人的孤独，我们内心才会对别人充满最诚挚的爱。我们在黑暗中并肩而行，走在各自的朝圣路上，无法知道是否在走向同一个圣地，因为我们无法向别人甚至向自己说清心中的圣地究竟是怎样的。然而，同样的朝圣热情使我们相信，也许存在着同一个圣地。作为有灵魂的存在物，人的伟大和悲壮尽在于此了。

1997.3

侯家路

春节回上海，家人在闲谈中说起，侯家路那一带的地皮已被香港影视圈买下，要盖演艺中心，房子都拆了。我听了心里咯噔了一下。从记事起，我就住在侯家路的一座老房子里，直到小学毕业，那里藏着我的全部童年记忆。离上海后，每次回去探亲，我总要独自到侯家路那条狭窄的卵石路上走走，如同探望一位久远的亲人一样也探望一下我的故宅。那么，从今以后，这个对于我很宝贵的仪式只好一笔勾销了。

侯家路是紧挨城隍庙的一条很老也很窄的路，那一带的路都很老也很窄，纵横交错，路面用很大的卵石铺成。从前那里是上海的老城，置身其中，你会觉得不像在大上海，仿佛是在江南的某个小镇。房屋多为木结构，矮小而且拥挤。走进某一扇临街的小门，爬上黢黑的楼梯，再穿过架在天井上方的一截小木桥，便到了我家。那是一间很小的正方形屋子，上海人称作亭子间。现在回想起来，那间屋子可真是小呵，放一张大床和一张饭桌就没有空余之地了，但当时我并不觉得。爸爸一定觉得了，所以他自己动手，在旁边拼接了一间更小的屋子。逢年过节，他就用纸糊一只走马灯，挂在这间更小的屋子的窗口。窗口正对着天井上方的小木桥，我站在小木桥上，看透着烛光的走马灯不停地旋转，心中惊奇不已。现在回想起来，那时候爸爸妈妈可真是年轻呵，正享受着人生的美好时光，但当时我并不觉得。他们一定觉得了，所以爸爸要兴高采烈地做走马灯，妈妈的脸上总是漾着明朗的笑容。

也许人要到不再年轻的年龄，才会仿佛突然之间发现自己的父

母也曾经年轻过。这一发现令我倍感岁月的无奈。想想曾经多么年轻的他们已经老了或死了，便觉得摆在不再年轻的我面前的路缩短了许多。妈妈不久前度过了八十寿辰，但她把寿宴推迟到了春节举办，好让我们一家有个团聚的机会，我就是为此赶回上海来的。我还到苏州凭吊了爸爸的坟墓，自从他七年前去世后，这是我第一次给他上坟。对于我来说，侯家路是一个更值得流连的地方，因为那里珍藏着我的童年岁月，而在我的童年岁月中，我的父母永不会衰老和死亡。

　　我终于忍不住到侯家路去了。可是，不再有侯家路了。那一带已经变成一片废墟，一个巨大的工地。遭到覆灭命运的不只是侯家路，还有许多别的路，它们已经永远从地球上消失了。当然，从城市建设的眼光看，这些破旧房屋早就该拆除了，毫不足惜。不久后，这里将屹立起气派十足的豪华建筑，令一切感伤的回忆寒酸得无地自容。所以，我赶快拿起笔来，为侯家路也为自己保留一点私人的纪念。

1997. 3

孤独的价值

一

我很有兴味地读完了英国医生安东尼·斯托尔所著的《孤独》一书。在我的概念中，孤独是一种具有形而上意味的人生境遇和体验，为哲学家、诗人所乐于探究或描述。我曾担心，一个医生研究孤独，会不会有职业偏见，把它仅仅视为一种病态呢？令我满意的是，作者是一位有着相当人文修养的精神科医生，善于把开阔的人文视野和精到的专业眼光结合起来，因此不但没有抹杀、反而更有说服力地揭示了孤独在人生中的价值，其中也包括它的心理治疗作用。

事实上，精神科医学的传统的确是把孤独仅仅视为一种病态的。按照这一传统的见解，亲密的人际关系是精神健全的最重要标志，是人生意义和幸福的主要源泉甚至唯一源泉。反之，一个成人倘若缺乏建立亲密的人际关系的能力，便表明他的精神成熟进程受阻，亦即存在着某种心理疾患，需要加以治疗。斯托尔写这本书的主旨正是要反对这种偏颇性，在自己的专业领域内为孤独"正名"。他在肯定人际关系的价值的同时，着重论证了孤独也是人生意义的重要源泉，对于具有创造天赋的人来说，甚至是决定性的源泉。

其实，对孤独的贬损并不限于今天的精神科医学领域。早在《伊利亚特》中，荷马已经把无家无邦的人斥为自然的弃物。亚里士多德在他的《政治学》中据以发挥，断言人是最合群的动物，接着

说出了一句名言："离群索居者不是野兽，便是神灵。"这话本身说得很漂亮，但他的用意是在前半句，拉扯开来大做文章，压根儿不再提后半句。后来培根引用这话时，干脆说只有前半句是真理，后半句纯属邪说。既然连某些大哲学家也对孤独抱有成见，我就很愿意结合着读斯托尔的书的心得，来说一说我对孤独的价值的认识。

二

交往和独处原是人在世上生活的两种方式，对于每个人来说，这两种方式都是必不可少的，只是比例很不相同罢了。由于性格的差异，有的人更爱交往，有的人更喜独处。人们往往把交往看作一种能力，却忽略了独处也是一种能力，并且在一定意义上是比交往更为重要的一种能力。反过来说，不擅交际固然是一种遗憾，不耐孤独也未尝不是一种很严重的缺陷。

从心理学的观点看，人之需要独处，是为了进行内在的整合。所谓整合，就是把新的经验放到内在记忆中的某个恰当位置上。唯有经过这一整合的过程，外来的印象才能被自我所消化，自我也才能成为一个既独立又生长着的系统。所以，有无独处的能力，关系到一个人能否真正形成一个相对自足的内心世界，而这又会进而影响到他与外部世界的关系。斯托尔引用温尼考特的见解指出，那种缺乏独处能力的人只具有"虚假的自我"，因此只是顺从、而不是体验外部世界，世界对于他仅是某种必须适应的对象，而不是可以满足他的主观性的场所，这样的人生当然就没有意义。

事实上，无论活得多么热闹，每个人都必定有最低限度的独处时间，那便是睡眠。不管你与谁同睡，你都只能独自进入你的梦乡。同床异梦是一切人的命运，同时却也是大自然的恩典，在心理上有其必要性。据有的心理学家推测，梦具有与独处相似的整合功能，而不能正常做梦则可能造成某些精神疾患。另一个例子是居丧。对丧亲者而言，最重要的不是他人的同情和劝慰，而是在独处中顺变。

正像斯托尔所指出的：“这种顺变的过程非常私密，因为事关丧亲者与死者之间的亲密关系，这种关系别人没有分享过，也不能分享。”居丧的本质是面对亡灵时“一个人内心孤独的深处所发生的某件事”。如果人为地压抑这个哀伤过程，则也会导致心理疾病。

关于孤独对于心理健康的价值，书中还有一些有趣的谈论。例如，对外界刺激作出反应是动物的本能，“不反应的能力”则是智慧的要素。又例如，“感觉过剩”的祸害并不亚于“感觉剥夺”。总之，我们不能一头扎在外部世界和人际关系里，而放弃了对内在世界的整合。斯托尔的结论是：内在的心理经验是最奥妙、最有疗效的。荣格后期专门治疗中年病人，他发现，他的大多数病人都很能适应社会，且有杰出的成就，“中年危机”的原因就在于缺少内心的整合，通俗地说，也就是缺乏个性，因而仍然不免感觉人生的空虚。他试图通过一种所谓“个性化过程”的方案加以治疗，使这些病人找到真正属于自己的人生意义。我怀疑这个方案是否当真有效，因为我不相信一个人能够通过心理治疗而获得他本来所没有的个性。不过，有一点倒是可以确定的，即个性以及基本的孤独体验乃是人生意义问题之思考的前提。

三

人类精神创造的历史表明，孤独更重要的价值在于孕育、唤醒和激发了精神的创造力。我们难以断定，这一点是否对所有的人都适用，抑或仅仅适用于那些有创造天赋的人。我们至少应该相信，凡正常人皆有创造力的潜质，区别仅在量的大小而已。

一般而论，人的天性是不愿忍受长期的孤独的，长期的孤独往往是被迫的。然而，正是在被迫的孤独中，有的人的创造力意外地得到了发展的机会。一种情形是牢狱之灾，文化史上的许多传世名作就诞生在牢狱里。例如，波伊提乌斯的《哲学的慰藉》，莫尔的《纾解忧愁之对话》，雷利的《世界史》，都是作者在被处死刑之前

的囚禁期内写作的。班扬的《天路历程》、陀思妥耶夫斯基的《死屋手记》也是在牢狱里酝酿的。另一种情形是疾病。斯托尔举了耳聋造成的孤独的例子，这种孤独反而激发了贝多芬、戈雅的艺术想象力。在疾病促进创作方面，我们可以续上一个包括尼采、普鲁斯特在内的长长的名单。太史公所说"左邱失明，厥有国语，孙子膑脚，而论兵法"等等，也涉及了牢狱和疾病之灾与创作的关系，虽然他更多地着眼于苦难中的发愤。强制的孤独不只是造成了一种必要，迫使人把被压抑的精力投于创作，而且我相信，由于牢狱或疾病把人同纷繁的世俗生活拉开了距离，人是会因此获得看世界和人生的一种新的眼光的，而这正是孕育出大作品的重要条件。

不过，对于大多数天才来说，他们之陷于孤独不是因为外在的强制，而是由于自身的气质。大体说来，艺术的天才，例如作者所举的卡夫卡、吉卜林，多是忧郁型气质，而孤独中的写作则是一种自我治疗的方式。如同一位作家所说："我写忧郁，是为了使自己无暇忧郁。"只是一开始作为一种补偿的写作，后来便获得了独立的价值，成了他们乐在其中的生活方式。创作过程无疑能够抵御忧郁，所以，据精神科医生们说，只有那些创作力衰竭的作家才会找他们去治病。但是，据我所知，这时候的忧郁往往是不治的，这类作家的结局不是潦倒便是自杀。另一类是思想的天才，例如作者所举的牛顿、康德、维特根斯坦，则相当自觉地选择了孤独，以便保护自己的内在世界，可以不受他人干扰地专注于意义和秩序的寻求。这种专注和气功状态有类似之处，所以，包括这三人在内的许多哲学家都长寿，也许不是偶然的。

让我回到前面所引的亚里士多德的名言。一方面，孤独的精神创造者的确是野兽，也就是说，他们在社会交往的领域里明显地低于一般人的水平，不但相当无能，甚至有着难以克服的精神障碍。在社交场合，他们往往笨拙而且不安。有趣的是，人们观察到，他们倒比较容易与小孩或者动物相处，那时候他们会感到轻松自在。另一方面，他们却同时又是神灵，也就是说，他们在某种意义上已

经超出和不很需要通常的人际交往了，对于他们来说，创造而不是
亲密的依恋关系成了生活意义的主要源泉。所以，还是尼采说得贴
切，他在引用了"离群索居者不是野兽，便是神灵"一语之后指出：
亚里士多德"忽略了第三种情形：必须同时是二者——哲学家……"

四

孤独之为人生的重要体验，不仅是因为唯有在孤独中，人才能
与自己的灵魂相遇，而且是因为唯有在孤独中，人的灵魂才能与上
帝、与神秘、与宇宙的无限之谜相遇。正如托尔斯泰所说，在交往
中，人面对的是部分和人群，而在独处时，人面对的是整体和万物
之源。这种面对整体和万物之源的体验，便是一种广义的宗教体验。

在世界三大宗教的创立过程中，孤独的经验都起了关键作用。
释迦牟尼的成佛，不但是在出家以后，而且是在离开林中的那些苦
行者以后，他是独自在雅那河畔的菩提树下连日冥思，而后豁然彻
悟的。耶稣也是在旷野度过了四十天，然后才向人宣示救世的消息。
穆罕默德在每年的斋月期间，都要到希拉山的洞窟里隐居。

我相信这些宗教领袖绝非故弄玄虚。斯托尔所举的例子表明，
在自愿的或被迫的长久独居中，一些普通人同样会产生一种与宇宙
融合的"忘形的一体感"，一种"与存在本身交谈"的体验。而且，
曾经有过这种体验的人都表示，那些时刻是一生中最美妙的，对于
他们的生活观念产生着永久的影响。一个人未必因此就要归依某一
宗教，其实今日的许多教徒并没有真正的宗教体验，一个确凿的证
据是，他们不是在孤独中，而必须是在寺庙和教堂里，在一种实质
上是公众场合的仪式中，方能领会一点宗教的感觉。然而，这种所
谓的宗教感，与始祖们在孤独中感悟的境界已经风马牛不相及了。

真正的宗教体验把人超拔出俗世琐事，倘若一个人一生中从来
没有过类似的体验，他的精神视野就未免狭隘。尤其是对于一个思
想家来说，这肯定是一种精神上的缺陷。一个恰当的例子是弗洛伊

德。在与他的通信中，罗曼·罗兰指出：宗教感情的真正来源是"对永恒的一种感动，也就是一种无边无际的大洋似的感觉"。弗洛伊德承认他毫无此种体验，而按照他的解释，所谓与世界合为一体的感觉仅是一种逃避现实的自欺，犹如婴儿在母怀中寻求安全感一样，属于精神退化现象。这位目光锐利的医生总是习惯于把一切精神现象还原成心理现象，所以，他诚然是一位心理分析大师，却终究不是真正意义上的大思想家。

<h1 style="text-align:center">五</h1>

在斯托尔的书中，孤独的最后一种价值好像是留给人生的最后一个阶段的。他写道："虽然疾病和伤残使老年人在肉体上必须依赖他人，但是感情上的依赖却逐渐减少。老年人对人际关系经常不大感兴趣，较喜欢独处，而且渐渐地较专注于自己的内心。"作者显然是赞赏这一变化的，因为它有助于老年人摆脱对人世的依恋，为死亡做好准备。

中国的读者也许会提出异议。我们目睹的事实是，今天中国的老年人比年轻人更喜欢集体活动，他们聚在一起扭秧歌，跳交谊舞，活得十分热闹，成为中国街头一大景观。然而，凡是到过欧美的人都知道，斯托尔的描述至少对于西方人是准确的，那里的老年人都很安静，绝无扎堆喧闹的癖好。他们或老夫老妻做伴，或单独一人，坐在公园里晒太阳，或者作为旅游者去看某处的自然风光。当然，我们不必在中西养老方式之间进行褒贬。老年人害怕孤独或许是情有可原的，孤独使他们清醒地面对死亡的前景，而热闹则可使他们获得暂时的忘却和逃避。问题在于，死亡终究不可逃避，而有尊严地正视死亡是人生最后的一项光荣。所以，我个人比较欣赏西方人那种平静度过晚年的方式。

对于精神创造者来说，如果他们能够活到老年，老年的孤独心境就不但有助于他们与死亡和解，而且会使他们的创作进入一个新的境界。斯托尔举了贝多芬、李斯特、巴赫、勃拉姆斯等一系列作曲家的例子，证明他们的晚年作品都具有更加深入自己的精神领域、不太关心听众是否接受的特点。一般而言，天才晚年的作品是更空灵、更超脱、更形而上的，那时候他们的灵魂已经抵达天国的门口，人间的好恶和批评与他们无关了。歌德从三十八岁开始创作《浮士德》，直到临死前夕即他八十二岁时才完成，应该不是偶然的。

1997. 10

现代技术的危险何在？

　　现代技术正在以令人瞠目的速度发展，不断创造出令人瞠目的奇迹。人们奔走相告：数字化生存来了，克隆来了……接下来还会有什么东西来了？尽管难以预料，但一切都是可能的，现代技术似乎没有什么事情是它办不到的。面对这个无所不能的怪兽，人们兴奋而又不安，欢呼声和谴责声此起彼伏，而它对这一切置若罔闻，依然迈着它的目空一切的有力步伐。

　　按照通常的看法，技术无非是人为了自己的目的而改变事物的手段，手段本身无所谓好坏，它之造福还是为祸，取决于人出于什么目的来发明和运用它。乐观论者相信，人有能力用道德约束自己的目的，控制技术的后果，使之造福人类。悲观论者则对人的道德能力不抱信心。仿佛全部问题在于人性的善恶，由此而导致技术服务于善的目的还是恶的目的。然而，有一位哲学家，他越出了这一通常的思路，在五十年代初便从现代技术的早期演进中看到了真正的危险所在，向技术的本质发出了追问。

　　在海德格尔看来，技术不仅仅是手段，更是一种人与世界之关系的构造方式。在技术的视野里，一切事物都只是材料，都缩减为某种可以满足人的需要的功能。技术从来就是这样的东西，不过，在过去的时代，技术的方式只占据非常次要的地位，人与世界的关系主要是一种非技术的、自然的关系。对于我们的祖先来说，大地是化育万物的母亲，他们怀着感激的心情接受土地的赠礼，守护存在的秘密。现代的特点在于技术几乎成了唯一的方式，实现了"对整个地球的无条件统治"，因而可以用技术来命名时代，例如原子能时代、电子时代等等。现代人用技术的眼光看一切，神话、艺术、历史、宗教和朴素自然主义的视野趋于消失。在现代技术的统治下，自然万物都失去了自身的丰富性和本源性，仅仅成了能量的提供者。譬如说，大地不复是母亲，而只是任人开发的矿床和地产。畜禽不复是独立的生命和人类的伙伴，而只是食品厂的原料。河流不复是自然的风景和民族的摇篮，而只是水压的供应者。海德格尔曾经为莱茵河鸣不平，因为当人们在河上建造发电厂之时，事实上是把莱茵河建造到了发电厂里，使它成了发电厂的一个部件。那么，想一想我们的长江和黄河吧，在现代技术的视野中，它们岂不也只是发电厂的巨大部件，它们的自然本性和悠久历史何尝有一席位置？

现代技术的真正危险并不在于诸如原子弹爆炸之类可见的后果，而在于它的本质中业已包含着的这种对待事物的方式，它剥夺了一切事物的真实存在和自身价值，使之只剩下功能化的虚假存在。这种方式必定在人身上实行报复，在技术过程中，人的个性差别和价值也不复存在，一切人都变成了执行某种功能的技术人员。事情不止于此，人甚至还成了有朝一日可以按计划制造的"人力物质"。不管幸运还是不幸，海德格尔活着时赶上了人工授精之类的发明，化学家们已经预言人工合成生命的时代即将来临，他对此评论道："对人的生命和本质的进攻已在准备之中，与之相比较，氢弹的爆炸也算不了什么了。"现代技术"早在原子弹爆炸之前就毁灭了事物本身"。总之，人和自然事物两方面都丧失了自身的本质，如同里尔克在一封信中所说的，事物成了"虚假的事物"，人的生活只剩下了"生活的假象"。

技术本质在现代的统治是全面的，它占领了一切存在领域，也包括文化领域。在过去的时代，学者都是博学通才，有着自己的个性和广泛兴趣，现在这样的学者消失了，被分工严密的专家即技术人员所取代。在文学史专家的眼里，历史上的一切伟大文学作品都只是有待从语法、词源学、比较语言史、文体学、诗学等角度去解释的对象，即所谓文学，失去了自身的实质。艺术作品也不复是它

们本身所是的作品，而成了收藏、展览、销售、评论、研究等各种活动的对象，海德格尔问道："然而，在这种种活动中，我们遇到作品本身了吗？"海德格尔还注意到了当时已经出现的信息理论和电脑技术，并且尖锐地指出，把语言对象化为信息工具的结果将是语言机器对人的控制。

既然现代技术的危险在于人与世界之关系的错误建构，那么，如果不改变这种建构，仅仅克服技术的某些不良后果，真正的危险就仍未消除。出路在哪里呢？有一个事实看来是毋庸置疑的：没有任何力量能够阻止现代技术发展的步伐，人类也决不可能放弃已经获得的技术文明而复归田园生活。其实，被讥为"黑森林的浪漫主义者"的海德格尔也不存此种幻想。综观他的思路，我们可以看出，虽然现代技术的危险包含在技术的本质之中，但是，技术的方式之成为人类主导的乃至唯一的生存方式却好像并不具有必然性。也许出路就在这里。我们是否可以在保留技术的视野的同时，再度找回其他的视野呢？如果说技术的方式根源于传统的形而上学，在计算性思维中遗忘了存在，那么，我们能否从那些歌吟家园的诗人那里受到启示，在冥想性思维中重新感悟存在？当然，这条出路未免抽象而渺茫，人类的命运仍在未定之中。于是我们便可以理解，为何海德格尔留下的最后手迹竟是一个没有答案的问题——

"在技术化的千篇一律的世界文明的时代中，是否和如何还能有家园？"

1997. 11

"己所欲， 勿施于人"

中外圣哲都教导我们："己所不欲，勿施于人。"这是要我们将心比心，不把自己视为恶、痛苦、灾祸的东西强加于人。己所不欲却施于人，损人利己，把自己的快乐建立在别人的痛苦之上，这种行径当然是对别人的严重侵犯。然而，这只是事情的一个方面。

另一方面，自己视为善、快乐、幸福的东西，难道就可以强加于人了吗？要是别人并不和你一样认为它们是善、快乐、幸福，这样做岂不也是对别人的一种严重侵犯？在实际生活中，更多的纷争的确起于强求别人接受自己的趣味、观点、立场等等。大至在信仰问题上，试图以自己所信奉的某种教义统一天下，甚至不惜为此发动战争。小至在思维方式上，在生活习惯上，在艺术欣赏上，在文学批评上，人们很容易以自己所是为是，斥别人所是为非。即使在一个家庭的内部，夫妇间改造对方趣味的斗争也是屡见不鲜的。

事情的这一个方面往往遭到了忽视。人们似乎认为，以己不欲施于人是明显的恶，出发点就是害人；以己所欲施于人的动机却是好的，是为了助人、救人、造福于人。殊不知在人类历史上，以救主自居的世界征服者们造成的苦难远远超过普通的歹徒。我们应该记住，己所欲未必是人所欲，同样不可施于人。如果说"己所不欲，勿施于人"是一个文明人的起码品德，它反对的是对他人的故意伤害，主张自己活也让别人活，那么，"己所欲，勿施于人"便是一个文明人的高级修养，它尊重的是他人的独立人格和精神自由，进而提倡自己按自己的方式活，也让别人按别人的方式活。

现代社会是一个价值多元的社会，在遵守法律的前提下，人们

在精神信仰领域和私生活领域都享有了越来越多的自由。在我看来，这是一个合理化的进程，而那些以己所欲施于人者则是这个进程中的消极因素，倘若他们被越来越多的人们宣布为不受欢迎的人，我是丝毫不会感到意外的。

1997. 11

婚姻中的爱情

关于婚姻应当以爱情为基础，人们已经说得很多了。关于婚姻是爱情的坟墓，人们也已经说得很多了。这两种说法显然是互相矛盾的。如果婚姻的确是爱情的坟墓，而爱情又的确是婚姻的基础，那就等于说，婚姻必然自毁基础，自掘坟墓，真是一点出路也没有了。

解决这个矛盾可以有两种相反的思路。有一些人（包括有一些哲学家）认为，婚姻和爱情在本性上就是冲突的，因此必须为婚姻寻找别的基础，例如习惯、利益、义务、抚育后代之类。与此不同，我仍想坚持婚姻以爱情为基础的价值立场，只是要对作为婚姻之基础的爱情重新进行定义。

一个真正值得深思的问题：婚姻中的爱情究竟应该是怎样的？

我发现，人们之所以视婚姻与爱情为彼此冲突，一个重要原因便是对爱情的理解过于狭窄，仅限于男女之间的浪漫之情。这种浪漫之情依赖于某种奇遇和新鲜感，其表现形式是一见钟情，销魂断肠，如痴如醉，难解难分。这样一种感情诚然也是美好的，但肯定不能持久，并且这与婚姻无关，即使不结婚也一样持久不了。因为一旦持久，任何奇遇都会归于平凡，任何陌生都会变成熟悉。试图用婚姻的形式把这种浪漫之情延续下去，结果当然会失败，但其咎不在婚姻。

如果我们把爱情理解为男女之间的极其深笃的感情，那么，我们就会看到，它决不仅限于浪漫之情，事实上还有别样的形态。一般来说，浪漫之情往往存在于婚姻前或婚姻外，至多还存在于婚姻

的初期。随着婚龄增长，浪漫之情必然会递减，然而，倘若这一结合的质量确实是好的，就会有另一种感情渐渐生长起来。这种新的感情由原来的恋情转化而来，似乎不如恋情那么热烈和迷狂，却有了恋情所不具备的许多因素，最主要的便是在长期共同生活中形成的互相的信任感、行为方式上的默契、深切的惦念以及今生今世的命运与共之感。我们不妨把这种感情看作亲情的一种，不过它不同于血缘性质的亲情，而的确是在性爱基础上产生的亲情。我认为它完全有资格被承认为爱情的一种形态，而且是一种成熟的形态。为了与那种浪漫式的爱情相区别，我称之为亲情式的爱情。婚姻中的爱情，便是以这样的形态存在的。按照这一思路，婚姻就不但不是爱情的坟墓，反倒是爱情——亲情式的爱情——生长的土壤了。

大千世界里，许多浪漫之情产生了，又消失了。可是，其中有一些幸运地活了下来，成熟了，变成了无比踏实的亲情。好的婚姻使爱情走向成熟，而成熟的爱情是更有分量的。当我们把一个异性唤作恋人时，是我们的激情在呼唤。当我们把一个异性唤作亲人时，却是我们的全部人生经历在呼唤。

1997. 12

世上本无奇迹

《鲁滨逊漂流记》出版二百周年之际，弗吉尼亚·伍尔夫发表感想说，她觉得这本书像是一部万古常新的无名氏作品，而不像是若干年前某个人的精心之作，因此，要庆祝它的生日，就像庆祝史前巨石柱的生日一样令人感到奇怪。这话道出了我们读某些经典名著时的共同感觉。当然，即使在经典名著中，这样的作品也是不多的，而《鲁滨逊漂流记》也许是最有代表性的一部。

故事本身是尽人皆知的，它涉及一桩奇遇：鲁滨逊在荒无人烟的孤岛上生活了二十八年，终于活着回到了人群中。可是，知道这个故事与读这本书完全是两回事。如果你仅仅知道故事梗概而不去读这本书，你将错过最重要的东西。一部伟大的小说，其所以伟大之处不在故事本身，而在对故事的叙述。在笛福笔下，鲁滨逊的孤岛奇遇是由许许多多丝毫不是奇遇的具体事件和平凡细节组成的，他只是从容道来，丝毫不加渲染，一切都好像是事情自己在那里发生着。他的叙事语言朴实，准确，宛若自然天成，因此极有力量，使我们几乎不可能怀疑他所叙述的事情的真实性。我们仿佛身历其境地看到，只身落在荒岛上的鲁滨逊怎样由惊恐而到渐渐适应，在习惯了孤独以后，又怎样因为在沙滩上发现人的脚印而感到新的惊恐。我们看到他为了排除寂寞，怎样辛勤地营建自己的小窝，例如怎样花费四十二天工夫把一棵大树做成一块简陋的搁板。我们会觉得，这一切都是十分真实的，倘若我们落入那个境遇里，我们也会那样反应和那样做。鲁滨逊能够在孤岛上活下来，靠的不是超自然的奇迹，而是生存本能和一点好运气罢了。

在过去的评论中，人们常常强调笛福是资产阶级的代言人，小说的主旨是鼓吹勤劳求生和致富。在我看来，即使这部小说含有道德训诫的意思，也决非如此肤浅。在现实生活中，笛福是一个很入世的人，曾经经商、从政、办刊物，在每一个领域都折腾得很厉害，大起大落，最后失败得也很惨，是一个喜欢折腾又历尽坎坷的人。他自己总结说："谁也没有经受过这么多命运的播弄，我曾经十三回穷了又富，富了又穷。"到了晚年，他才开始写小说。使我感到有趣的是，就是这样一个人，却借了鲁滨逊的眼光，表达了对俗世的一种超脱和批评的立场。在远离世界并且毫无返回希望的情形下，鲁滨逊发现自己看世界的眼光完全变了。他的眼光的变化，我认为最有价值的是两点。一是对财富的看法。由于他碰巧落在一个物产丰富的岛上，加上他的勤勉，他称得上很富有了。可是他发现，财富再多，他所能享受的也只是自己能够使用的部分，而这个部分是非常有限的，其余多出的部分对于他没有任何实际价值。由此他意识到，世人的贪婪乃是出于虚荣，而非出于真实的需要。另一是对宗教的看法。如果说他还是一个基督徒的话，他的宗教信仰也变得极其单纯了，仅限于从上帝的仁慈中寻求活下去的勇气和安宁的心境。由此他回想人世间宗教上的一切烦琐的争执，看破了它们的毫无意义。我相信在这两点认识中包含着某种基本的真理。世上种种纷争，或是为了财富，或是为了教义，不外乎利益之争和观念之争。当我们身在其中时，我们不免很看重。但是，我们每一个人都迟早要离开这个世界，并且绝对没有返回的希望。在这个意义上，我们不妨也用鲁滨逊的眼光来看一看世界，这会帮助我们分清本末。我们将发现，我们真正需要的物质产品和真正值得我们坚持的精神原则都是十分有限的，在单纯的生活中包含着人生的真谛。

孤岛遐想是现代人喜欢做的一个游戏。只身一人漂流到了一座孤岛上，这种情景对于想象力是一个刺激。不过，我们的想象力往往底气不足，如果没有某种浪漫的奇迹来救助，便难以为继。最后，也就只好满足于带什么书去读、什么音乐去听之类的小情调而已。

在鲁滨逊的孤岛上也没有奇迹。那里不是桃花源，没有乌托邦式的社会实验。那里不是伊甸园，没有女人和艳遇。鲁滨逊在他的孤岛上所做的事情在人类历史上其实是经常发生的，这就是凭借从一个文明社会中抢救出的少许东西，重新开始建立这个文明社会。世上本无奇迹，但世界并不因此而失去了魅力。我甚至相信，人最接近上帝的时刻不是在上帝向人显示奇迹的时候，而是在人认识到世上并无奇迹却仍然对世界的美丽感到惊奇的时候。

1998.1

都市里的外乡人

　　我出生在都市，并且在都市里度过了迄今为止的大部分岁月。可是，我常常觉得，我只是都市里的一个外乡人。我的活动范围极其有限，基本上是坐在家里读书和写作，每周去一趟单位，偶尔到朋友家里串一串门，或者和朋友们去郊外玩一玩。在偌大都市中，我最熟悉的仅是住宅附近的一两家普通商店，那已经足以应付我的基本生活需要了。其余的广大区域，尤其是使都市引以自豪的那许多豪华商场和高级娱乐场所，对于我不过是一种观念的存在，是一些我无暇去探究的现代迷宫。

　　近些年来，我到过别的一些城市。我惊奇地发现，所到之处，即使是从前很偏僻的地方，都正在迅速涌现一个个新的都市。然而，这些新的都市是何其雷同！古旧的小街和城墙被拆除了，取而代之的是环城公路和通衢大道。格局相似的豪华商场向每一个城市的中心胜利进军，成为每一个城市的新的标记。可是，这些标记丝毫不能显示城市的特色，相反却证明了城市的无名。事实上，当你徘徊在某一个城市的街头时，如果单凭眼前的景观，你的确无法判断自己究竟身在哪一个城市。甚至人们的消闲方式也在趋于一致，夜幕降临之后，延安城里不再闻秧歌之声，时髦的青年男女纷纷走进兰花花卡拉 OK 厅。

　　当然，都市化还可以有另一种模式。我到过欧洲的一些城市，例如世界大都会巴黎，那里在更新城市建筑的同时，把维护城市的历史风貌看得比一切都重要，几近于神圣不可侵犯。一个城市的建筑风格和民俗风情体现了这个城市的个性，它们源于这个城市的特

周国平作品精选

殊的历史和文化传统。消灭了一个城市的个性，差不多就等于是消
灭了这个城市的记忆。这样的城市无论多么繁华，对于它的客人都
丧失了学习和欣赏的价值，对于它的主人也丧失了家的意义。其实，
在一个失去了记忆的城市里，并不存在真正的主人，每一个居民都
只是无家可归的外乡人而已。

　　就我的性情而言，我恐怕永远将是一个游离于都市生活的外乡
人。不过，我无意反对都市化。我知道，虽然都市化会带来诸如人
口密集、交通拥挤之类的弊端，但都市化本身毕竟是一个进步，它
促进了经济和文化的繁荣。我只是希望都市化按照一种健康的方式
进行。即使作为一个外乡人，我也是能够欣赏都市的美的。有时候，
夜深人静之时，我独自漫步在灯火明灭的北京街头，望着被五光十
色的聚光灯照亮的幢幢高楼，一种赞叹之情便会油然而生：在浩瀚
宇宙的一个小小的角落，可爱的人类竟给自己造出了这么些精巧的
玩具。我还庆幸于自己的发现：都市最美的时刻，是在白昼和夜生
活的喧嚣都沉寂了下去的时候。

1998. 1

人人都是孤儿

我们为什么会渴望爱？我们心中为什么会有爱？我的回答是：因为我们人人都是孤儿。

当然，除了极少数的例外，我们每个人降生时都是有父有母的，随后又都在父母的抚养下逐渐长大成人。可是，仔细想想，父母之孕育我们是一件多么偶然的事啊。大千世界里，凭什么说那个后来成为你父亲的男人与那个后来成为你母亲的女人就一定会相识，一定会结合，并且又一定会在那个刚好能孕育你的时刻做爱？而倘若他们没有相识，或相识了没有结合，或结合了没有在那个时刻做爱，就压根儿不会有你！这个道理可以一直往上推，只要你的祖先中有一对未在某个特定的时刻做爱，就不会有后来导致你诞生的所有世代，也就不会有你。如此看来，我们每一个人都是茫茫宇宙间极其偶然的产物，造化只是借了同样是偶然产物的我们父母的身躯把我们从虚无中产生了出来。

父母既不是我们在这个世界上诞生的必然根据，也不能成为保护我们免受人世间种种苦难的可靠屏障。也许在童年的短暂时间里，我们相信在父母的怀抱中找到了万无一失的安全。然而，终有一天，我们会明白，凡降于我们身上的苦难，不论是疾病、精神的悲伤还是社会性的挫折，我们都必须自己承受，再爱我们的父母也是无能为力的。最后，当死神召唤我们的时候，世上决没有一个父母的怀抱可以使我们免于一死。

因此，从茫茫宇宙的角度看，我们每一个人的确都是无依无靠的孤儿，偶然地来到世上，又必然地离去。正是因为这种根本性的孤独境遇，才有了爱的价值，爱的理由。人人都是孤儿，所以人人都渴望有人爱，都想要有人疼。我们并非只在年幼时需要来自父母的疼爱，即使在年长时从爱侣那里，年老时从晚辈那里，孤儿寻找父母的隐秘渴望都始终伴随着我们，我们仍然期待着父母式的疼爱。另一方面，如果我们想到与我们一起暂时居住在这颗星球上的任何人，包括我们的亲人，都是宇宙中的孤儿，我们心中就会产生一种大悲悯，由此而生出一种博大的爱心。我相信，爱心最深厚的基础是在这种大悲悯之中，而不是在别的地方。譬如说性爱，当然是离不开性欲的冲动或旨趣的相投的，但是，假如你没有那种把你的爱侣当做一个孤儿来疼爱的心情，我敢断定你的爱情还是比较自私的。即使是子女对父母的爱，其中最刻骨铭心的因素也不是受了养育之后的感恩，而是无法阻挡父母老去的绝望，在这种绝望之中，父母作为无人能够保护的孤儿的形象清晰地展现在了你的眼前。

1998. 1

另一个韩愈

去年某月，到孟县参加一个笔会。孟县是韩愈的故乡，于是随身携带了一本他的集子，作为旅途消遣的读物。小时候就读过韩文，也知道他是"文起八代之衰"的大文豪，但是印象里他是儒家道统的卫道士，又耳濡目染"五四"以来文人学者对他的贬斥，便一直没有多读的兴趣。未曾想到，这次在旅途上随手翻翻，竟放不下了，仿佛发现了另一个韩愈，一个深通人情、明察世态的韩愈。

譬如说那篇《原毁》，最早是上中学时在语文课本里读到的，当时还背了下来。可是，这次重读，才真正感觉到，他把毁谤的根源归结为懒惰和嫉妒，因为懒惰而自己不能优秀，因为嫉妒而怕别人优秀，这是多么准确。最有趣的是他谈到自己常常做一种试验，方式有二。其一是当众夸不在场的某人，结果发现，表示赞同的只有那人的朋党、与那人没有利害竞争的人以及惧怕那人的人，其余的一概不高兴。其二是当众贬不在场的某人，结果发现，不表赞同的也不外上述三种人，其余的一概兴高采烈。韩愈有这种恶作剧的心思和举动，我真觉得他是一个聪明可爱的人。我相信，一定会有一些人联想起自己的类似经验，发出会心的一笑。

安史之乱时，张巡、许远分兵坚守睢阳，一年后兵尽粮绝，城破殉难。由于城是先从许远所守的位置被攻破的，许远便多遭诟骂，几被目为罪人。韩愈在谈及这段史实时替许远不平，讲了一个很简单的道理：人之将死，其器官必有先得病的，因此而责怪这先得病的器官，也未免太不明事理了。接着叹道："小人之好议论，不乐成人之美如是哉！"这个小例子表明韩愈的心态何其正常平和，与那些好唱高调整人的假道学不可同日而语。

在《与崔群书》中，韩愈有一段话论人生知己之难得，也是说得坦率而又沉痛。他说他平生交往的朋友不算少，浅者不去说，深者也无非是因为同事、老相识、某方面兴趣相同之类表层的原因，还有的是因为一开始不了解而来往已经密切，后来不管喜欢不喜欢也只好保持下去了。我很佩服韩愈的勇气，居然这么清醒地解剖自己的朋友关系。扪心自问，我们恐怕都不能否认，世上真正心心相印的朋友是少而又少的。

至于那篇为自己的童年手足、与自己年龄相近却早逝的侄儿十二郎写的祭文，我难以描述读它时的感觉。诚如苏东坡所言，"其惨痛悲切，皆出于至情之中"，读了不掉泪是不可能的。最崇拜他的欧阳修则好像不太喜欢他的这类文字，批评他"其心欢戚，无异庸人"。可是，在我看来，常人的真情达于极致正是伟大的征兆之一。这样一个内心有至情、又能冷眼看世相人心的韩愈，虽然一生挣扎于宦海，却同时向往着"与其有誉于前，孰若无毁于后，与其有乐于身，孰若无忧于心"的隐逸生活，我对此是丝毫不感到奇怪的。可惜的是，在实际上，他忧患了一生，死后仍摆脱不了无尽的毁誉。在孟县时，我曾到韩愈墓凭吊，墓前有两棵枝叶苍翠的古柏，我站在树下默想：韩愈的在天之灵一定像这些古柏一样，淡然观望着他身后的一切毁誉吧。

1998.6

医学的人文品格

一

现代人是越来越离不开医院了。从前，人在土地上生息，得了病也只是听天由命，顺其自然。现在，生老病死，每一环节几乎都与医院难解难分。我们在医院里诞生，从此常常出入其中，年老时去得更勤，最后还往往是在医院里告别人世。在我们的生活中，医院、医生、医学占据了太重要的位置。

然而，医院带给我们的美好回忆却是如此稀少。女人分娩，病人求医，老人临终，都是生命中最脆弱的时刻，最需要人性的温暖。可是，在医院里，我们很少感觉到这种温暖。尤其在今日中国的许多医院里，我们感觉到的更多是世态炎凉，人心冷漠。可以毫不夸张地说，医院如今是最令人望而生畏的地方之一。

一个问题使我困惑良久：以拯救生命为使命的医学，为什么如此缺少抚慰生命的善意？没有抚慰的善意，能有拯救的诚意吗？

正是在这困惑中，甚至困惑已经变成了愤慨、愤慨已经变成了无奈和淡漠的时候，我读到了刘易斯·托马斯所著《最年轻的科学——观察科学的札记》一书，真有荒漠遇甘泉之感。托马斯是美国著名的医学家和医生，已于1993年病故。在他写的这本自传性著作中，我见识了一个真正杰出的医生，他不但有学术上和医术上的造诣，而且有深刻的睿智、广阔的人文视野和丰富的同情心。诺贝尔物理奖得主费因曼曾言，科学这把钥匙既可开启天堂大门，也可开启地狱大门，究竟打开哪扇门，则有赖于人文指导。我相信，医学要能真正造福人类，也必须具备人文品格。当然，医学的人文品格是由那些研究和运用它的人赋予它的，也就是说，前提是要拥有许多像托马斯这样的具备人文素养的医学家和医生。托马斯倡导和率先实施了医学和哲学博士双学位教育计划，正显示了他在这方面的眼光。

二

在这本书里，托马斯依据亲身经历回顾了医学发展的历史。他不在乎什么职业秘密，非常诚实地告诉我们，直到他青年时代学医时为止，医学在治疗方面是完全无知的，唯一的本领是给病人吃治不好也治不坏的安慰剂，其效力相当于宗教仪式中的符咒。最高明的医生也不过是善于判断病的名称和解释病的后果罢了。一种病无论后果好坏，医生都无法改变它的行程，只能让它自己走完它的行程。医学之真正能够医治疾病，变得名副其实起来，是 1937 年发明了磺胺药以后的事情。在此意义上，托马斯称医学为"最年轻的科学"。

从那以来，人类拥有了越来越多的从前无法想象的治疗技术。作为一个科学家，托马斯对技术的进步持充分肯定的态度。但是，同时他认为，代价是巨大的，这代价便是医疗方式的"非人化"，医生和病人之间的亲密关系一去不返了。譬如说，触摸和谈话曾是医生的两件法宝，虽无真正的医疗作用，但病人却藉之得到了安慰和信心。现在，医生不再需要把自己的手放到病人的身体上，也不再有兴趣和工夫与病人谈话了。取而代之的是各种复杂的机器，它们横在医生和病人之间，把两者的距离越拉越大。住院病人仿佛不再是人，而只成了一个号码。在医院这个迷宫里，他们随时有迷失的危险，不知什么时候会被放在担架上推到一个不该去的地方。托马斯懂得，技术再发达，病人仍然需要医生那种给人以希望的温柔的

触摸，那种无所不包的从容的长谈，但他知道要保留这些是一件难事，在今天唯有"最好的医生"才能做到。"最好的医生"——他正是这么说的。我敢断定，倘若他不是一个公认的医学权威，他的同行一定会对他的标准哗然了。这没有什么可奇怪的，因为制定这标准的那种神圣感情在今天已经成了人们最陌生的东西。

托马斯还有别的怪论也会令他的同行蹙额。譬如说，他好像对医生自己不患重病感到遗憾。从前，患重病是很普遍的事情，医生也不能幸免。现在，由于医学的进步，这种机会大为减少了。问题在于，没有亲身经历，医生很难知道做病人的感觉。他不知道病人受疾病袭击时的痛苦，面临生命危险时的悲伤，对于爱抚和同情的渴望。他很容易不把病人当作一个真实的人，而只当作一个抽象的疾病标本，一个应用他从教科书上学来的知识的对象。生病是一种特别的个人经历，有助于加深一个人对生命、苦难、死亡的体验。一个自己有过患重病经历的医生，往往是更富有人性的。所以，托马斯半开玩笑地建议，既然现在最有机会使人体会生病滋味的只有感冒了，在清除人类其他疾病的进程中，就把感冒保留下来吧，把它塞进医学生的课程表里，让他们每年两次处在患流感并且受不到照顾的境地，这对他们今后做人和做医生都有好处。

很显然，在托马斯看来，人生体悟和人道精神应是医生的必备品质，其重要性至少不在医术之下。其实道理很简单，医生自己必须是一个人性丰满的人，他才可能把病人看作一个人而不只是疾病的一个载体。

三

托马斯毕生从医，但他谈论起医学之外的事情来也充满智慧。我只举两个例子。

其一是关于电脑。他说，人脑与电脑的区别有二，一是容易遗忘，二是容易出错。这看起来是缺点，其实是优点。遗忘是自动发生的，这使我们可以不费力气就把多余的信息清除出去，给不期而至的好思想腾出空间。倘若没有这样的空间，好思想就会因为找不到栖息地而又飞向黑暗之中。让关系出错更是人脑的一个美妙天赋，靠了它我们往往会有意外的发现，在没有关联之处邂逅崭新的思想。这两个区别说明了同一件事，便是电脑的本领仅到信息为止，人脑的本领却是要让信息导致思想。电脑的本领常常使人惊奇，这很可能使一般人得出电脑胜于人脑的结论，但托马斯却从自己的惊奇中看到了人的优越，因为电脑没有惊奇的能力。

第二个例子是他对女性的评价。他非常感谢女性在幼儿教育方面的贡献，认为这是她们给予文明的厚礼，证明了她们才是记录和传递文化基础的功臣。由于女性对儿童的天然喜爱和理解，她们是更善于开启年幼的头脑的。他还看到，女性虽然容易为生活中的小事和事物的外表烦恼，但是面对极其重大的事情却十分沉着。形象地说，女性的头脑只是外部多变，其中枢却相当稳定。相比之下，男性的那个深处中枢始终是不成熟的，需要不断地重新定向。因此，托马斯相信，在涉及人类命运的大事上，女性是更值得信任的。

这两个例子都表明，托马斯对于人性有多么亲切的理解。人脑优于电脑、女性优于男性的地方，不都是在于人性么？我们不妨说，与女性相比，男性的抽象头脑更像是一种电脑。写到这里，我忍不住还要提一下托马斯的另一个感想，它也许能帮助我们猜测他的智慧的源头。作为一个医生，他有许多机会通过仪器看见自己的体内。然而，他说，他并不因此感到与自己更靠近了，相反觉得距离更远，更有了两重性。那个真正的"我"并不在这些松软的构件中，其间并没有一个可以安顿"我"的中心，它们自己管理着自己，而"我"是一个局外人。托马斯所谈到的这个与肉体判然有别的"我"，除了称之为灵魂，我们就无以名之。不难想见，一个有这样强烈的灵魂感觉的人，当然会对人性的高贵和神秘怀着敬意，不可能陷入技术的狂热之中。

四

我们不可能要求每一个医生都具备托马斯这样的人文素养，这是不现实的，甚至也是不必要的。但是，中国当今的医疗腐败已经到了令绝大多数人忍无可忍的地步，凡是不享有特权的普通人，在这方面都一定有惨痛或沮丧的经验。人们之恐惧在医院里受到非人道的待遇，已甚于对疾病本身的恐惧。这就使得医学的人文品格之话题有了极大的迫切性。

毫无疑问，医疗腐败仅是社会腐败的一个组成部分，因而其整治有赖于整个社会状况的改善。但是，由于它直接关系到每一个人的生死安危，医疗权利实质上就是生存权利，所以有理由得到特别的关注。问题的解决无非是从两方面入手，一是他律，包括医生资格的从严审定，有关医生责任和病人权利的立法，医疗事故的公正鉴定和制裁等等；另一是自律，即医生的人文素养和道德水准的提高。

在我与医院打交道的经历中，有一个现象令我非常吃惊，便是一些很年轻的从医学院毕业不久的医生，显得比年长的医生更加冷漠、无所谓和不负责任。有一回，我的怀孕的妻子发热到40度，住进我家附近的一所医院。因为青霉素皮试过敏，那个值班的年轻女医生便一筹莫展，入院数小时未采取任何治疗措施。征得她的同意，我通过电话向一家大医院求援，试图从那里得到某种批号的青霉素，我的妻子当天上午曾在那家医院注射过这种批号的青霉素，已被证明不会引起过敏。可是，我的联系很快被这个女医生制止了，理由竟是这会增加她们科的电话费支出。面对高热不退的妻子和吉凶未卜的胎儿，我心急如焚，这理由如此荒唐，使我无法置信，以至于说不出话来。我只好要求出院而去那家离家较远的大医院，谁知这个女医生听罢，白了我一眼，就不知去向了。剩下若干同样年轻的医生，皆作壁上观，对我的焦急的请求一律不予理睬。在走投无路的情况下，我不得不说出类似情形使我失去一个女儿的遭遇，这才得以办成出院手续。

记载我的丧女经历的《妞妞》一书拥有许多读者，而这些年轻的医生都不曾听说过，对此我没有什么好指责的。我感到寒心的是，虽然他们名义上也是知识分子，我却觉得自己是面对着一群野蛮人。直觉告诉我，他们是没有真正意义上的读书生活的，因而我无法用我熟悉的语言对他们说话。托马斯谈到，他上大学时在一家医院实习，看见一位年轻医生为一个病人的死亡而哭泣，死亡的原因不是医疗事故而只是医学的无能，于是对这家医院肃然起敬。爱心和医德不是孤立之物，而是在深厚的人文土壤上培育出来的。在这方面，我们的医学院肯定存在着严重的缺陷。我只能期望，有一天，在我们的医学院培养出的医生中，多一些有良知和教养的真正的知识分子，少一些穿白大褂的蒙昧人。

1998. 11

周 国 平

作 品 精 选

安 静

（1999—2001）

安　静

（1999——2001）

我需要回到我自己
——《安静》序

　　本书是我从 1999 年到现在的散文的完整结集。将近四年的时间，我发表的文字只有十多万字，未免少了一些。不过，我早就不以发表来估量我的写作，更不以写作来估量我的生活了。当我酝酿和从事一项较大的工作时，我已能克制自己不去写那些马上发表的东西。当我坐在电脑前忙碌而我的女儿却希望我陪她玩儿时，我也清楚什么是更聪明的选择。

　　曾经有一个时期，我疲于应付刊物的约稿和媒体的采访。我对那种状态很不喜欢，但我不是一个善于拒绝的人，只好在内心里盼望一个机会，能够强使我结束这种状态。1999 年，我应聘在德国海德堡大学任客座教授，在那半年里，客观上与国内的媒体拉开了距离，编辑和记者们找不到我了。当时我知道，我所盼望的机会来了。回国后，我横下了一条心，对于约稿、采访以及好事者组织的各种会议一律拒绝，真感到耳根和心地都清净了。据说有所谓名人效应：你越有名，媒体和公众就越是关注和包围你，结果你就更有名了。现在我发现相反的规律同样成立：你一旦自愿或不自愿地离开聚光灯的照耀，聚光灯当然是不会闲着的，立刻会有新的名人取代你成为被关注和包围的中心，而你就越来越隐入了被遗忘的暗处。我不无满意地看到这一"褪名效应"正在我的身上发生。我的天性不算自信，但我拥有的自信恰好达到这个程度，使我能够不必在乎外界是否注意我。

　　我当然不是一个脱俗到了拒绝名声的人，但是，比名声更重要

的是，我需要回到我自己。我必须为自己的心灵保留一个自由的空间，一种内在的从容和悠闲。唯有保持这样一种内在状态，我在写作时才能真正品尝到精神的快乐。我的写作应该同时也是我的精神生活，两者必须合一，否则其价值就要受到怀疑。无论什么东西威胁到了我所珍惜的这种内在状态，我只能坚决抵制。说到底，这也只是一种权衡利弊，一种自我保护罢了。

摒弃了外来的催逼，写作无疑少了一种刺激，但我决心冒这个险。如果我的写作缺乏足够的内在动力，就让我什么也不写，什么也写不出好了。一种没有内在动力的写作不过是一种技艺，我已经发现，人一旦掌握了某种技艺，就很容易受这种技艺的限制和支配，像工匠一样沉湎其中，以为这就是人生意义之所在，甚至以为这就是整个世界。可是，跳出来看一看，世界大得很，无论在何种技艺中生活一辈子终归都是可怜的。最重要的还是要有充实完整的内在生活，而不是写作或别的什么。如果没有，身体在外部世界里做什么都无所谓，写作、绘画、探险、行善等等都没有根本的价值。反之，一个人就可以把所有这些活动当作他的精神生活的形式。到目前为止，我仍相信写作是最适合于我的方式，可是谁知道呢，说不定我的想法会改变，有一天我会换一种方式生活。

当今膨胀的媒体对于稿件的需求几乎是无限的，如果有求必应，我必完蛋无疑。我要努力做到的是保证基本写作状态的健康，这样来分配我的精力：首先用于写不发表的东西，即我的私人笔记，它是我的精神生活的第一现场，也是我的思想原料仓库；其次用于写将来发表的东西，那应该是一些比较大而完整的作品；再次只允许花最少的精力写马上发表的东西，即适合于媒体用的文字，并且也要以言之有物为前提。我一定这样做。

2002. 8

安静的位置

对于各种热闹，诸如记者采访、电视亮相、大学讲座之类，我始终不能习惯，总是尽量推辞。有时盛情难却答应了，结果多半是后悔。人各有志，我不反对别人追求和享受所谓文化的社会效应，只是觉得这种热闹与我的天性太不合。我的性格决定我不能做一个公众人物。做公众人物一要自信，相信自己真是一个人物；二要有表演欲，一到台上就来情绪。我偏偏既自卑又怯场，面对摄像机和麦克风没有一次不感到是在受难。因此我想，万事不可勉强，就让我顺应天性过我的安静日子吧。如果确实有人喜欢我的书，他们喜欢的也一定不是这种表面的热闹，就让我们的心灵在各自的安静中相遇吧。

世上从来不缺少热闹，因为一旦缺少，便必定会有不甘心的人去把它制造出来。不过，大约只是到了今日的商业时代，文化似乎才必须成为一种热闹，不热闹就不成其为文化。譬如说，从前，一个人不爱读书就老老实实不读，如果爱读，必是自己来选择要读的书籍，在选择中贯彻了他的个性乃至怪癖。现在，媒体担起了指导公众读书的职责，畅销书推出一轮又一轮，书目不断在变，不变的是全国热心读者同一时期仿佛全在读相同的书。与此相映成趣的是，这些年来，学界总有一两个当红的热门话题，话题不断在变，不变的是不同学科的学者同一时期仿佛全在研究相同的课题。我不怀疑仍有认真的研究者，但更多的却只是凭着新闻记者式的嗅觉和喉咙，用以代替学者的眼光和头脑，正是他们的起哄把任何学术问题都变成了热门话题，亦即变成了过眼烟云的新闻。

　　在这个热闹的世界上，我尝自问：我的位置究竟在哪里？我不属于任何主流的、非主流的和反主流的圈子。我也不是现在有些人很喜欢标榜的所谓另类，因为这个名称也太热闹，使我想起了集市上的叫卖声。那么，我根本不属于这个热闹的世界吗？可是，我决不是一个出世者。对此我只能这样解释：不管世界多么热闹，热闹永远只占据世界的一小部分，热闹之外的世界无边无际，那里有着我的位置，一个安静的位置。这就好像在海边，有人弄潮，有人戏水，有人拾贝壳，有人聚在一起高谈阔论，而我不妨找一个安静的角落独自坐着。是的，一个角落——在无边无际的大海边，哪里找不到这样一个角落呢——但我看到的却是整个大海，也许比那些热闹地聚玩的人看得更加完整。

　　在一个安静的位置上，去看世界的热闹，去看热闹背后的无限广袤的世界，这也许是最适合我的性情的一种活法吧。

1999. 1

让世界适合于小王子们居住

——为《小王子》新译本写的序

像《小王子》这样的书，本来是不需要有一篇序言的，不但不需要，而且不可能有。莫洛亚曾经表示，他不会试图去解释《小王子》中的哲理，就像人们不对一座大教堂或布满星斗的天穹进行解释一样。我也不会无知和狂妄到要给天穹写序，所能做的仅是借这个新译本出版之机，再一次表达我对圣爱克苏贝里的这部天才之作的崇拜和热爱。

我说《小王子》是一部天才之作，说的完全是我自己的真心感觉，与文学专家们的评论无关。我甚至要说，它是一个奇迹。世上只有极少数作品，如此精美又如此质朴，如此深刻又如此平易近人，从内容到形式都几近于完美，却不落丝毫斧凿痕迹，宛若一块浑然天成的美玉。

令我感到不可思议的一件事是，一个人怎么能够写出这样美妙的作品。令我感到不可思议的另一件事是，一个人翻开这样一本书，怎么会不被它吸引和感动。我自己许多次翻开它时都觉得新鲜如初，就好像第一次翻开它时觉得一见如故一样。每次读它，免不了的是常常含着泪化微笑，在惊喜的同时又感到辛酸。我知道许多读者有过和我相似的感受，我还相信这样的感受将会在更多的读者身上得到印证。

按照通常的归类，《小王子》被称作哲理童话。你们千万不要望文生义，设想它是一本给孩子们讲哲学道理的书。一般来说，童话是大人讲给孩子听的故事。这本书诚然也非常适合于孩子们阅读，

但同时更是写给某一些成人看的。用作者的话来说，它是献给那些曾经是孩子并且记得这一点的大人的。我觉得比较准确的定位是，它是一个始终葆有童心的大人对孩子们、也对与他性情相通的大人们说的知心话，他向他们讲述了对于成人世界的观感和自己身处其中的孤独。

的确，作者的讲述饱含哲理，但他的哲理决非抽象的观念和教条，所以我们无法将其归纳为一些简明的句子而又不使之受到损害。譬如说，我们或许可以把全书的中心思想归结为一种人生信念，便是要像孩子们那样凭真性情直接生活在本质之中，而不要像许多成人那样为权力、虚荣、占有、职守、学问之类表面的东西无事空忙。可是，倘若你不是跟随小王子到各个星球上去访问一下那个命令太阳在日落时下降的国王，那个请求小王子为他不断鼓掌然后不断脱帽致礼的虚荣迷，那个热衷于统计星星的数目并将之锁进抽屉里的商人，那个从不出门旅行的地理学家，你怎么能够领会孩子和作者眼中功名利禄的可笑呢？倘若你不是亲耳听见作者谈论大人们时的语气——例如，他谈到大人们热爱数目字，如果你对他们说起一座砖房的颜色、窗台上的花、屋顶上的鸽子，他们就无动于衷，如果你说这座房子值十万法郎，他们就会叫起来："多么漂亮的房子啊！"他还告诉孩子们，大人们就是这样的，孩子们对他们应该宽宏大量——你不亲自读这些，怎么能够体会那讽刺中的无奈，无奈中的悲凉呢？

我还可以从书中摘录一些精辟的句子，例如："正因为你在你的玫瑰身上花费了时间，这才使她变得如此名贵。""使沙漠变得这样美丽的，是它在什么地方隐藏着一眼井。"可是，这样的句子摘不胜摘，而要使它们真正属于你，你就必须自己去摘取。且把这本小书当作一朵玫瑰，在她身上花费你的时间，且把它当作一片沙漠，在它里面寻找你的井吧。我相信，只要你把它翻开来，读下去，它一定会对你也变得名贵而美丽。

圣爱克苏贝里一生有两大爱好：飞行和写作。他在写作中品味人间的孤独，在飞行中享受四千米高空的孤独。《小王子》是他生前出版的最后一本书，出版一年后，他在一次驾机执行任务时一去不复返了。没有人知道他去了哪里，在地球上再也没有发现他的那架飞机的残骸。我常常觉得，他一定是到小王子所住的那个小小的星球上去了，他其实就是小王子。

有一年夏天，我在巴黎参观先贤祠。先贤祠的宽敞正厅里只有两座坟墓，分别埋葬着法兰西精神之父伏尔泰和卢梭，唯一的例外是有一面巨柱上铭刻着圣爱克苏贝里的名字。站在那面巨柱前，我为法国人对这个大孩子的异乎寻常的尊敬而感到意外和欣慰。当时我心想，圣爱克苏贝里诞生在法国并非偶然，一个懂得《小王子》作者之伟大的民族有多么可爱。我还想，应该把《小王子》译成各种文字，印行几十亿册，让世界上每个孩子和每个尚可挽救的大人都读一读，这样世界一定会变得可爱一些，会比较适合于不同年龄的小王子们居住。

2000.8

纪念所掩盖的

在尼采逝世一百周年的日子来临之际，世界各地的哲学教授们都在筹备纪念活动。对于这个在哲学领域发生了巨大影响的人物，哲学界当然有纪念他的充足理由。我的担心是，如果被纪念的真正是一位精神上的伟人，那么，任何外在的纪念方式都可能与他无关，而成了活着的人的一种职业性质的或者新闻性质的热闹。

我自己做过一点尼采研究，知道即使从学理上看，尼采的哲学贡献也是非常了不起的。打一个比方，西方哲学好像一个长途跋涉的寻宝者，两千年来苦苦寻找着一件据认为性命攸关的宝物——世界的某种终极真理，康德把这个人唤醒了，喝令他停下来，以令人信服的逻辑向他指出，他所要寻找的宝物藏在一间凭人类的能力绝对进入不了的密室里。于是，迷途者一身冷汗，颓然坐在路旁，失去了继续行走的目标和力量。这时候尼采来了，向迷途者揭示了一个更可怕的事实：那件宝物根本就不存在，连那间藏宝物的密室也是康德杜撰出来的。但是，他接着提醒这个绝望的迷途者：世上本无所谓宝物，你的使命就是为事物的价值立法，创造出能够神化人类生存的宝物。说完这话，他越过迷途者，向道路尽头的荒野走去。迷途者望着渐渐隐入荒野的这位先知的背影，若有所悟，站起来跟随而行，踏上了寻找另一种宝物的征途。

在上述比方中，我大致概括了尼采在破和立两个方面的贡献，即一方面最终摧毁了始自柏拉图的西方传统形而上学，另一方面开辟了立足于价值重估对世界进行多元解释的新方向。不能不提及的是，在这破立的过程中，他充分显示了自己的哲学天才。譬如说，

190

他对现象是世界唯一存在方式的观点的反复阐明，他对语言在形而上学形成中的误导作用的深刻揭露，表明他已经触及了二十世纪两个最重要的哲学运动——现象学和语言哲学——的基本思想。

然而，尼采最重要的意义还不在于学理的探讨，而在于精神的示范。他是一个真正把哲学当作生命的人。我始终记着他在投身哲学之初的一句话："哲学家不仅是一个大思想家，而且也是一个真实的人。"这句话是针对康德的。康德证明了形而上学作为科学真理的不可能，尼采很懂得这一论断的分量，指出它是康德之后一切哲学家都无法回避的出发点。令他不满甚至愤慨的是，康德对自己的这个论断抱一种不偏不倚的学者态度，而康德之后的绝大多数哲学家也就心安理得地放弃了对根本问题的思考，只满足于枝节问题的讨论。在尼采看来，对世界和人生的某种最高真理的寻求乃是灵魂的需要，因而仍然是哲学的主要使命，只是必须改变寻求的路径。因此，他一方面是传统形而上学的无情批判者，另一方面又是怀着广义的形而上学渴望的热情探索者。如果忽视了这后一方面，我们就可能在纪念他的同时把他彻底歪曲。

我的这种担忧是事出有因的。当今哲学界的时髦是所谓后现代，而且各种后现代思潮还纷纷打出尼采的旗帜，在这样的热闹中，尼采也被后现代化了。于是，价值重估变成了价值虚无，解释的多元性变成了解释的任意性，酒神精神变成了佯醉装疯。后现代哲学家把反形而上学的立场推至极端，被解构掉的不仅是世界本文，而且是哲学本身。尼采要把哲学从绝路领到旷野，再在旷野上开出一条新路，他们却兴高采烈地撺掇哲学吸毒和自杀，可是他们居然还自命是尼采的精神上的嫡裔。尼采一生不断生活在最高问题的风云中，孜孜于为世界和人生寻找一种积极的总体解释，与他们何尝有相似之处。据说他们还从尼采那里学来了自由的文风，然而，尼采的自由是涌流，是阳光下的轻盈舞蹈，他们的自由却是拼贴，是彩灯下的胡乱手势。依我之见，尼采在死后的一百年间遭到了两次最大的歪曲，第一次是被法西斯化，第二次便是被后现代化。我之怀疑后

现代哲学家还有一个理由，就是他们太时髦了。他们往往是一些喜欢在媒体上露面的人。尼采生前的孤独是尽人皆知的。虽说时代不同了，但是，一个哲学家、一种哲学变成时髦终究是可疑的事情。

两年前，我到过瑞士境内一个名叫西尔斯-玛丽亚的小镇，尼采曾在那里消度八个夏天，现在他居住过的那栋小楼被命名为尼采故居。当我进到里面参观，看着游客们购买各种以尼采的名义出售的纪念品时，不禁心想，所谓纪念掩盖了多少事实真相啊。当年尼采在这座所谓故居中只是一个贫穷的寄宿者，双眼半盲，一身是病，就着昏暗的煤油灯写着那些没有一个出版商肯接受的著作，勉强凑了钱自费出版以后，也几乎找不到肯读的人。他从这里向世界发出过绝望的呼喊，但无人应答，正是这无边的沉默和永久的孤独终于把他逼疯了。而现在，人们从世界各地来这里参观他的故居，来纪念他。真的是纪念吗？西尔斯-玛丽亚是阿尔卑斯山麓的一个风景胜地，对于绝大多数游客来说，所谓尼采故居不过是一个景点，所谓参观不过是一个旅游节目罢了。

所以，在尼采百年忌日来临之际，我心怀猜忌地远离各种外在的纪念仪式，宁愿独自默温这位真实的人的精神遗产。

2000. 8

人类的敦煌

藏经洞发现一百周年之际，敦煌又成热门话题。对于国人心中的这段痛史，我印象最深的有两点。

第一，敦煌是中华文物的顶级宝库，但是，这个宝库中的一大部分文物已经不在敦煌，也不在中国，而是流散到世界各地了。特别是在二十世纪的前二十年间，外国学者纷纷来到这里进行掠夺性考察，把珍贵文物运回自己国家，致使莫高窟的数百件壁画和塑像，藏经洞里的数万件文书，近千幅唐宋佛画，现今分散收藏在英、法、俄、日、美等十多个国家的四十几家博物馆和研究机构中。一个民族的文化遗产遭到如此严重的肢解，这在现代史上是罕见的。

第二，敦煌学是国际上的显学，但是，这门以中国古代文化为研究对象的多分支学科的大本营却不在中国，而在譬如说日本或者法国。这当然是敦煌文物流散的一个直接后果，使得一些西方学者得以捷足先登，占山为王。在此不利形势下，中国敦煌学的起步就成了中国学者到海外追寻、抄写、研究文献的过程。由于政治动乱频繁和经济贫困，中国学者即使在这方面也是举步维艰，拥有的条件完全不能与日本学者相比。所以，在日本汗牛充栋的敦煌学著作面前，中国已有的成果至少在数量上显得十分可怜，以至于日本学者敢于理直气壮地宣称："敦煌在中国，敦煌学在日本。"

面对以上事实，作为一个中国人，我当然感到痛心，同时又时常陷入深思。我不断问自己一个问题：在1900年王道士发现藏经洞之后，假如没有斯坦因、伯希和等人相继来盗宝，洞内这些珍贵经卷和文书的命运会如何？答案几乎不容置疑：一定会更惨。这个结

论由一件事便可推断，便是 1909 年中国政府接管了藏经洞之后，决定把劫后剩余藏品运交京师图书馆保管，结果是从敦煌到北京，这批卷子一路遭劫，劫掠者都是以权谋私乃至监守自盗的官员和名流。斯坦因和伯希和盗走的文物至少都缴给了各自的国家，被他们的博物馆精心收藏起来，日后尚可供赏析研究，而这些同胞所获的赃物却统统进了私宅，然后又大量地流失于市场，敦煌这一部分藏品的数量和面貌已经成了永远不可知的谜。

我无意替斯坦因等人辩护。他们当年获取敦煌文书的手段绝非光明正大，说得上坑蒙拐骗，他们的考古挖掘不乏破坏性行为，他们运走中国文物更是属于帝国主义行径。但是，我承认我的心情是矛盾的。藏经洞发现之时，清朝政权处在风雨飘摇、朝不保夕之中，地方政府极其昏庸，看守莫高窟的王道士又如此愚昧无知，这一切已经注定了洞内藏品的悲惨命运。外国考察家在那个时候到来，完完全全是乘虚而入，没有任何力量能够阻挡他们满载而归。而如果他们不来，在那种混乱的局面下，藏品也几乎必定会被我们自己的同胞糟蹋殆尽。像斯坦因这样的人毕竟是懂行之人，他知道这些文物的珍贵价值，他在每次考察后撰写和出版详尽的考古报告，并把相关材料交由沙畹等专家整理刊布，便是最好的证明。伯希和更是一代汉学大师，虽然他没有把主要精力放在敦煌学上，但他在懂得敦煌文物的价值方面绝不逊于斯坦因。在当时的中国，肯定有学术能力不亚于甚至超过他们的人，例如罗振玉和王国维。可是，也正是在当时的中国，以区区布衣的微弱力量是无论如何抵御不了全局性的腐败的。因此，封闭了几乎一千年的藏经洞真是开启得不是时候，等待着它的宝藏的只有两种前途，不是沦落异国，便是毁于故乡。出于民族自尊心，我坚决反对前一种结局。但是，如果我真正珍惜这些文化遗产，我就不得不两害相权取其轻，宁愿它们被保存着而不是被毁灭掉，哪怕是保存在中国之外的某些地方。只要它们还存在着，就有回来的可能，即使回不来，也比不存在好得多。

历史不容假设，发生了的事终究已经发生了。可是，我忍不住还要作第二个假设：如果莫高窟第十六窟甬道左墙没有在一百年前的那一天裂出一条缝，如果这条缝推迟三十年甚至一百年裂出，从而把藏经洞的发现也相应推迟，情况是否会好得多？回答似乎应该是肯定的。然而，想到在我们今天的各种重大工程方案中，文物保护仍被摆在非常次要的位置上，想到各地不断发生的目光短浅的和利欲熏心的破坏文物事件，我的信心又有了一点动摇。以我们今日的国力和觉悟，敦煌文物大规模外流这样的事情的确不会发生了。但是，如果我们没有进一步的觉悟，不但对民族负责，而且对人类负责，中国境内的一切历史遗物，不管是露在地面上的还是仍然埋在地下的，不但把它们看作民族的财产，而且把它们看作人类的文化遗产，如果我们没有这样的觉悟，它们在我们这里就始终是非常不安全的。我们已经很当然地认为外国人掠走中国文物是对我们的民族犯罪，有朝一日倘若我们还当然地认为中国人破坏中国文物是对人类犯罪，我们才算真正从敦煌痛史中吸取了教训。

在事隔将近一个世纪后的今天，流散在外国的敦煌文献的主体部分业已整理出版，并且正陆续翻译成中文。遥想当年罗振玉、王国维等人奔走于八宝胡同——伯希和在京的临时居处——的匆忙身影，董康、胡适、郑振铎、王重民等人在国外图书馆里埋头抄录的辛勤姿势，相比之下，中国今日的研究者的条件不知要好了多少倍。在一定的意义上可以说，敦煌文献已经成为全人类的共同财产，因而也能被中国学者共享了。那么，我期望中国的敦煌学研究会有一个大的发展，以此证明我要提出的第三个假设：如果敦煌文献未曾大规模外流，敦煌学的大本营就不会在日本或者法国。

2000.9

成功的真谛

在通常意义上，成功指一个人凭自己的能力做出了一番成就，并且这成就获得了社会的承认。成功的标志，说穿了，无非是名声、地位和金钱。这个意义上的成功当然也是好东西。世上有人淡泊于名利，但没有人会愿意自己彻底穷困潦倒，成为实际生活中的失败者。歌德曾说："勋章和头衔能使人在倾轧中免遭挨打。"据我的体会，一个人即使相当超脱，某种程度的成功也仍然是好事，对于超脱不但无害反而有所助益。当你在广泛的范围里得到了社会的承认，你就更不必在乎在你所隶属的小环境里的遭遇了。众所周知，小环境里往往充满短兵相接的琐屑的利益之争，而你因为你的成功便仿佛站在了天地比较开阔的高处，可以俯视从而以此方式摆脱这类渺小的斗争。

但是，这样的俯视毕竟还是站得比较低的，只不过是恃大利而弃小利罢了，仍未脱利益的计算。真正站得高的人应该能够站到世间一切成功的上方俯视成功本身。一个人能否做出被社会承认的成就，并不完全取决于才能，起作用的还有环境和机遇等外部因素，有时候这些外部因素甚至起决定性作用。单凭这一点，就有理由不以成败论英雄。我曾经在边远省份的一个小县生活了将近十年，如果不是大环境发生变化，也许会在那里"埋没"终生。我尝自问，倘真如此，我便比现在的我差许多吗？我不相信。当然，我肯定不会有现在的所谓成就和名声，但只要我精神上足够富有，我就一定会以另一种方式收获自己的果实。成功是一个社会概念，一个直接面对上帝和自己的人是不会太看重它的。

　　我的意思是说，成功不是衡量人生价值的最高标准，比成功更重要的是，一个人要拥有内在的丰富，有自己的真性情和真兴趣，有自己真正喜欢做的事。只要你有自己真正喜欢做的事，你就在任何情况下都会感到充实和踏实。那些仅仅追求外在成功的人实际上是没有自己真正喜欢做的事的，他们真正喜欢的只是名利，一旦在名利场上受挫，内在的空虚就暴露无遗。照我的理解，把自己真正喜欢做的事做好，尽量做得完美，让自己满意，这才是成功的真谛，如此感到的喜悦才是不搀杂功利考虑的纯粹的成功之喜悦。当一个母亲生育了一个可爱的小生命，一个诗人写出了一首美妙的诗，所感觉到的就是这种纯粹的喜悦。当然，这个意义上的成功已经超越于社会的评价，而人生最珍贵的价值和最美好的享受恰恰就寓于这样的成功之中。

2000. 11

孤岛断想

一、灵魂只能独行

我是与一个集体一起来到这个岛上的。我被编入了这个集体，是这个集体的一员。在我住在岛上的全部日子里，我都不能脱离这个集体。可是，我知道，我的灵魂不和这个集体在一起。我还知道，任何一个人的灵魂都不可能和任何一个集体在一起。

灵魂永远只能独行。当一个集体按照一个口令齐步走的时候，灵魂不在场。当若干人朝着一个具体的目的地结伴而行时，灵魂也不在场。不过，在这些时候，那缺席的灵魂很可能就在不远的某处，你会在众声喧哗之时突然听见它的清晰的足音。

即使两人相爱，他们的灵魂也无法同行。世间最动人的爱仅是一颗独行的灵魂与另一颗独行的灵魂之间的最深切的呼唤和应答。

灵魂的行走只有一个目标，就是寻找上帝。灵魂之所以只能独行，是因为每一个人只有自己寻找，才能找到他的上帝。

二、内在的眼睛

我相信人不但有外在的眼睛，而且有内在的眼睛。外在的眼睛看见现象，内在的眼睛看见意义。被外在的眼睛看见的，成为大脑的贮存；被内在的眼睛看见的，成为心灵的财富。

许多时候，我们的内在眼睛是关闭着的。于是，我们看见利益，却看不见真理，看见万物，却看不见美，看见世界，却看不见上帝。我们的日子是满的，生命却是空的，头脑是满的，心却是空的。

外在的眼睛不使用，就会退化，常练习，就能敏锐。内在的眼睛也是如此。对于我来说，写作便是一种训练内在视力的方法，它促使我经常睁着内在的眼睛，去发现和捕捉生活中那些显示了意义的场景和瞬间。只要我保持着写作状态，这样的场景和瞬间就会源源不断。相反，一旦被日常生活之流裹挟，长久中断了写作，我便会觉得生活成了一堆无意义的碎片。事实上它的确成了碎片，因为我的内在眼睛是关闭着的，我的灵魂是昏睡着的，而唯有灵魂的君临才能把一个人的生活形成为整体。所以，我之需要写作，是因为唯有保持着写作状态，我才真正在生活。

三、灵魂之杯

灵魂是一只杯子。如果你用它来盛天上的净水，你就是一个圣徒。如果你用它来盛大地的佳酿，你就是一个诗人。如果你两者都不肯舍弃，一心要用它们在你的杯子里调制出一种更完美的琼液，你就是一个哲学家。

每个人都拥有自己的灵魂之杯，它的容量很可能是确定的。在不同的人之间，容量会有差异，有时差异还非常大。容量极大者必定极为稀少，那便是大圣徒、大诗人、大哲学家，上帝创造他们仿佛是为了展示灵魂所可能达到的伟大。

不过，我们无须去探究自己的灵魂之杯的容量究竟有多大。在一切情形下，它都不会超载，因为每个人所分配到的容量恰好是他必须付出毕生努力才能够装满的。事实上，大多数杯子只装了很少的水或酒，还有许多杯子直到最后仍是空着的。

四、灵魂的亲缘关系

我偶然地发现了一本泰戈尔的诗集，把它翻开来，一种他乡遇

故人的快乐立刻弥漫在我的心间。泰戈尔曾是我的精神密友之一，我已经很久没有去拜访他了，没想到今天在这个孤岛的一间小屋里和他不期而遇。

读书的心情是因时因地而异的。有一些书，最适合于在羁旅中、在无所事事中、在远离亲人的孤寂中翻开。这时候，你会觉得，虽然有形世界的亲人不在你的身旁，但你因此而得以和无形世界的亲人相逢了。在灵魂与灵魂之间必定也有一种亲缘关系，这种亲缘关系超越于种族和文化的差异，超越于生死，当你和同类灵魂相遇时，你的精神本能会立刻把它认出。

灵魂只能独行，但不是在一片空无中行进。毋宁说，你仿佛是置身在茂密的森林里，这森林像原始森林一样没有现成的路，你必须自己寻找和开辟出一条路来。可是，你走着走着，便会在这里那里发现一个脚印，一块用过的木柴，刻在树上的一个记号。于是你知道了，曾经有一些相似的灵魂在这森林里行走，你的灵魂的独行并不孤独。

五、小爱和大爱

住在岛上，最令我思念不已的是远方的妻女。每个周末，我都要借助价格昂贵的越洋电话与她们通话，只是为了听一听熟悉的声音。新年之夜，在周围的一片热闹中，我的寂寞的心徒劳地扑腾着欲飞的翅膀。

那么，我是一个恋家的男人了。

我听见一个声音责问我：你的尘躯如此执迷于人世间偶然的暂时的因缘，你的灵魂如何能走上必然的永恒的真理之路呢？二者必居其一：或者你慧根太浅，本质上是凡俗之人；或者你迟早要斩断尘缘，皈依纯粹的精神事业。

我知道，无论佛教还是基督教，都把人间亲情视为觉悟的障碍。乔答摩王子弃家出走，隐居丛林，然后才成佛陀。耶稣当着教众之面，不认前来寻他的母亲和兄弟，只认自己的门徒是亲人。然而，我对这种绝情之举始终不能赞赏。

诚然，在许多时候，尘躯的小爱会妨碍灵魂的大爱，俗世的拖累会阻挡精神的步伐。可是，也许这正是检验一个人的心灵力度的场合。难的不是避世修行，而是肩着人世间的重负依然走在朝圣路上。一味沉湎于小爱固然是一种迷妄，以大爱否定小爱也是一种迷妄。大爱者理应不弃小爱，而以大爱赋予小爱以精神的光芒，在爱父母、爱妻子、爱儿女、爱朋友中也体味到一种万有一体的情怀。一个人只要活着，他的灵魂与肉身就不可能截然分开，在他的尘世经历中处处可以辨认出他的灵魂行走的姿态。唯有到了肉身死亡之时，灵魂摆脱肉身才是自然的，在此之前无论用什么方式强行分开都是不自然的，都是内心紧张和不自信的表现。不错，在一切对尘躯之爱的否定背后都隐藏着一个动机，就是及早割断和尘世的联系，为死亡预做准备。可是，如果遁入空门，禁绝一切生命的欲念，藉此而达于对死亡无动于衷，这算什么彻悟呢？真正的彻悟是在恋生的同时不畏死，始终怀着对亲人的挚爱，而在最后时刻仍能从容面对生死的诀别。

六、偶然性的价值

我飞越了大半个地球，降落在这个岛上。在地球那一方的一个城市里，有一个我的家，有我的女人和孩子，这个家对于我至关重要，无论我走得多远都要回到这个家去。我知道，在地球的广大区域里，还有许多国家、城市和村庄，无数男人、女人和孩子在其中生活着。如果我降生在另一个国度和地方，我就会有一个完全不同的家，对我有至关重要意义的就会是那一个家，而不是我现在的家。既然家是这么偶然的一种东西，对家的依恋到底有什么道理？

我爱我的妻子，可是我知道，世上并无命定的姻缘，任何一个男人与任何一个女人的结合都是偶然的。如果机遇改变，我就会与

另一个女人结合，我的妻子就会与另一个男人结合，我们各人都会有完全不同的人生故事。既然婚姻是这么偶然的一种东西，那么，受婚姻的束缚到底有什么道理？

可是，顺着这个思路想下去，我就不可避免地遇到最后一个问题：我的生存本身便是一个纯粹的偶然性，我完全可能没有降生到这个世界上来，那么，我活着到底有什么道理？

我不愿意我活着没有道理，我一定要给我的生存寻找一个充分的理由，我的确这么做了。而一旦我这么做，我就发现，那个为我的生存镀了金的理由同时也为我生命中的一系列偶然性镀了金。

我相信了，虽然我的出生纯属偶然，但是，既然我已出生，宇宙间某种精神本质便要以我为例来证明它的存在和伟大。否则，如果一切生存都因其偶然而没有价值，永恒的精神之火用什么来显示它的光明呢？

接着我相信了，虽然我和某一个女人的结合是偶然的，由此结合而产生的那个孩子也是偶然的，但是，这个家一旦存在，上帝便要让我藉之而在人世间扎下根来。否则，如果一切结合都因其偶然而没有价值，世上有哪一个女人能够给我一个家园呢？

我知道，我的这番论证是正确的，因为所论证的那种情感在我的心中真实地存在着。

我还知道，我的这番论证是不必要的，因为既然我爱我自己这个偶然性，我就不能不爱一切偶然性。

八、生活的减法

这次旅行，从北京出发是乘的法航，可以托运 60 公斤行李。谁知到了圣地亚哥，改乘智利国内航班，只准托运 20 公斤了。于是，只好把带出的两只箱子精简掉一只，所剩的物品就很少了。到住处后，把这些物品摆开，几乎看不见，好像住在一间空屋子里。可是，这么多天下来了，我并没有感到缺少了什么。回想在北京的家里，比这大得多的屋子总是满满的，每一样东西好像都是必需的，但我现在竟想不起那些必需的东西是什么了。于是我想，许多好像必需的东西其实是可有可无的。

在北京的时候，我天天都很忙碌，手头总有做不完的事。直到这次出发的前夕，我仍然分秒必争地做着我认为十分紧迫的事中的一件。可是，一旦踏上旅途，再紧迫的事也只好搁下了。现在，我已经把所有似乎必须限期完成的事搁下好些天了，但并没有发现造成了什么后果。于是我想，许多好像必须做的事其实是可做可不做的。

许多东西，我们之所以觉得必需，只是因为我们已经拥有它们。当我们清理自己的居室时，我们会觉得每一样东西都有用处，都舍不得扔掉。可是，倘若我们必须搬到一个小屋去住，只允许保留很少的东西，我们就会判断出什么东西是自己真正需要的了。那么，我们即使有一座大房子，又何妨用只有一间小屋的标准来限定必需的物品，从而为美化居室留出更多的自由空间？

许多事情，我们之所以认为必须做，只是因为我们已经把它们列入了日程。如果让我们凭空从其中删除某一些，我们会难做取舍。可是，倘若我们知道自己已经来日不多，只能做成一件事情，我们就会判断出什么事情是自己真正想做的了。那么，我们即使还能活很久，又何妨用来日不多的标准来限定必做的事情，从而为享受生活留出更多的自由时间？

九、心灵的空间

在写了上面这一则随想之后，我读到泰戈尔的一段意思相似的话，不过他表达得更好。我把他的话归纳和改写如下——

未被占据的空间和未被占据的时间具有最高的价值。一个富翁的富并不表现在他的堆满货物的仓库和一本万利的经营上，而是表现在他能够买下广大空间来布置庭院和花园，能够给自己留下大量

时间来休闲。同样，心灵中拥有开阔的空间也是最重要的，如此才会有思想的自由。

接着，泰戈尔举例说，穷人和悲惨的人的心灵空间完全被日常生活的忧虑和身体的痛苦占据了，所以不可能有思想的自由。我想补充指出的是，除此之外，还有另一类例证，就是忙人。

凡心灵空间的被占据，往往是出于逼迫。如果说穷人和悲惨的人是受了贫穷和苦难的逼迫，那么，忙人则是受了名利和责任的逼迫。名利也是一种贫穷，欲壑难填的痛苦同样具有匮乏的特征，而名利场上的角逐同样充满生存斗争式的焦虑。至于说到责任，可分三种情形，一是出自内心的需要，另当别论，二是为了名利而承担的，可以归结为名利，三是既非内心自觉，又非贪图名利，完全是职务或客观情势所强加的，那就与苦难相差无几了。所以，一个忙人很可能是一个心灵上的穷人和悲惨的人。

这里我还要说一说那种出自内在责任的忙碌，因为我常常认为我的忙碌属于这一种。一个人真正喜欢一种事业，他的身心完全被这种事业占据了，能不能说他也没有了心灵的自由空间呢？这首先要看在从事这种事业的时候，他是否真正感觉到了创造的快乐。譬如说写作，写作诚然是一种艰苦的劳动，但必定伴随着创造的快乐，如果没有，就有理由怀疑它是否蜕变成了一种强迫性的事务，乃至一种功利性的劳作。当一个人以写作为职业的时候，这样的蜕变是很容易发生的。心灵的自由空间是一个快乐的领域，其中包括创造的快乐，阅读的快乐，欣赏大自然和艺术的快乐，情感体验的快乐，无所事事地闲适和遐想的快乐，等等。所有这些快乐都不是孤立的，而是共生互通的。所以，如果一个人永远只是埋头于写作，不再有工夫和心思享受别的快乐，他的创造的快乐和心灵的自由也是大可怀疑的。

我的这番思考是对我自己的一个警告，同时也是对所有自愿的忙人的一个提醒。我想说的是，无论你多么热爱自己的事业，也无论你的事业是什么，你都要为自己保留一个开阔的心灵空间，一种内在的从容和悠闲。唯有在这个心灵空间中，你才能把你的事业作为你的生命果实来品尝。如果没有这个空间，你永远忙碌，你的心灵永远被与事业相关的各种事务所充塞，那么，不管你在事业上取得了怎样的外在成功，你都只是损耗了你的生命而没有品尝到它的果实。

2001. 1

在维纳斯脚下哭泣

一八四八年五月，海涅五十一岁，当时他流亡巴黎，贫病交加，久患的脊髓病已经开始迅速恶化。怀着一种不祥的预感，他拖着艰难的步履，到罗浮宫去和他所崇拜的爱情女神告别。一踏进那间巍峨的大厅，看见屹立在台座上的维纳斯雕像，他就禁不住号啕痛哭起来。他躺在雕像脚下，仰望着这个无臂的女神，哭泣良久。这是他最后一次走出户外，此后瘫痪在床八年，于五十九岁溘然长逝。

海涅是我十八岁时最喜爱的诗人，当时我正读大学二年级，对于规定的课程十分厌烦，却把这位德国诗人的几本诗集拿在手里翻来覆去地吟咏，自己也写了许多海涅式的爱情小诗。可是，在那以后，我便与他阔别了，三十多年里几乎没有再去探望过他。最近几天，因为一种非常偶然的机缘，我又翻开了他的诗集。现在我已经超过了海涅最后一次踏进罗浮宫的年龄，这个时候读他，就比较懂得他在维纳斯脚下哀哭的心情了。

海涅一生写得最多的是爱情诗，但是他的爱情经历说得上悲惨。他的恋爱史从他爱上两个堂妹开始，这场恋爱从一开始就是无望的，两姐妹因为他的贫寒而从未把他放在眼里，先后与凡夫俗子成婚。然而，正是这场单相思成了他的诗才的触媒，使他的灵感一发而不可收拾，写出了大量脍炙人口的诗歌，奠定了他在德国的爱情诗之王的地位。可是，虽然在艺术上得到了丰收，屈辱的经历却似乎在他的心中刻下了永久的伤痛。在他诗名业已大振的壮年，他早年热恋的两姐妹之一苔莱丝特意来访他，向他献殷勤。对于这位苔莱丝，当年他曾献上许多美丽的诗，最有名的一首据说先后被音乐家们谱成了 250 种乐曲，我把它引在这里——

> 你好像一朵花，
> 这样温情，美丽，纯洁；
> 我凝视着你，我的心中
> 不由涌起一阵悲切。
>
> 我觉得，我仿佛应该
> 用手按住你的头顶，
> 祷告天主永远保你
> 这样纯洁，美丽，温情。

真是太美了。然而，在后来的那次会面之后，他写了一首题为《老蔷薇》的诗，大意是说：她曾是最美的蔷薇，那时她用刺狠毒地刺我，现在她枯萎了，刺我的是她下巴上那颗带硬毛的黑痣。结语是："请往修道院去，或者去用剃刀刮一刮光。"把两首诗放在一起，其间的对比十分残忍，无法相信它们是写同一个人的。这首诗实在恶毒得令人吃惊，不过我知道，它同时也真实得令人吃惊，最诚实地写下了诗人此时此刻的感觉。

对两姐妹的爱恋是海涅一生中最投入的情爱体验，后来他就不再有这样的痴情了。我们不妨假设，倘若苔莱丝当初接受了他的求爱，她人老珠黄之后下巴上那颗带硬毛的黑痣还会不会令他反感？从他对美的敏感来推测，恐怕也只是程度的差异而已。其实，就在他热恋的那个时期里，他的作品就已常含美易消逝的忧伤，上面所引的那首名诗也是例证之一。不过，在当时的他眼里，美正因为易逝而更珍贵，更使人想要把它挽留住。他当时是一个痴情少年，而痴情之为痴情，就在于相信能使易逝者永存。对美的敏感原是这种要使美永存的痴情的根源，但是，它同时又意味着对美已经消逝也敏感，因而会对痴情起消解的作用，在海涅身上发生的正是这个过

程。后来，他好像由一个爱情的崇拜者变成了一个爱情的嘲讽者，他的爱情诗出现了越来越强烈的自嘲和讽刺的调子。嘲讽的理由却与从前崇拜的理由相同，从前，美因为易逝而更珍贵，现在，却因此而不可信，遂使爱情也成了只能姑妄听之的谎言。这时候，他已名满天下，在风月场上春风得意，读一读《群芳杂咏》标题下的那些猎艳诗吧，真是写得非常轻松潇洒，他好像真的从爱情中拔出来了。可是，只要仔细品味，你仍可觉察出从前的那种忧伤。他自己承认："尽管饱尝胜利滋味，总缺少一种最要紧的东西"，就是"那消失了的少年时代的痴情"。由对这种痴情的怀念，我们可以看出海涅骨子里仍是一个爱情的崇拜者。

在海涅一生与女人的关系中，事事都没有结果，除了年轻时的单恋，便是成名以后的逢场作戏。唯有一个例外，就是在流亡巴黎后与一个他名之为玛蒂尔德的鞋店女店员结了婚。我们可以想见，在他们之间毫无浪漫的爱情可言。海涅年少气盛时曾在一首诗中宣布，如果他未来的妻子不喜欢他的诗，他就要离婚。现在，这个女店员完全不通文墨，他却容忍下来了。后来的事实证明，在他瘫痪卧床以后，她不愧是一个任劳任怨的贤妻。在他最后的诗作中，有两首是写这位妻子的，读了真是令人唏嘘。一首写他想象自己的周年忌日，妻子来上坟，他看见她累得脚步不稳，便嘱咐她乘出租车回家，不可步行。另一首写他哀求天使，在他死后保护他的孤零零的遗孀。这无疑是一种生死相依的至深感情，但肯定不是他理想中的爱情。在他穷困潦倒的余生，爱情已经成为一种遥远的奢侈。

即使在诗人之中，海涅的爱情遭遇也应归于不幸之列。但是，我相信问题不在于遭遇的幸与不幸，而在于他所热望的那种爱情是根本不可能实现的。在他的热望中，世上应该有永存的美，来保证爱的长久，也应该有长久的爱，来保证美的永存。在他五十一岁的那一天，当他拖着病腿走进罗浮宫的时候，他在维纳斯脸上看到的正是美和爱的这个永恒的二位一体，于是最终确信了自己的寻求是正确的。但是，他为这样的寻求已经筋疲力尽，马上就要倒下了。

这时候，他一定很盼望女神给他以最后的帮助，却瞥见了女神没有双臂。米罗的维纳斯在出土时就没有了双臂，这似乎是一个象征，表明连神灵也不拥有在人间实现最理想的爱情的那种力量。当此之时，海涅是为自己也为维纳斯痛哭，他哭他对维纳斯的忠诚，也哭维纳斯没有力量帮助他这个忠诚的信徒。

2001. 1

可能性的魅力

世上再动人的爱情，再美满的婚姻，也都是偶然性的产物。在茫茫人海里，两人相遇了，这相遇是靠了不知多少人力无法支配的因素凑成的，只要其中一个因素变化，你们很可能就失之交臂。而如果你没有遇到这个她（他），你一定还会遇到另一个她（他），生发出另一段也许同样美好甚至更美好的姻缘来。

那么，现在，在你们已经相遇之后，你就不会遇到另一个她了吗？当然不。从理论上讲，在另一性别的广阔世界里，适合于你的异性肯定不是少数，而你始终有着与她们之中某一个或某一些人相遇的可能性。那么，真相遇了怎么办？

我是一个爱情至上论者，深信两性的结合唯以爱情为最高原则，当然不反对较差的爱情给新的更好的爱情让位。可是，问题在于，你怎么知道新的爱情就一定更好？那种震撼心灵的热恋如同天意，或许谁也抗拒不了，另当别论。在多数情形下，新鲜本身就构成了巨大的诱惑，但新鲜总是暂时的，到不新鲜了的时候你怎么办？无休止地更换性伴侣诚然也是一种活法，然而，在这种活法里已经没有了爱情的位置，所以不合我的原则。

可能性是人生魅力的重要源泉。如果因为有了爱侣，结了婚，就不再可能与别的可爱的异性相遇，人生未免太乏味了。但是，在我看来，如果你真正善于欣赏可能性的魅力，你就不会怀着一种怕错过什么的急迫心理，总是想要把可能性立即兑现为某种现实性。因为这样做的结果，你表面上似乎得到了许多，实际上却是亲手扼杀了你的人生中的一切可能性。我的意思是说，在你与一切异性的关系之中，不再有产生真正的爱情的可能性，只剩下了唯一的现实性——上床。

就我自己来说，我是宁愿怀着对既有爱情的珍惜之心，而将与别的可爱异性的关系保持在友谊的水平上的。我不否认这样的友谊中有性吸引的成分，但是，让这成分含蓄地起作用，岂不别有一种情趣？男人谁没有放纵一下的欲望，我不喜欢的是那后果，包括必然会造成的对爱我的人的伤害。除去卖淫和变相的卖淫不说，我不相信一个女人和你在肉体上发生亲昵关系而在感情上却毫无所求。假定一个女人爱上了一个出色的男人，而这个男人譬如说有一百个追求者，那么，她是愿意他与一百个女人都有染，从而她也能占有一份呢，还是宁愿他只爱一人，因而她只有百分之一的获胜机会呢？我相信，在这个测验题目上，绝大多数女人都会做出相同的选择。

2001.5

向教育争自由

逝世前一个月，正值母校苏黎世工业大学成立一百周年，爱因斯坦应约为之写纪念文章。在文章中，他没有为母校捧场，反而是以亲身经历批评了学校教育体制的不合理。他回忆说，入学以后，他很快发现自己不具备做一个"好学生"所需要的一切特性，诸如专心于功课，遵守课堂纪律，认真记笔记和做作业，等等。因此，他便始终满足于做一个有中等成绩的学生，而把主要精力放在自己真正感兴趣的东西上，"以极大的热忱在家里向理论物理学的大师们学习"。

他接着回忆说，毕业以后，他感到极大幸福的是在专利局找到了一份实际工作，而不是留在学院里从事研究。"因为学院生活会把一个年轻人置于这样一种被动的地位：不得不去写大量科学论文——结果是趋于浅薄。"他在专利局一干就是七八年，业余时间埋头于自己的爱好，这正是他一生中"最富于创造性活动"的时期。

据我所知，爱因斯坦的经历绝非例外。不论在科学领域，还是在哲学、文学、艺术领域，几乎所有的天才人物在学校读书时都不是"好学生"，都有过与当时的教育制度作斗争的经历。可以毫不夸张地说，他们的成才史就是摆脱学校教育之束缚而争得自主学习的自由的历史。

爱因斯坦在晚年时异常关心教育问题，我认为可以把这看作这位伟人留给我们的最重要的精神遗嘱。他不是那种拘于某个特定领域的科学工作者，而是一个对精神事物有着广泛兴趣和深刻理解的大思想家。他十分清楚，从事任何精神创造的基本因素是什么，因

212

而教育应该为此提供怎样的条件。在他的有关论述中，我特别注意到两个概念。一是"神圣的好奇心"，即探究未知事物的强烈兴趣，以及在这探究中所获得的喜悦和满足感。另一是"内在的自由"，即不受权力和社会偏见的限制，也不受未经审察的常规和习惯的羁绊，而能进行独立的思考。如果说前者是每个健康孩子都有的心理品质，那么，后者是要靠天赋加上努力才能获得的能力。在一切伟大的精神创造者身上，都鲜明地存在着这两种特质。这两种特质的保护或培养都有赖于外在的自由。因此，学校教育的主要使命就是提供一个自由的环境，对两者都予以鼓励，最低限度是不要去扼杀它们。遗憾的是事实恰好相反，以至于爱因斯坦感叹道："现代的教育方法竟然还没有把研究问题的神圣好奇心完全扼杀掉，真可以说是一个奇迹。"

今天，现行教育体制的弊病已经引起了社会的广泛注意。但是，完全可以预料，由于种种原因，情况的真正改变将是一个极其漫长的过程。在这个过程中，一代代的学生仍然会不同程度地身受其害。有鉴于此，我想特别对学生们说：你们手中毕竟掌握着一定的主动权，既然在这种有弊病的教育体制下依然产生出了许多杰出人物，那么，你们同样也是有可能把所受的损害减少到最低限度的。为了做到这一点，就必须像爱因斯坦那样，要善于向现行教育争自由，不要去做各门功课皆优的"好学生"，而要做一个能够按照自己的兴趣安排学习计划的"自我教育者"。在我看来，一个人在大学阶段培养起了自主学习的兴趣和能力，找到了真正吸引自己的学科方向和问题领域，他的大学教育就可以说是出色地完成了，这一收获必将使他终身受益。至于课堂知识，包括顶着素质教育的名义灌输的课本之外的知识，实在不必太认真看待。为了明白这个道理，你们不妨仔细琢磨一下爱因斯坦引用的一个调皮蛋给教育所下的定义："如果你忘记了在学校里学到的一切，那么所剩下的就是教育。"

2001. 6

对自己的人生负责

　　我们活在世上，不免要承担各种责任，小至对家庭、亲戚、朋友，对自己的职务，大至对国家和社会。这些责任多半是应该承担的。不过，我们不要忘记，除此之外，我们还有一项根本的责任，便是对自己的人生负责。

　　每个人在世上都只有活一次的机会，没有任何人能够代替他重新活一次。如果这唯一的一次人生虚度了，也没有任何人能够真正安慰他。认识到这一点，我们对自己的人生怎么能不产生强烈的责任心呢？在某种意义上，人世间各种其他的责任都是可以分担或转让的，惟有对自己的人生的责任，每个人都只能完全由自己来承担，一丝一毫依靠不了别人。

　　不止于此，我还要说，对自己的人生的责任心是其余一切责任心的根源。一个人惟有对自己的人生负责，建立了真正属于自己的人生目标和生活信念，他才可能由之出发，自觉地选择和承担起对他人和社会的责任。正如歌德所说："责任就是对自己要求去做的事情有一种爱。"因为这种爱，所以尽责本身就成了生命意义的一种实现，就能从中获得心灵的满足。相反，我不能想象，一个不爱人生的人怎么会爱他人和爱事业，一个在人生中随波逐流的人怎么会坚定地负起生活中的责任。实际情况往往是，这样的人把尽责不是看作从外面加给他的负担而勉强承受，便是看作纯粹的付出而索求回报。

　　一个不知对自己的人生负有什么责任的人，他甚至无法弄清他在世界上的责任是什么。有一位小姐向托尔斯泰请教，为了尽到对人类的责任，她应该做些什么。托尔斯泰听了非常反感，因此想到：人们为之受苦的巨大灾难就在于没有自己的信念，却偏要做出按照某种信念生活的样子。当然，这样的信念只能是空洞的。这是一种情况。更常见的情况是，许多人对责任的关系确实是完全被动的，他们之所以把一些做法视为自己的责任，不是出于自觉的选择，而是由于习惯、时尚、舆论等原因。譬如说，有的人把偶然却又长期从事的某一职业当作了自己的责任，从不尝试去拥有真正适合自己本性的事业。有的人看见别人发财和挥霍，便觉得自己也有责任拼命挣钱花钱。有的人十分看重别人尤其上司对自己的评价，谨小慎微地为这种评价而活着。由于他们不曾认真地想过自己的人生使命究竟是什么，在责任问题上也就必然是盲目的了。

所以，我们活在世上，必须知道自己究竟想要什么。一个人认清了他在这世界上要做的事情，并且在认真地做着这些事情，他就会获得一种内在的平静和充实。他知道自己的责任之所在，因而关于责任的种种虚假观念都不能使他动摇了。我还相信，如果一个人能对自己的人生负责，那么，在包括婚姻和家庭在内的一切社会关系上，他对自己的行为都会有一种负责的态度。如果一个社会是由这样对自己的人生负责的成员组成的，这个社会就必定是高质量的有效率的社会。

2001.7

小康胜大富

在物质生活上，我抱中庸的态度。我当然不喜欢贫穷，人穷志短，为衣食住行操心是很毁人的。但我也从不梦想大富大贵，内心里真的觉得，还是小康最好。

说这话也许有酸葡萄之嫌，那么我索性做一回狐狸，断言大富大贵这颗葡萄是酸的，不但是酸的，常常还是苦的，有时竟是有毒的。我的证据是许多争吃这颗葡萄的人，他们的日子过得并不快活，并且有一些人确实中毒身亡了。我有一个感觉：暴富很可能是不祥之兆。天下诚然也有祥云笼罩的发家史，不过那除了真本事还必须加上好运气，不是单凭人力可以造成的。大量触目惊心的权钱交易案例业已证明，对于金钱的贪欲会使人不顾一切，甚至不要性命。千万不要以为，这些一失足成千古恨的人是天生的坏人。事实上，他们与我们中间许多人的区别只在于，他们恰好处在一个直接面对巨大诱惑的位置上。任何一个人，倘若渴慕奢华的物质生活而不能自制，一旦面临类似的诱惑，都完全可能走上同样的道路。

我丝毫不反对美国的比尔·盖茨们和中国的李嘉诚们凭借自己的能力，在给人类带来巨大福利的同时，自己也成为富豪。但是，让我们记住，在这个世界上，富豪终究是少数，多数人不论从事的是什么职业，努力的结果充其量也只是小康而已。我知道自己就属于这多数人，并且对此心安理得。"知足长乐"是中国的古训，我认为在金钱的问题上，这句话是对的。以挣钱为目的，挣多少算够了，这个界限无法确定。事实上，凡是以挣钱为目的的人，他永远不会觉得够了，因为富了终归可以更富，一旦走上了这条路，很少有人能够自己停下来。商界的有为之士也并非把金钱当作最终目的的，他们另有更高的抱负，不过要坚持这抱负可不容易。我有不少从商的朋友，在我看来，他们的生活是过于热闹、繁忙和复杂了。相比之下，我就更加庆幸我能过一种安静、悠闲、简单的生活。他们有时也会对我的生活表示羡慕，开玩笑要和我交换。当然，他们不是真想换，即使真想换，我也不会答应。如果我做着自己喜欢做的事情，既能从中获得身心的愉快，又能藉此保证衣食无忧，那么，即使你出再大的价钱，我也不肯把这么好的生活卖给你。

金钱能带来物质享受，但算不上最高的物质幸福。最高的物质幸福是什么？我赞成一位先哲的见解：对人类社会来说，是和平；对个人来说，是健康。在一个时刻遭受战争和恐怖主义威胁的世界上，经济再发达又有什么用？如果一个人的生命机能被彻底毁坏了，钱再多又有什么用？所以，我在物质上的最高奢望就是，在一个和平的世界上，有一个健康的身体，过一种小康的日子。在我看来，如果天下绝大多数人都能过上这种日子，那就是一个非常美好的世界了。

2001. 7

周　国　平

作　品　精　选

善良·丰富·高贵

（2002—2006）

善良·丰富·高贵

（2002—2006）

从精神层面上关注现实

——《善良·丰富·高贵》序

本书收入了我自 2002 年 8 月到 2006 年 12 月所写的文章。我一向不高产，前几次结集，间隔是三年上下，这次超过了四年。四年多的文字往这里一堆，内容显得芜杂，我自己看了也惭愧。

这四年多里，含我的一个本命年，而且是岁满甲子的大本命年。有一天，我去单位，人事干部把一个崭新的退休证交给我，没有让我填任何表格、办任何手续，我欣赏这不同寻常的效率。我也欣赏我那个研究室的主任，他知道我的脾气，免去了例行的嗑瓜子、讲客套话的告别会。总之，我清清爽爽地退休了。常有人不平，说我这样的学者，精力正旺盛，不该这么早让退休。他们真是不了解国情。其实，在现行体制下，如我之辈，对学术机构里的官场规则、潜规则不感兴趣也一窍不通，单位里早已没有我什么事了，从这一点讲，我早已退休。另一方面呢，既然我一如既往地做着我喜欢做的事，从这一点讲，我又未尝退休。在我近年的生活中，退休实在是对我影响最微小的一件事。

不过，本命年到底是本命年，让我这个不曾上过法庭的人一下了遭遇了三个官司。其中一个，我当原告，赢了，但被告躲了起来，无法执行，没有尝到赢的快乐。另两个，我当被告，也赢了，人家不依不饶，都上诉，最终仍是我赢，但耗掉了许多时间和心情，也没有尝到赢的快乐。打官司费钱又累心，绝无快乐可言，只是落到了我头上，不得不承受，据说是做名人的代价。收获自然是有的。从大里说，官司分别涉及与伪书作斗争和捍卫言论自由，是尽一份

社会责任。从小里说，接触了从前陌生的人和事，长了见识。

读者会发现，与以前比，本书中批评社会现实的文字多了。部分的原因是，《新京报》约我为"时事评论"版面写专栏文章，促使我更多地关注社会上正在发生的"时事"，书中这类文章基本上缘此而写。当然，前提是我自己有话要说，尤其对于今天的教育界和学术界，因为身在此界之边缘，耳闻目睹的怪现状太多，便把心中的愤懑喊了一些出来。不过，我自己对这些文字并不满意，不认为它们能够对革除弊端起多大作用。我最喜欢做的事情，仍是静心读大师们的书，在其引领下深入思考人类精神生活的问题，从精神层面上关注今天的现实。这决不是自私，因为我相信，中国的前途最终将取决于中国人的精神状况。

通过阅读经典，我始终生活在人类伟大心灵所建造的那个世界里。这些伟大心灵使我坚定地相信，人的心灵应该是善良、丰富、高贵的。我最不能原谅今天教育界和学术界的，也正是本应以传承这些心灵品质为主要使命的领域，现在竟也不把它们当一回事。然而，不管现实多么令人失望，每次重温历史上伟大心灵的榜样，我便恢复了对未来的信心。正如歌德的诗所说："人的榜样教我们相信神的存在。"他所说的"人的榜样"，就是指拥有善良、高贵品质的人，这样的人的存在证明了人是有神性的。在今天的时代，有一些人的灵魂已经彻底堕落，我们不能再指望他们，但是，我们必须指望善的种子会在广大的人心中培育和繁衍，这便是希望之所在。

本书的书名原是书中一篇文章的标题，我以之为全书的总题，因为这六个字是我这些年思考的一个总结，表达了我在本书出版时最想说的话。

2007. 4

直接读原著

叔本华在《作为意志和表象的世界》第二版序中说:"只有从那些哲学思想的首创人那里,人们才能接受哲学思想。因此,谁要是向往哲学,就得亲自到原著那肃穆的圣地去找永垂不朽的大师。"对于每一个有心学习哲学的人,我要向他推荐叔本华的这一指点。

叔本华是在谈到康德时说这句话的。在康德死后两百年,我们今天已经能够看明白,康德在哲学中的作用真正是划时代的,根本扭转了西方哲学的发展方向。近两百年西方哲学的基调是对整个两千年西方形而上学传统的反省和背叛,而这个调子是康德一锤敲定的。叔本华从事哲学活动时,康德去世不久,但他当时即已深切地感受到康德哲学的革命性影响。用他的话说,那种效果就好比给盲人割治翳障的手术,又可看作"精神的再生",因为它"真正排除掉了头脑中那天生的、从智力的原始规定而来的实在论",这种实在论"能教我们搞好一切可能的事情,就只不能搞好哲学"。使他恼火的是当时在德国占据统治地位的是黑格尔哲学,青年们的头脑已被其败坏,无法再追随康德的深刻思路。因此,他号召青年们不要从黑格尔派的转述中、而要从康德的原著中去了解康德。

叔本华一生备受冷落,他的遭遇与和他同时代的官方头号哲学家黑格尔形成鲜明对照。但是,因此把他对黑格尔的愤恨完全解释成个人的嫉妒,我认为是偏颇的。由于马克思的黑格尔派渊源,我们对于黑格尔哲学一向高度重视,远在康德之上。这里不是讨论这个复杂问题的地方,我只想指出,至少叔本华的这个意见是对的:要懂得康德,就必须去读康德的原著。广而言之,我们要了解任何

一位大哲学家的思想，都必须直接去读原著，而不能通过别人的转述，哪怕这个别人是这位大哲学家的弟子、后继者或者研究他的专家和权威。我自己的体会是，读原著绝对比读相关的研究著作有趣，在后者中，一种思想的原创力量和鲜活生命往往被消解了，只剩下了一副骨架，躯体某些局部的解剖标本，以及对于这些标本的博学而冗长的说明。

常常有人问我，学习哲学有什么捷径，我的回答永远是：有的，就是直接去读大哲学家的原著。之所以说是捷径，是因为这是唯一的途径，走别的路只会离目的地越来越远，最后还是要回到这条路上来。能够回来算是幸运的呢，常见的是丧失了辨别力，从此迷失在错误的路上了。有一种普遍的误解，即认为可以从各种哲学教科书中学到哲学，似乎哲学最重要最基本的东西都已经集中在这些教科书里了。事实恰恰相反，且不说那些从某种确定的教条出发论述哲学和哲学史的教科书，它们连转述也称不上，我们从中所能读到的东西和哲学毫不相干。即使那些认真的教科书，我们也应记住，它们至多是转述，由于教科书必然要涉及广泛的内容，其作者不可能阅读全部的相关原著，因此它们常常还是转述的转述。一切转述都必定受转述者的眼界和水平所限制，在第二手乃至第三手、第四手的转述中，思想的原创性递减，平庸性递增，这么简单的道理应该是无须提醒的吧。

哲学的精华仅仅在大哲学家的原著中。如果让我来规划哲学系的教学，我会把原著选读列为唯一的主课。当然，历史上有许多大哲学家，一个人要把他们的原著读遍，几乎是不可能的，也是不必要的。以一本简明而客观的哲学史著作为入门索引，浏览一定数量的基本原著，这个步骤也许是省略不掉的。在这过程中，如果没有一种原著引起你的相当兴趣，你就趁早放弃哲学，因为这说明你压根儿对哲学就没有兴趣。倘非如此，你对某一个大哲学家的思想发生了真正的兴趣，那就不妨深入进去。可以期望，无论那个大哲学家是谁，你都将能够通过他而进入哲学的堂奥。不管大哲学家们如何观点相左，个性各异，他们中每一个人都必能把你引到哲学的核心，即被人类所有优秀的头脑所思考过的那些基本问题，否则就称不上是大哲学家了。

叔本华有一副愤世嫉俗的坏脾气，他在强调读原著之后，接着就对只喜欢读第二手转述的公众开骂，说由于"平庸性格的物以类聚"，所以"即令是伟大哲人所说的话，他们也宁愿从自己的同类人物那儿去听取"。在我们的分类表上，叔本华一直是被排在坏蛋那一边的，加在他头上的恶名就不必细数了。他肯定不属于最大的哲学家之列，但算得上是比较大的哲学家。如果我们想真正了解他的思想，直接读原著的原则同样适用。尼采读了他的原著，说他首先是一个真实的人。他自己也表示，他是为自己而思考，决不会把空壳核桃送给自己。我在他的著作中的确捡到了许多饱满的核桃，如果听信教科书中的宣判而不去读原著，把它们错过了，岂不可惜？

2002. 11

经典和我们

我的读书旨趣，第一是把人文经典当作主要读物，第二是用轻松的方式来阅读。

读什么书，取决于为什么读。人之所以读书，无非有三种目的。一是为了实际的用途，例如因为职业的需要而读专业书籍，因为日常生活的需要而读实用知识。二是为了消遣，用读书来消磨时光，可供选择的有各种无用而有趣的读物。三是为了获得精神上的启迪和享受，如果是出于这个目的，我觉得读人文经典是最佳选择。

人类历史上产生了那样一些著作，它们直接关注和思考人类精神生活的重大问题，因而是人文性质的，同时其影响得到了许多世代的公认，已成为全人类共同的财富，因而又是经典性质的。我们把这些著作称作人文经典。在人类精神探索的道路上，人文经典构成了一种伟大的传统，任何一个走在这条路上的人都无法忽视其存在。

认真地说，并不是随便读点什么都能算是阅读的。譬如说，我不认为背功课或者读时尚杂志是阅读。真正的阅读必须有灵魂的参与，它是一个人的灵魂到一个借文字符号构筑的精神世界里的漫游，是在这漫游途中的自我发现和自我成长，因而是一种个人化的精神行为。什么样的书最适合于这样的精神漫游呢？当然是经典，只要我们翻开它们，便会发现里面藏着一个个既独特又完整的精神世界。

一个人如果并无精神上的需要，读什么倒是无所谓的，否则就必须慎于选择。也许没有一个时代拥有像今天这样多的出版物，然而，很可能今天的人们比以往任何时候都阅读得少。在这样的时代，一个人尤其必须懂得拒绝和排除，才能够进入真正的阅读。这是我主张坚决不读二三流乃至不入流读物的理由。

图书市场上有一件怪事，别的商品基本上是按质论价，唯有图书不是。同样厚薄的书，不管里面装的是垃圾还是金子，价钱都差不多。更怪的事情是，人们宁愿把可以买回金子的钱用来买垃圾。至于把宝贵的生命耗费在垃圾上还是金子上，其间的得失就完全不是钱可以衡量的了。

古往今来，书籍无数，没有人能够单凭一己之力从中筛选出最好的作品来。幸亏我们有时间这位批评家，虽然它也未必绝对智慧和公正，但很可能是一切批评家中最智慧和最公正的一位，多么独立思考的读者也不妨听一听它的建议。所谓经典，就是时间这位批评家向我们提供的建议。

对经典也可以有不同的读法。一个学者可以把经典当作学术研究的对象，对某部经典或某位经典作家的全部著作下考证和诠释的功夫，从思想史、文化史、学科史的角度进行分析。这是学者的读法。但是，如果一部经典只有这一种读法，我就要怀疑它作为经典的资格，就像一个学者只会用这一种读法读经典，我就要断定他不具备大学者的资格一样。唯有今天仍然活着的经典才配叫作经典，它们不但属于历史，而且超越历史，仿佛有一颗不死的灵魂在其中永存。正因为如此，在阅读它们时，不同时代的个人都可能感受到一种灵魂觉醒的惊喜。在这个意义上，经典属于每一个人。

作为普通人，我们如何读经典？我的经验是，无论《论语》还是《圣经》，无论柏拉图还是康德，不妨就当作闲书来读。也就是说，阅读的心态和方式都应该是轻松的。千万不要端起做学问的架子，刻意求解。读不懂不要硬读，先读那些读得懂的、能够引起自己兴趣的著作和章节。这里有一个浸染和熏陶的过程，所谓人文修养就是这样熏染出来的。在不实用而有趣这一点上，读经典的确很像是一种消遣。事实上，许多心智活泼的人正是把这当作最好的消遣的。能否从阅读经典中感受到精神的极大愉悦，这差不多是对心

智品质的一种检验。不过，也请记住，经典虽然属于每一个人，但永远不属于大众。我的意思是说，读经典的轻松绝对不同于读大众时尚读物的那种轻松。每一个人只能作为有灵魂的个人，而不是作为无个性的大众，才能走到经典中去。如果有一天你也陶醉于阅读经典这种美妙的消遣，你就会发现，你已经距离一切大众娱乐性质的消遣多么遥远。

经典是人类精神财富的一个宝库，它就在我们身旁，其中的财富属于我们每一个人。阅读经典，就是享用这笔宝贵的财富。凡是领略过此种享受的人都一定会同意，倘若一个人活了一生一世，从未踏进这个宝库，那是遭受了多么巨大的损失啊。

2003.2

生命中不能错过什么

——《绿山墙的安妮》中译本序

安妮是一个十一岁的孤儿，一头红发，满脸雀斑，整天耽于幻想，不断闯些小祸。假如允许你收养一个孩子，你会选择她吗？大概不会。马修和玛莉拉是一对上了年纪的独身兄妹，他们也不想收养安妮，只是因为误会，收养成了令人遗憾的既成事实。故事就从这里开始，安妮住进了美丽僻静村庄中这个叫作绿山墙的农舍，她的一言一行都将经受老处女玛莉拉的刻板挑剔眼光——以及村民们的保守务实眼光——的检验，形势对她十分不利。然而，随着故事进展，我们看到，安妮的生命热情融化了一切敌意的坚冰，给绿山墙和整个村庄带来了欢快的春意。作为读者，我们也和小说中所有人一样不由自主地喜欢上了她。正如当年马克·吐温所评论的，加拿大女作家莫德·蒙格玛丽塑造的这个人物不愧是"继不朽的艾丽丝之后最令人感动和喜爱的儿童形象"。

在安妮身上，最令人喜爱的是那种富有灵气的生命活力。她的生命力如此健康蓬勃，到处绽开爱和梦想的花朵，几乎到了奢侈的地步。安妮拥有两种极其宝贵的财富，一是对生活的惊奇感，二是充满乐观精神的想象力。对于她来说，每一天都有新的盼望，新的惊喜。她不怕盼望落空，因为她已经从盼望中享受了一半的喜悦。她生活在用想象力创造的美丽世界中，看见五月花，她觉得自己身在天堂，看见了去年枯萎的花朵的灵魂。请不要说安妮虚无缥缈，她的梦想之花确确实实结出了果实，使她周围的人在和从前一样的现实生活中品尝到了从前未曾发现的甜美滋味。

229

　　我们不但喜爱安妮，而且被她深深感动，因为她那样善良。不过，她的善良不是来自某种道德命令，而是源自天性的纯净。她的生命是一条虽然激荡却依然澄澈的溪流，仿佛直接从源头涌出，既积蓄了很大的能量，又尚未受到任何污染。安妮的善良实际上是一种感恩，是因为拥有生命、享受生命而产生的对生命的感激之情。怀着这种感激之情，她就善待一切帮助过她乃至伤害过她的人，也善待大自然中的一草一木。和怜悯、仁慈、修养相比，这种善良是一种更为本真的善良，而且也是更加令自己和别人愉快的。

　　所以，我认为，这本书虽然是近一百年前问世的，今天仍然很值得我们一读。作为儿童文学的一部经典之作，今天的孩子们一定还能够领会它的魅力，与可爱的主人公发生共鸣，孩子们比我聪明，无须我多言。我想特别说一下的是，今天的成人们也应当能够从中获得教益。在我看来，教益有二。一是促使我们反省对孩子的教育。我们该知道，就天性的健康和纯净而言，每个孩子身上都藏着一个安妮，我们千万不要再用种种功利的算计去毁坏他们的健康，污染他们的纯净，扼杀他们身上的安妮了。二是促使我们反省自己的人生。在今日这个崇拜财富的时代，我们该自问，我们是否丢失了那些最重要的财富，例如对生活的惊奇感，使生活焕发诗意的想象力，源自感激生命的善良，等等。安妮曾经向从来不想象和现实不同的事情的人惊呼："你错过了多少东西！"我们也该自问：我们错过了多少比金钱、豪宅、地位、名声更宝贵的东西？

2003.4

走进一座圣殿

一

那个用头脑思考的人是智者，那个用心灵思考的人是诗人，那个用行动思考的人是圣徒。倘若一个人同时用头脑、心灵、行动思考，他很可能是一位先知。

在我的心目中，圣埃克苏佩里就是这样一位先知式的作家。

圣埃克苏佩里一生只做了两件事——飞行和写作。飞行是他的行动，也是他进行思考的方式。在那个世界航空业起步不久的年代，他一次次飞行在数千米的高空，体味着危险和死亡，宇宙的美丽和大地的牵挂，生命的渺小和人的伟大。高空中的思考具有奇特的张力，既是性命攸关的投入，又是空灵的超脱。他把他的思考写进了他的作品，但生前发表的数量不多。他好像有点儿吝啬，要把最饱满的果实留给自己，留给身后出版的一本书，照他的说法，他的其他著作与它相比只是习作而已。然而他未能完成这本书，在他最后一次驾机神秘地消失在海洋上空以后，人们在他留下的一只皮包里发现了这本书的草稿，书名叫《要塞》。

经由马振骋先生从全本中摘取和翻译，这本书的轮廓第一次呈现在了我们面前。我是怀着虔敬之心读完它的，仿佛在读一个特殊版本的《圣经》。在圣埃克苏佩里生前，他的亲密女友 B 夫人读了部分手稿后告诉他："你的口气有点儿像基督。"这也是我的感觉，但我觉得我能理解为何如此。圣埃克苏佩里写这本书的时候，他心

中已经有了真理，这真理是他用一生的行动和思考换来的，他的生命已经转变成这真理。一个人用一生一世的时间见证和践行了某个基本真理，当他在无人处向一切人说出它时，他的口气就会像基督。他说出的话有着异乎寻常的重量，不管我们是否理解它或喜欢它，都不能不感觉到这重量。这正是箴言与隽语的区别，前者使我们感到沉重，逼迫我们停留和面对；而在读到后者时，我们往往带着轻松的心情会心一笑，然后继续前行。

如果把《圣经》看作唯一的最高真理的象征，那么，《圣经》的确是有许多不同的版本的，在每一个思考最高真理的人那里就有一个属于他的特殊版本。在此意义上，《要塞》就是圣埃克苏佩里版的《圣经》。圣埃克苏佩里自己说："上帝是你的语言的意义。你的语言若有意义，向你显示上帝。"我完全相信，在写这本书时，他看到了上帝。在读这本书时，他的上帝又会向每一个虔诚的读者显示，因为也正如他所说："一个人在寻找上帝，就是在为人人寻找上帝。"圣埃克苏佩里喜欢用石头和神殿作譬：石头是材料，神殿才是意义。我们能够感到，这本书中的语词真有石头一样沉甸甸的分量，而他用这些石头建筑的神殿确实闪放着意义的光辉。现在让我们走进这一座神殿，去认识一下他的上帝亦即他见证的基本真理。

二

沙漠中有一个柏柏尔部落，已经去世的酋长曾经给予王子许多英明的教诲，全书就借托这位王子之口宣说人生的真理。当然，那宣说者其实是圣埃克苏佩里自己，但是，站在现代的文明人面前，他一定感到自己就是那支游牧部落的最后的后裔，在宣说一种古老的即将失传的真理。

全部真理围绕着一个中心问题：生命的意义是什么？因为，人必须区别重要和紧急，生存是紧急的事，但领悟神意是更重要的事。因为，人应该得到幸福，但更重要的是这得到了幸福的是什么样的人。

沙漠和要塞是书中的两个主要意象。沙漠是无边的荒凉，游牧部落在沙漠上建筑要塞，在要塞的围墙之内展开了自己的生活。在宇宙的沙漠中，我们人类不正是这样一个游牧部落？为了生活，我们必须建筑要塞。没有要塞，就没有生活，只有沙漠。不要去追究要塞之外那无尽的黑暗。"我禁止有人提问题，深知不存在可能解渴的回答。那个提问题的人，只是在寻找深渊。"明白这一真理的人不再刨根问底，把心也放在围墙之内，爱那嫩芽萌生的清香，母羊剪毛时的气息，怀孕或喂奶的女人，传种的牲畜，周而复始的季节，把这一切看作自己的真理。

换一个比喻来说，生活像汪洋大海里的一只船，人是船上的居民，把船当成了自己的家。人以为有家居住是天经地义的，再也看不见海，或者虽然看见，仅把海看作船的装饰。对人来说，盲目凶险的大海仿佛只是用于航船的。这不对吗？当然对，否则人如何能生活下去。

那个远离家乡的旅人，占据他心头的不是眼前的景物，而是他看不见的远方的妻子儿女。那个在黑夜里乱跑的女人，"我在她身边放上炉子、水壶、金黄铜盘，就像一道道边境线"，于是她安静下来了。那个犯了罪的少妇，她被脱光衣服，拴在沙漠中的一根木桩上，在烈日下奄奄待毙。她举起双臂在呼叫什么？不，她不是在诉说痛苦和害怕，"那些是厩棚里普通牲畜得的病。她发现的是真理。"在无疆的黑夜里，她呼唤的是家里的夜灯，安身的房间，关上的门。"她暴露在无垠中无物可以依傍，哀求大家还给她那些生活的支柱：那团要梳理的羊毛，那只要洗涤的盆儿，这一个，而不是别个，要哄着入睡的孩子。她向着家的永恒呼叫，全村都掠过同样的晚间祈祷。"

我们在大地上扎根，靠的是日常生活中的牵挂、责任和爱。在平时，这一切使我们忘记死亡。在死亡来临时，对这一切的眷恋又把我们的注意力从死亡移开，从而使我们超越死亡的恐惧。

人跟要塞很相像，必须限制自己，才能找到生活的意义。"人打破围墙要自由自在，他也就只剩下了一堆暴露在星光下的断垣残壁。这时开始无处存身的忧患。""没有立足点的自由不是自由。"那些没有立足点的人，他们哪儿都不在，竟因此自以为是自由的。在今天，这样的人岂不仍然太多了？没有自己的信念，他们称这为思想自由。没有自己的立场，他们称这为行动自由。没有自己的女人，他们称这为爱情自由。可是，真正的自由始终是以选择和限制为前提的，爱上这朵花，也就是拒绝别的花。一个人即使爱一切存在，仍必须为他的爱找到确定的目标，然后他的博爱之心才可能得到满足。

三

生命的意义在最平凡的日常生活之中，但这不等于说，凡是过着这种生活的人都找到了生命的意义：圣埃克苏佩里用譬喻向我们讲述这个道理。定居在绿洲中的那些人习惯了安居乐业的日子，他们的感觉已经麻痹，不知道这就是幸福。他们的女人蹲在溪流里圆而白的小石子上洗衣服，以为是在完成一桩家家如此的苦活。王子命令他的部落去攻打绿洲，把女人们娶为己有。他告诉部下：必须千辛万苦在沙漠中追风逐日，心中怀着绿洲的宗教，才会懂得看着自己的女人在河边洗衣其实是在庆祝一个节日。

我相信这是圣埃克苏佩里最切身的感触，当他在高空出生入死时，地面上的平凡生活就会成为他心中的宗教，而身在其中的人的麻木不仁在他眼中就会成为一种亵渎。人不该向要塞外无边的沙漠追究意义，但是，"受威胁是事物品质的一个条件"，要领悟要塞内生活的意义，人就必须经历过沙漠。

日常生活到处大同小异，区别在于人的灵魂。人拥有了财产，并不等于就拥有了家园。家园不是这些绵羊、田野、房屋、山岭，而是把这一切联结起来的那个东西。那个东西除了是在寻找和感受着意义的人的灵魂，还能是什么呢？"对人唯一重要的是事物的意义。"不过，意义不在事物之中，而在人与事物的关系之中，这种关系把单个的事物组织成了一个对人有意义的整体。意义把人融入一个神奇的网络，使他比他自己更宽阔。于是，麦田、房屋、羊群不再仅仅是可以折算成金钱的东西，在它们之中凝结着人的岁月、希望和信心。

"精神只住在一个祖国，那就是万物的意义。"这是一个无形的祖国，肉眼只能看见万物，领会意义必须靠心灵。上帝隐身不见，为的是让人睁开心灵的眼睛，睁开心灵眼睛的人会看见他无处不在。母亲哺乳时在婴儿的吮吸中，丈夫归家时在妻子的笑容中，水手航行时在日出的霞光中，看到的都是上帝。

那个心中已不存在帝国的人说："我从前的热忱是愚蠢的。"他说的是真话，因为现在他没有了热忱，于是只看到零星的羊、房屋和山岭。心中的形象死去了，意义也随之消散。不过人在这时候并不觉得难受，与平庸妥协往往是在不知不觉中完成的。心爱的人离你而去，你一定会痛苦。爱的激情离你而去，你却丝毫不感到痛苦，因为你的死去的心已经没有了感觉痛苦的能力。

有一个人因为爱泉水的歌声，就把泉水灌进瓦罐，藏在柜子里。我们常常和这个人一样傻。我们把女人关在屋子里，便以为占有了她的美。我们把事物据为己有，便以为占有了它的意义。可是，意义是不可占有的，一旦你试图占有，它就不在了。那个凯旋的战士守着他的战利品，一个正裸身熟睡的女俘，面对她的美丽只能徒唤奈何。他捕获了这个女人，却无法把她的美捕捉到手中。无论我们和一个女人多么亲近，她的美始终在我们之外。不是在占有中，而是在男人的欣赏和倾倒中，女人的美便有了意义。我想起了海涅，他终生没有娶到一个美女，但他把许多女人的美变成了他的诗，因而也变成了他和人类的财富。

四

所以，意义本不是事物中现成的东西，而是人的投入。要获得意义，也就不能靠对事物的占有，而要靠爱和创造。农民从麦子中取走滋养他们身体的营养，他们向麦子奉献的东西才丰富了他们的心灵。

"那个走向井边的人，口渴了，自己拉动吱吱咯咯的铁链，把沉重的桶提到井栏上，这样听到水的歌声以及一切尖利的乐曲。他口渴了，使他的行走、他的双臂、他的眼睛也都充满了意义，口渴的人朝井走去，就像一首诗。"而那些从杯子里喝现成的水的人却听不到水的歌声。坐滑竿——今天是坐缆车——上山的人，再美丽的山对于他也只是一个概念，并不具备实质。"当我说到山，意思是指让你被荆棘刺伤过，从悬崖跌下过，搬动石头流过汗，采过上面的花，最后在山顶迎着狂风呼吸过的山。"如果不用上自己的身心，一切都没有意义。贪图舒适的人，实际上是在放弃意义。

你心疼你的女人，让她摆脱日常家务，请保姆代劳一切，结果家对她就渐渐失去了意义。"要使女人成为一首赞歌，就要给她创造黎明时需要重建的家。"为了使家成为家，需要投入时间。现在人们舍不得把时间花在家中琐事上，早出晚归，在外面奋斗和享受，家就成了一个旅舍。

爱是耐心，是等待意义在时间中慢慢生成。母爱是从一天天的喂奶中来的。感叹孩子长得快的都是外人，父母很少会这样感觉。你每天观察院子里的那棵树，它就渐渐在你的心中扎根。有一个人猎到一头小沙狐，便精心喂养它，可是后来它逃回了沙漠。那人为此伤心，别人劝他再捉一头，他回答："捕捉不难，难的是爱，太需要耐心了。"

是啊，人们说爱，总是提出种种条件，埋怨遇不到符合这些条件的值得爱的对象。也许有一天遇到了，但爱仍未出现。那一个城市非常美，我在那里旅游时曾心旷神怡，但离开后并没有梦魂牵绕。

那一个女人非常美，我邂逅她时几乎一见钟情，但错过了并没有日思夜想。人们举着条件去找爱，但爱并不存在于各种条件的哪怕最完美的组合之中。爱不是对象，爱是关系，是你在对象身上付出的时间和心血。你培育的园林没有皇家花园美，但你爱的是你的园林而不是皇家花园。你相濡以沫的女人没有女明星美，但你爱的是你的女人而不是女明星。也许你愿意用你的园林换皇家花园，用你的女人换女明星，但那时候支配你的不是爱，而是欲望。

爱的投入必须全心全意，如同自愿履行一项不可推卸的职责。"职责是连接事物的神圣钮结，除非在你看来是绝对的需要，而不是游戏，你才能建成你的帝国、神庙或家园。"就像掷骰子，如果不牵涉你的财产，你就不会动心。你玩的不是那几颗小小的骰子，而是你的羊群和金银财宝。在玩沙堆的孩子眼里，沙堆也不是沙堆，而是要塞、山岭或船只。只有你愿意为之而死的东西，你才能够藉之而生。

五

当你把爱投入到一个对象上面，你就是在创造。创造是"用生命去交换比生命更长久的东西"。这样诞生了画家、雕塑家、手工艺人等等，他们工作一生是为了创造自己用不上的财富。没有人在乎自己用得上用不上，生命的意义反倒是寄托在那用不上的财富上。那个瞎眼、独腿、口齿不清的老人，一说到他用生命交换的东西，就立刻思路清晰。突然发生了地震，人们害怕的不是死亡，而是自己的作品的毁灭，那也许是一只亲手制造的银壶，一条亲手编结的毛毯，或一篇亲口传唱的史诗。生命的终结诚然叫哀，但最令人绝望的是那本应比生命更长久的东西竟然也同归于尽。

文化与工作是不可分的。那种只会把别人的创造放在自己货架上的人是未开化人，哪怕这些东西精美绝伦，他们又是鉴赏的行家。文化不是一件谁的身上都能披的斗篷。对于一切创造者来说，文化只是完成自己的工作，以及工作中的艰辛和欢乐。每个人生活中最

重要的部分是自己所热爱的那项工作，他藉此而进入世界，在世上立足。有了这项他能够全身心投入的工作，他的生活就有了一个核心，他的全部生活围绕这个核心组织成了一个整体。没有这个核心的人，他的生活是碎片，譬如说，会分裂成两个都令人不快的部分，一部分是折磨人的劳作，另一部分是无所用心的休闲。

顺便说一说所谓"休闲文化"。一个醉心于自己的工作的人，他不会向休闲要求文化。对他来说，休闲仅是工作之后的休整。"休闲文化"大约只对两种人有意义，一种是辛苦劳作但从中体会不到快乐的人，另一种是没有工作要做的人，他们都需要用某种特别的或时髦的休闲方式来证明自己也有文化。我不反对一个人兴趣的多样性，但前提是有自己热爱的主要工作，唯有如此，当他进入别的领域时，才可能添入自己的一份意趣，而不只是凑热闹。

创造会有成败，这不重要，重要的是保持创造的热忱。有了这样的热忱，无论成败都是在为创造做贡献。还是让圣埃克苏佩里自己来说，他说得太精彩："创造，也可以指舞蹈中跳错的那一步，石头上凿坏的那一凿子。动作的成功与否不是主要的。这种努力在你看来是徒劳无益，这是由于你的鼻子凑得太近的缘故，你不妨往后退一步。站在远处看这个城区的活动，看到的是意气风发的劳动热忱，你再也不会注意有缺陷的动作。"一个人有创造的热忱，他未必就能成为大艺术家。一大群人有创造的热忱，其中一定会产生大艺术家。大家都爱跳舞，即使跳得不好的人也跳，美的舞蹈便应运而生。说到底，产生不产生大艺术家也不重要，在这片生机勃勃的土地上，生活本身就是意义。

人在创造的时候是既不在乎报酬，也不考虑结果的。陶工专心致志地俯身在他的手艺上，在这个时刻，他既不是为商人、也不是为自己工作，而是"为这只陶罐以及柄子的弯度工作"。艺术家废寝忘食只是为了一个意象，一个还说不出来的形式。他当然感到了幸福，但幸福是额外的奖励，而不是预定的目的。美也如此，你几曾听到过一个雕塑家说他要在石头上凿出美？

从沙漠征战归来的人，勋章不能报偿他，亏待也不会使他失落。"当一个人升华、存在、圆满死去，还谈什么获得与占有？"一切从工作中感受到生命意义的人都是如此，内在的富有找不到、也不需要世俗的对应物。像托尔斯泰、卡夫卡、爱因斯坦这样的人，没有得诺贝尔奖于他们何损，得了又能增加什么？只有那些内心中没有欢乐源泉的人，才会斤斤计较外在的得失，孜孜追求教授的职称、部长的头衔和各种可笑的奖状。他们这样做很可理解，因为倘若没有这些，他们便一无所有。

六

如果我把圣埃克苏佩里的思想概括成一句话，譬如说"生命的意义在于爱和创造，在于奉献"，我就等于什么也没有说，只是在重复一句陈词滥调。是否用自己独特的语言说出一个真理，这不只是表达的问题，而是决定了说出的是不是真理。世上也许有共同的真理，但它不在公共会堂的标语上和人云亦云的口号中，只存在于一个个具体的人用心灵感受到的特殊的真理之中。那些不拥有自己的特殊真理的人，无论他们怎样重复所谓共同的真理，说出的始终是空洞的言辞而不是真理。圣埃克苏佩里说："我瞧不起意志受论据支配的人。词语应该表达你的意思，而不是左右你的意志。"真理不是现成的出发点，而是千辛万苦要接近的目标。凡是把真理当作起点的人，他们的意志正是受了词语的支配。

这本书中还有许多珍宝，但我不可能一一指给你们看。我在这座圣殿里走了一圈，把我的所见所思告诉了你们。现在，请你们自己走进去，你们也许会有不同的所见所思。然而，我相信，有一种感觉会是相同的。"把石块砌在一起，创造的是静默。"当你们站在这座用语言之石垒建的殿堂里时，你们一定也会听见那迫人不得不深思的静默。

2003.6

古驿道上的失散

　　杨绛先生出新书，书名叫《我们仨》。书出之前，已听说她在写回忆录并起好了这个书名，当时心中一震。这个书名实在太好，自听说后，我仿佛不停地听见杨先生说这三个字的声音，像在拉家常，但满含自豪的意味。这个书名立刻使我感到，这位老人在给自己漫长的一生做总结时，人世的种种沉浮荣辱都已淡去，她一生一世最重要的成就只是这个三口之家。可是，这个令她如此自豪的家，如今只有她一人存留世上了。在短短两年间，女儿钱瑗和丈夫钱锺书先后病逝。我们都知道这个令人唏嘘的事实，却不敢想象那时已年近九旬的杨先生是如何度过可怕的劫难的，现在她又将如何回首凄怆的往事。

　　回忆录分作三部。其中，第二部是全书的浓墨，正是写那一段不堪回首的日子的。第一部仅几百字，记一个真实的梦，引出第二部的"万里长梦"。第三部篇幅最大，回忆与钱先生结缡以来及有了女儿后的充满情趣的岁月。前者只写梦，后者只写实，惟有第二部的"万里长梦"，是梦非梦，亦实亦虚，似真似幻。作者采用这样的写法，也许是要给可怕的经历裹上一层梦的外衣，也许是真正感到可怕的经历像梦一样不真实，也许是要借梦说出比可怕的经历更重要的真理。

　　长梦始于钱先生被一辆来路不明的汽车接走，"我"和阿瑗去寻找，自此一家人走上了一条古驿道，在古驿道上相聚，直至最后失散。这显然是喻指从钱先生住院到去世——其间包括钱瑗的住院和去世——的四年半历程。古驿道上的氛围扑朔迷离乃至荒诞，很像是梦境。然而，"我"在这条道上奔波的疲惫和焦虑是千真万确的，那正是作者数年中奔波于家和两所医院之间境况的写照。一家三口在这条道上的失散也是千真万确的，"梦"醒之后，三里河寓所里分明只剩她孑然一身了。为什么是古驿道呢？因为这是一条自古以来人人要走上的驿道，在这条道上，人们为亲人送行，后亡人把先亡人送上不归路。这条道上从来是一路号哭和泪雨，但在作者笔下没有这些。她也不去描绘催人泪下的细节或裂人肝胆的场面，她的用笔一如既往地节制，却传达了欲哭无泪的大悲恸。

杨先生的确以"我们仨"自豪："我们仨是不寻常的遇合"，"我们仨都没有虚度此生，因为是我们仨。"这样的话绝不是寻常家庭关系的人能够说出。这样的话也绝不是寻常生命态度的人能够说出。给她的人生打了满分的不是钱先生和她自己的卓著文名，而是"我们仨"的遇合，可见分量之重，从而使最后的失散更显得不可思议。第二部的标题是"我们仨失散了"，第三部的首尾也一再出现此语，这是从心底发出的叹息，多么单纯，又多么凄惶。读整本书时，我听到的始终是这一声仿佛轻声自语的叹息："我们仨失散了，失散了，就这么轻易地失散了……"

失散在古驿道上，这是人世间最寻常的遭遇，但也是最哀痛的经历。《浮生六记》中的沈复和陈芸，一样的书香人家，恩爱夫妻，到头来也是昨欢今悲，生死隔绝。中道相离也罢，白头到老也罢，结果都是一样的。夫妇之间，亲子之间，情太深了，怕的不是死，而是永不再聚的失散，以至于真希望有来世或者天国。佛教说诸法因缘生，教导我们看破无常，不要执著。可是，千世万世只能成就一次的佳缘，不管是遇合的，还是修来的，叫人怎么看得破。更可是，看不破也得看破，这是惟一的解脱之道。我觉得钱先生一定看破了，女儿病危，他并不知情，却忽然在病床上说了这样神秘的话："叫阿圆回去，叫她回到她自己家里去。"杨先生看破了没有？大约正在看破。《我们仨》结尾的一句话是："我清醒地看到以前当作我们家的寓所，只是旅途上的客栈而已。家在哪里，我不知道。我还

在寻觅归途。"很可能所有仍正常活着的人都不知道家究竟在哪里，但是，其中有一些人已经看明白，它肯定不在我们暂栖的这个世界上。

2003. 7

可持续的快乐

如果一个年轻女性来问我，青春不能错过什么，要我举出十件必须做的事，我大约会这样列举：

一，至少恋爱一次，最多两次。一次也没有，未免辜负了青春。但真恋爱不容易，超过两次，就有赝品之嫌。

二，交若干好朋友，可以是闺中密友，也可以是异性知音。

三，学会烹调，能烧几样好菜。重要的不是手艺本身，而是从中体会日常生活的情趣。

四，每年小旅行一次，隔几年大旅行一次，增长见识，拓宽胸怀。

五，锻炼身体，最好有一种自己喜欢、能够持之以恒的体育项目。

六，争取受良好的教育，精通一门专业知识或技能，掌握足以维持生存的看家本领。尽量按照自己的兴趣选择职业。如果做不到，就以敬业精神对待本职工作，同时在业余发展自己的兴趣。

七，养成高品位的读书爱好，读一批好书，找到属于自己的书中知己。

八，喜欢至少一种艺术，音乐、舞蹈、绘画都行，可以自己创作和参与，也可以只是欣赏。

九，养成写日记的习惯。它可以帮助你学会享受孤独，在孤独中与自己谈心。

十，经历一次较大的挫折而不被打败。只要不被打败，你就会变得比过去强大许多倍。不经历这么一回，你不会知道自己其实多

么有力量。

开完这个单子，我再来说一说我的指导思想。我的指导思想很简单，第一条是快乐。青春是人生中生命力最旺盛的时期，快乐是天经地义。我最讨厌那种说教，什么"少壮不努力，老大徒悲伤"，什么"吃得苦中苦，方为人上人"，仿佛青春的全部价值就在于为将来的成功而苦苦奋斗。在所有的人生模式中，为了未来而牺牲现在是最坏的一种，它把幸福永远向后推延，实际上是取消了幸福。人只有一个青春期，要享受青春，也只能是在青春期。有一些享受，过了青春期诚然还可以有，但滋味是不一样的。譬如说，人到中老年仍然可以恋爱，但终归减少了新鲜感和激情。同样是旅行，以青春期的好奇、敏感和精力充沛，也能取得中老年不易有的收获。依我看，"少壮不享乐，老大徒懊丧"至少也是成立的。倘若一个人在年轻时并非因为生活所迫而只知吃苦，拒绝享受，到年老力衰时即使成了人上人，却丧失了享受的能力，那又有什么意思呢。尤其是女性，我衷心希望她们有一个快乐的青春，否则这个世界也不会快乐。

但是，快乐不应该是单一的，短暂的，完全依赖外部条件的，而应该是丰富的，持久的，能够靠自己创造的，否则结果仍是不快乐。所以，我的第二条指导思想是可持续的快乐。这是套用"可持续的发展"一语，用在这里正合适。青春终究会消逝，如果只是及时行乐，毫不为今后考虑，倒真会"老大徒悲伤"了。为今后考虑，一方面是实际的考虑，例如要有真本事，要有健康的身体，等等。另一方面，更重要的是，要使快乐本身不但是快乐，而且具有生长的能力，能够生成新的更多的快乐。我所列举的多数事情都属于此类，它们实际上是一些精神性质的快乐。青春是心智最活泼的时期，也是心智趋于定型的时期。在这个时期，一个人倘若能够通过读书、思考、艺术、写作等等充分领略心灵的快乐，形成一个丰富的内心世界，他在自己的身上就拥有了一个永不枯竭的快乐源泉。这个源泉将泽被整个人生，使他即使在艰难困苦之中仍拥有人类最高级的快乐。在我看来，这是一个人可能在青春期获得的最重大成就。当然，女性同样如此。如果我不这样看，我就是歧视女性。如果哪个女性不这样看，她就未免太自卑了。

2003. 11

把我们自己娱乐死?

美国文化传播学家波兹曼的《娱乐至死》是一篇声讨电视文化的檄文,书名全译出来是"把我们自己娱乐死",我在后面加上一个问号,用作我的评论的标题。在读这本书的过程中,我确实时时听见一声急切有力的喝问:难道我们要把自己娱乐死?这一声喝问决非危言耸听,我深信它是我们必须认真听取的警告。

电视在今日人类生活中的显著地位有目共睹,以至于难以想象倘若没有了电视,这个世界该怎么运转,大多数人的日子该怎么过。拥护者们当然可以举出电视带来的种种便利,据此讴歌电视是伟大的文化现象。事实上,无人能否认电视带来的便利,分歧恰恰在于,这种便利在总体上是推进了文化,还是损害了文化。进一步分析,我们会发现,拥护者和反对者所说的文化是两码事,真正的分歧在于对文化的不同理解。

波兹曼有一个重要论点:媒介即认识论。也就是说,媒介的变化导致了并且意味着认识世界的方式的变化。在印刷术发明后的漫长历史中,文字一直是主要媒介,人们主要通过书籍来交流思想和传播信息。作为电视的前史,电报和摄影术的发明标志了新媒介的出现。电报所传播的信息只具有转瞬即逝的性质,摄影术则用图像取代文字作为传播的媒介。电视实现了二者的完美结合,是瞬时和图像的二重奏。正是凭借这两个要素,电视与书籍形成了鲜明的对照。

在书籍中,存在着一个用文字记载的传统,阅读使我们得以进入这个传统。相反,电视是以现时为中心的,所传播的信息越具有当下性似乎就越有价值。作者引美国电视业内一位有识之士的话说："我担心我的行业会使这个时代充满遗忘症患者。我们美国人似乎知道过去二十四小时里发生的任何事情，而对过去六十个世纪或六十年里发生的事情却知之甚少。"我很佩服这位人士，他能不顾职业利益而站在良知一边，为历史的消失而担忧。书籍区别于电视的另一特点是，文字是抽象的符号，它要求阅读必须同时也是思考，否则就不能理解文字的意义。相反，电视直接用图像影响观众，它甚至忌讳思考，因为思考会妨碍观看。摩西第二诫禁止刻造偶像，作者对此解释道：犹太人的上帝是抽象的神，需要通过语言进行抽象思考方能领悟，而运用图像就是放弃思考，因而就是渎神。我们的确看到，今日沉浸在电视文化中的人已经越来越丧失了领悟抽象的神的能力，对于他们来说，一切讨论严肃精神问题的书籍都难懂如同天书。

由上所述，我们大致可以揣测作者对于文化的理解了。文化有两个必备的要素，一是传统，二是思考。做一个有文化的人，就是置身于人类精神传统之中进行思考。很显然，在他看来，书籍能够帮助我们实现这个目标，电视却会使我们背离这个目标。那么，电视究竟把我们引向何方？引向文化的反面——娱乐。一种迷恋当下和排斥思考的文化，我们只能恰如其分地称之为娱乐。并不是说娱乐和文化一定势不两立，问题不在于电视展示了娱乐性内容，而在于在电视上一切内容都必须以娱乐的方式表现出来。"娱乐是电视上所有话语的超意识形态。"在电视的强势影响下，一切文化都依照其转变成娱乐的程度而被人们接受，因而在不同程度上都转变成了娱乐。"除了娱乐业没有其他行业"——到了这个地步，本来意义上的文化就荡然无存了。

电视把一切都变成了娱乐。新闻是娱乐。电报使用之初，梭罗即已讽刺地指出："我们满腔热情地在大西洋下开通隧道，把新旧两个世界拉近几个星期，但是到达美国人耳朵里的第一条新闻可能却是阿德雷德公主得了百日咳。"今天我们通过电视能够更迅速地知道

世界各地正在发生的事情，然而，其中绝大多数与我们的生活毫无关联，所获得的大量信息既不能回答我们的任何问题，也不需要我们做出任何回答。作者借用柯勒律治的话描述这种失去语境的信息环境："到处是水却没有一滴水可以喝。"但我们好像并不感到痛苦，反而在信息的泛滥中感到虚假的满足。看电视新闻很像看万花筒，画面在不相干的新闻之间任意切换，看完后几乎留不下任何印象，而插播的广告立刻消解了不论多么严重的新闻的严重性。政治是娱乐。政治家们纷纷涌向电视，化妆术和表演术取代智慧成了政治才能的标志。作者指出，美国前十五位总统走在街上不会有人认出，而现在的总统和议员都争相让自己变得更上镜。宗教是娱乐。神父、大主教都试图通过电视表演取悦公众，《圣经》被改编成了系列电影。教育是娱乐。美国最大的教育产业是在电视机前，电视获得了控制教育的权力，担负起了指导人们读什么样的书、做什么样的人的使命。

波兹曼把美国作为典型对电视文化进行了分析和批判，但是，电视主宰文化、文化变成娱乐的倾向却是世界性的。譬如说，在我们这里，人们现在通过什么学习历史？通过电视剧。历史仅仅作为戏说，也就是作为娱乐而存在，再也不可能有比这更加彻底地消灭历史的方式了。又譬如说，在我们这里，电视也成了印刷媒介的榜样，报纸和杂志纷纷向电视看齐，使劲强化自己的娱乐功能，蜕变成了波兹曼所说的"电视型印刷媒介"。且不说那些纯粹娱乐性的时尚杂志，翻开几乎任何一种报纸，你都会看到一个所谓文化版面，所报道的全是娱乐圈的新闻和大小明星的逸闻。这无可辩驳地表明，文化即娱乐已经成为新的约定俗成，只有娱乐才是文化已经成为不言而喻的共识。

奥威尔和赫胥黎都曾预言文化的灭亡，但灭亡的方式不同。在奥威尔看来，其方式是书被禁读，真理被隐瞒，文化成为监狱。在赫胥黎看来，其方式是无人想读书，无人想知道真理，文化成为滑稽戏。作者认为，实现了的是赫胥黎的预言。这个结论也许太悲观了。我相信，只要人类精神存在一天，文化就决不会灭亡。不过，我无法否认，对于文化来说，一个娱乐至上的环境是最坏的环境，其恶劣甚于专制的环境。在这样的环境中，任何严肃的精神活动都不被严肃地看待，人们不能容忍不是娱乐的文化，非把严肃化为娱乐不可，如果做不到，就干脆把戏侮严肃当作一种娱乐。面对这样的行径，我的感觉是，波兹曼的书名听起来像是一种诅咒。

2004.7

哲学不只是慰藉

德波顿的《哲学的慰藉》一书选择西方哲学史上六位哲学家，从不同角度阐述了哲学对于人生的慰藉作用。人生中有种种不如意处，其中有一些是可改变的，有一些是不可改变的。对于那些不可改变的缺陷，哲学提供了一种视角，帮助我们坦然面对和接受。在此意义上，可以说哲学是一种慰藉。但是，哲学不只是慰藉，更是智慧。二者的区别也许在于，慰藉类似于心理治疗，重在调整我们的心态，智慧调整的却是我们看世界和人生的总体眼光。因此，如果把哲学的作用归结为慰藉，就有可能缩小甚至歪曲哲学的内涵。

全书中，我读得最有兴味的是写塞内加的一章。部分的原因可能是，这一章比较切题，斯多噶派哲学家本身就重视哲学的慰藉作用，塞内加自己就有以《慰藉》为题的著作。作为罗马宫廷的重臣，此人以弄权和奢华著称，颇招时人及后世訾议。不过，他到底是一个智者，身在大富大贵之中，仍能清醒地视富贵为身外之物，用他的话来说便是："我从来没有信任过命运女神。我把她赐予我的一切——金钱，官位，权势——都搁置在一个地方，可以让她随时拿回去而不干扰我。我同它们之间保持很宽的距离，这样，她只是把它们取走，而不是从我身上强行剥走。"不止于此，对于家庭、儿女、朋友乃至自己的身体都应作如是观。塞内加的看法是：人对有准备的、理解了的挫折承受力最强，反之受伤害最重。哲学的作用就在于，第一，使人认识到任何一种坏事都可能发生，从而随时做好准备；第二，帮助人理解已经发生的坏事，认识到它们未必那么坏。坏事为什么未必那么坏呢？请不要在这里拽坏事变好事之类的通俗辩证法，塞内加的理由见于一句精辟之言："何必为部分生活而哭泣？君不见全部人生都催人泪下。"叔本华有一个类似说法：倘若一个人着眼于整体而非一己的命运，他的行为就会更像是一个智者而非一个受难者了。哲人之为哲人，就在于看到了整个人生的全景和限度，因而能够站在整体的高度与一切个别灾难拉开距离，达成和解。塞内加是说到做到的。他官场一度失意，被流放到荒凉的科西嘉，始终泰然自若。最后，暴君尼禄上台，命他自杀，同伴们一片哭声，他从容问道："你们的哲学哪里去了？"

蒙田是我的老朋友了，现在从本书中重温他的一些言论，倍感亲切。作者引用了蒙田谈论性事的片断，评论道："他把人们私下都经历过而极少听到的事勇敢地说出来……他的勇气基于他的信念：凡是能发生在人身上的事就没有不人道的。"说得好，有蒙田自己的话作证："每一个人的形体都承载着全部人的状况。"然而，正因为此，这一章的标题"对缺陷的慰藉"就很不确切了。再看蒙田的警句："登上至高无上的御座，仍只能坐在屁股上。""国王与哲学家皆拉屎，贵妇人亦然。"很显然，在蒙田眼里，性事、屁股、拉屎等等哪里是什么缺陷啊，恰好是最正常的人性现象，因此我们完全应该以最正常的心态去面对。一个人对于人性有了足够的理解，他看人包括看自己的眼光就会变得既深刻又宽容，在这样的眼光下，一切隐私都可以还原成普遍的人性现象，一切个人经历都可以转化成心灵的财富。想起最近我的自传所引起的所谓自曝隐私的非议，我倒真觉得蒙田是一个慰藉，但不是对我的缺陷的慰藉，而是对我的智慧的慰藉。

在当今这个崇拜财富的时代，关于伊壁鸠鲁的一章也颇值得一读。这位古希腊哲学家把快乐视为人生最高价值，他的哲学因此被冠以享乐主义的名称，他本人则俨然成了一切酒色之徒的祖师爷，这真是天大的误会。其实，他的哲学的核心思想恰恰是说真正的快乐对于物质的依赖十分有限，无非是食、住、衣的基本条件。超出了一定限度，财富的增加便不再能带来快乐的增加了。奢侈对于快

乐并无实质的贡献，往往还导致痛苦。事实上，无论是伊壁鸠鲁，还是继承了他的基本思想的后世哲学家，比如英国功利主义者，全都主张快乐更多地依赖于精神而非物质。这个道理一点也不深奥，任何一个品尝过两种快乐的人都可以凭自身的体验予以证明，沉湎于物质快乐而不知精神快乐为何物的人也可以凭自己的空虚予以证明。

本书还有三章分别论述苏格拉底、叔本华、尼采，我觉得相比之下较差，就这些哲学家的精华而言，基本上是捡了芝麻丢了西瓜。部分的原因也许在于，这三人的哲学是更不能以慰藉论之的。尤其是尼采，他的哲学的基本精神恰恰是反对形形色色的慰藉，直面人生的悲剧性质，以此证明人的高贵和伟大。作者从尼采著作中择取登山的意象，来解说"困难中的慰藉"，不但显得勉强，而且多少有些把尼采哲学平庸化了。

2004. 8

青春不等于文学

时下流行青春文学。韩寒和郭敬明创造了令人惊叹的畅销奇迹，新概念作文大赛顿时成为耀眼的品牌，小作家如雨后春笋般在祖国各地破土而出。

青春拥有许多权利，文学梦是其中之一。但是，我不得不说，青春与文学是两回事。文学对年龄中立，它不问是青春还是金秋，只问是不是文学。在文学的国度里，青春、美女、海归、行走都没有特权，而人们常常在这一点上发生误会。问你会不会拉提琴，如果你回答也许会，但还没有试过，谁都知道你是在开玩笑。然而，问你会不会写作，如果你作同样的回答，你自己和听的人就都会觉得你是严肃的。指出这一点的是托尔斯泰，他就此议论道：任何人都能听出一个没有学过提琴的人拉出的音有多难听，但要区分胡写和真正的文学作品却须有相当的鉴别力。

我读过一些青春写手的文字，总的感觉是空洞、虚假而雷同。有两类青春模式。一是时尚，背景中少不了咖啡厅、酒吧、摇滚，内容大抵是臆想的爱情，从朦胧恋、闪电恋、单恋、失恋到多角恋、畸恋，由于其描写的苍白和不真实，读者不难发现，这一切恋归根到底只是自恋而已。另一是装酷，夸张地显示叛逆姿态，或者刻意地编造惊世骇俗情节。文字则漫无节制，充斥着没有意义的句子，找不到海明威所说的那种"真实的句子"。我们从中看到的是没有实质的情调，没有内涵的想象，对虚构和臆造的混淆，一句话，对文学的彻底误解。所有这些东西与今日普通人的真实生活相去甚远，与作者们的真实生活更相去甚远，因为作者们虽然拥有青春，也仍

然只是普通人罢了。也是托尔斯泰说的：在平庸和矫情之间只有一条窄路，那是唯一的正道，而矫情比平庸更可怕。据我看，矫情之所以可怕，原因就在于它是平庸却偏要冒充独特，因而是不老实的平庸。

当然，在被归入青春文学范畴的作品之中，也有一些好的作品。我喜欢的作品，共同之处是有自己的真实感受，在这片土壤上面，奇思、异想、幽默、荒诞才不是纸做的假花。对于写作来说，最重要的是把自己真正感受到的东西写出来，文字功夫是在这个过程之中，而不是在它之外锤炼的。因此，我主张写自己真正熟悉的题材，自己确实体验到的东西，不怕细小，但一定要真实。这是一个积累的过程，到一定的程度，就能从容对付大的题材了。

世上没有青春文学，只有文学。文学有自己的传统和尺度，二者皆由仍然活在传统中的大师构成。对于今天从事写作的人，人们通过其作品可以准确无误地判断，他是受过大师的熏陶，还是对传统全然无知无畏。如果你真喜欢文学，而不只是赶一赶时髦，我建议你记住海明威的话。海明威说他只和死去的作家比，因为"活着的作家多数并不存在，他们的名声是批评家制造出来的"。今日的批评家制造出了青春文学，而我相信，真正能成大器的必是那些跳出了这个范畴的人，他们不以别的青春写手为对手，而是以心目中的大师为对手，不计成败地走在自己的写作之路上。

2004. 11

品味平凡生活
——关键《隐居法国》序

　　关键的经历颇为特别。从北京大学毕业后，她到巴黎闯荡。一个中国姑娘，置身于世界艺术之都的浪漫，心情当然很兴奋。那些年里，我两次去巴黎，看见她忙于找房子，开画廊，一副扎根巴黎搞事业的劲头。何尝想到，若干年后，她一头钻进法国南部阿尔卑斯山麓，在一个不知名的小村镇定居下来了。按照常理，一个中国人到法国，就好像从乡村来到都市，图的就是都市的繁华，关键一开始想必也是如此。可是，结果却是在法国的偏远乡村找到了自己的归宿，日子比在中国还冷清得多，并且义无返顾，心满意足。这不是很特别吗？

　　不过，对于关键自己来说，这又是自然而然的。在巴黎的十年里，她总听见一个声音在呼唤她，越来越清晰，告诉她都市不是她的家，叮嘱她去寻找真正的家。希腊哲人说：一个人的性格就是他的命运。这句话也可理解为：一个人最好的生活就是最适合于他的天性的生活。如果不适合，不管这种生活在旁人眼里多么值得羡慕，都不算好。因此，那个呼唤她的声音其实是她自己的天性在呼喊，而她也就听从了它的指引。

　　读了关键在乡居中写的这些文字，我相信，她不但回到了自己真正的家，而且回归了生活的本质。当然，生活的形相是千姿百态的，混迹都市、追逐功名、叱咤风云也都是生活，不一定要隐居山林。但是，太热闹的生活始终有一个危险，就是被热闹所占有，渐渐误以为热闹就是生活，热闹之外别无生活，最后真的只剩下了热

闹，没有了生活。在人的生活中，有一些东西是可有可无的，有了也许增色，没有也无损本质，有一些东西则是不可缺的，缺了就不复是生活。什么东西不可缺，谁说都不算数，生养人类的大自然是唯一的权威。自然规定了生命离不开阳光和土地，规定了人类必须耕耘和繁衍。最基本的生活内容原是最平凡的，但正是它们构成了人类生活的永恒核心。乡村生活的优点在于，这个真理是直接呈现的，是一个每天都能感知到的事实。一个人长久受这个真理浸染，化作了自己的血肉，世间任何浮华就都不能再诱惑他了。

　　不过，地方毕竟不是决定性的。无论身在城市还是身在乡村，一个人都可能领悟生活的真谛，也都可能毫无感受，就看你的心静不静。我们捧着一本书，如果心不静，再好的书也读不进去，更不用说领会其中妙处了。读生活这本书也是如此。其实，只有安静下来，人的心灵和感官才是真正开放的，从而变得敏锐，与对象处在一种最佳关系之中。但是，心静又是强求不来的，它是一种境界，是世界观导致的结果。一个不知道自己到底要什么的人，必定总是处在心猿意马的状态。关键一定知道她到底要什么，所以她的心很静。多年来，她安心地在欧洲山村里做一个普通人，细心地品尝每一个平凡日子的滋味，品出了许多美味。在法国南方的乡村，许多农家自酿葡萄酒，其味醇和而耐久，主人端出来款待过往客人，大商店里是买不到的。关键端给我们的正是她自酿的红酒。

　　近些年来，图书市场时常推出中国人写自己在国外经历的书，内容多为如何奋斗，如何惊险，如何成功，如何风光，仿佛国外真是冒险家的乐园似的。这本书提供了一个不同的版本，它告诉我们，不论中国外国，真实的生活都是平凡的，而平凡自有其动人之处。哪一种版本更符合真相，对国外有所了解的人是心中有数的，不了解国外但懂得生活的人也是心中有数的。

2005. 2

表达你心中的爱和善意

——皮特·尼尔森《圣诞节清单》中译本序

　　这是一本令人感到温暖的书，在一个人性迷失的时代，它试图重新唤起我们对人性的信心。它提醒每一个人：你心中不但要有爱和善意，而且要及时地公开地表达你心中的爱和善意。这个道理似乎简单，却常常被我们忽视。

　　我们活在世上，人人都有对爱和善意的需要。今天你出门，不必有奇遇，只要一路遇到的是友好的微笑，你就会觉得这一天十分美好。如果你知道世上有许多人喜欢你，肯定你，善待你，你就会觉得人生十分美好，这个世界十分美好。即使你是一个内心很独立的人，情形仍是如此，没有人独立到了不需要来自同类的爱和善意的地步。

　　那么，我们就应该经常想到，我们的亲人、朋友、同学、同事，他们都有这同样的需要。这赋予了我们一种责任：对于我们周围的人来说，这个世界是否美好，在很大程度上取决于我们是否爱他们、善待他们。我们每一个人都有责任给世界增添爱和善意，如同本书的主人公所说，藉此"把世界变成一个更好的、值得留恋的地方"。

　　应该相信，世上绝大多数人是善良的，而在每一个善良的人心中，爱和善意原是最自然的情感。可是，在许多时候，我们宁愿把这种情感埋在心里，不向相关的人表达出来。有时候我们是顾不上表达，忙于做自己的事，似乎缺乏表达的机会。有时候我们是羞于表达，碍于一种反向的面子，似乎怕对方不在乎自己的表达甚至会感到唐突。我们中国人在这方面尤其有心理障碍，其根源也许可追

溯到讲究老幼尊卑的传统文化，从小生活在连最亲的亲人——父母与子女——之间也缺乏情感语言交流的环境中，使得我们始终不习惯用语言表达情感。

当然，最重要的事情是爱和善意本身，而不是表达。当然，表达有种种方式，不限于语言。然而，不可低估语言的作用。有一个人，也许他正在苦闷中，甚至患了忧郁症，认为自己已被世上一切人抛弃，你的一次充满爱心的谈话就能救他，但你没有救他，他终于自杀了。其实，这样的事经常在发生。当亲友中的某个人去世时，我们往往会后悔，有些一直想对他说的话再也没有机会说了。事实上，每一个人都在不可避免地走向死亡，我们随时面临着太迟的可能性。一切真诚的爱和善意，在本质上都是给予，并不求回报，因此没有什么可羞于启齿的。那是你心中的财富，你本应该及时把它呈献出来，让那个与它相关的人共享。

今天的时代有种种弊病，包括人们过于看重功利，由此导致人情冷漠。我不主张对少年人隐瞒社会的实情，让他们把一切都想象得非常美好，这会使他们失去免疫力，或者陷入幻灭的痛苦。但是，我更反对那种一味引导他们适应社会消极面的实用主义教育。在一定意义上，少年人今天的精神面貌决定了社会明天的面貌。我愿意向少年人推荐本书，是期望他们成为珍惜精神价值的一代，珍惜爱和善意的价值的一代，期望他们每一个人从小就树立本书主人公所表达的信念："如果说学习如何给予爱、获得爱不是这个世界上重要的事，那么我就不知道什么是重要的了。"

2005. 9

快乐工作的能力

中央电视台经济频道开展"年度雇主调查"活动，并以"快乐工作"为本次雇主调查的年度主题和核心价值观。我觉得"快乐工作"是一个有意思的题目，愿意谈一谈我的理解。

我们在这个世界上生活，快乐是人人都想要的东西。不过，在多数情况下，快乐与工作好像没有什么关系。相反，人们似乎只有在工作之外才能找到快乐，下班之后、双休日、节假日才是一天、一周、一年中的快乐时光。当然，快乐是需要钱的，为此就必须工作，工作的价值似乎只是为工作之外的快乐埋单。

工作本身不快乐，快乐只在工作之外，这种情况相当普遍，但并不合理，因为不合人性。

什么是快乐？快乐是人性或者说人的需要得到满足的一种状态。人性有三个层次。一是生物性，即食色温饱之类生理需要，满足则感到肉体的快乐。二是社会性，比如交往、被关爱、受尊敬的需要，满足则感到情感的快乐。三是精神性，包括头脑和灵魂，头脑有进行智力活动的需要，灵魂有追求和体悟生活意义的需要，二者的满足使人感到的是精神的快乐。

精神性是人的最高属性，正是作为精神性的存在，人与动物有了本质的区别。同样，精神的快乐是人所能获得的最高快乐，远比肉体的快乐更持久也更美好。对于那些禀赋优秀的人来说，这一点是不言而喻的，如果让他们像一个没有头脑和灵魂的东西那样活着，他们宁可不活。获得精神快乐的途径有两类：一类是接受的，比如阅读、欣赏艺术品等；另一类是给予的，就是工作。正是在工作中，

人的心智能力得到了积极实现，人感受到了生命的最高意义。如同纪伯伦所说：工作是看得见的爱，通过工作来爱生命，你就领悟了生命的最深刻秘密。

当然，这里所说的工作不同于仅仅作为职业的工作，人们通常把它称作创造或自我实现。但是，就人性而言，这个意义上的工作原是属于一切人的。人人都有天赋的心智能力，区别在于是否得到了充分运用和发展。现在我们明白快乐工作与不快乐工作的界限在哪里了：仅仅作为谋生手段的工作是不快乐的，作为人的心智能力和生命价值的实现的工作是快乐的。用马克思的话说，前者是一个必然王国，后者是一个自由王国。

毫无疑问，在现实生活中，我们都还必须为谋生而工作。最理想的情况是谋生与自我实现达成一致，做自己真正喜欢做的事情，同时又能藉此养活自己。能否做到这一点，在一定程度上要靠运气。不过，我相信，在开放社会中，一个人只要有自己真正的志趣，终归是有许多机会向这个目标接近的。就个人而言，最重要的还是要有自己真正的志趣，机会只可能对这样的人开放。也就是说，一个人首先必须具备快乐工作的愿望和能力，然后才谈得上快乐工作。

正是在这方面，今天青年人的情况令人担忧。中华英才网发起的"中国大学生最佳雇主调查"表明，在大学生对雇主的评价中，摆在首位的是全面薪酬和品牌实力两个因素。择业时考虑薪酬不足怪，我的担心是，许多人也许只有这一类外在标准，没有任何内心要求，对工作的惟一诉求是挣钱，挣钱越多就越是好工作，对于作为自我实现的工作毫无概念，那就十分可悲了。

事实上，工作的快乐与学习的快乐是一脉相承、性质相同的，基本的因素都是好奇心的满足、发现和创造的喜悦、智力的运用和得胜、心灵能力的生长等。一个学生倘若在学校的学习中从未体会过这些快乐，在走出学校之后，他怎么可能向工作要求这些快乐呢？学校教育的使命是让学生学会快乐地学习，为将来快乐地工作打好基础。能够快乐地学习和工作，这是精神上优秀的征兆。说到底，幸福是一种能力，它属于那些有着智慧的头脑和丰富的灵魂的优秀的人。首先要成为一个优秀的人，而只把成功看作优秀的副产品。不求优秀，只求成功，求得的至多是谋生的成功罢了。

毋庸讳言，今日的学校乃至整个社会存在着严重的急功近利倾向，对于培养快乐学习和工作的能力不是一个有利的环境。把大学办成职业培训场，只教给学生一些狭窄的专业知识，结果必然使大多数学生心目中只有就业这一个可怜的目标，只知道作为谋生手段的这一种不快乐的工作。这种做法极其近视，即使从经济发展的角度看，一个社会是由心智自由活泼的成员组成，还是由只知谋生的人组成，何者有更好的前景，答案应是不言而喻的。对于企业来说也是如此，许多企业已经强烈地感觉到，那些只有学历背景和专业技能、整体素质差的大学生完全不能适合其发展的需要。教育与市场直接挂钩，其结果反而是人才的紧缺，这表明市场本身已开始向教育提出质疑，要求它与自己拉开距离。教育应该比市场站得高看得远，培养出人性层面上真正优秀的人才，这样的人才自会给社会——包括企业和市场——增添活力。

近几年来，国内若干人才中介机构和媒体相继举办雇主调查和雇主品牌评选活动，这样的活动无疑是有意义的。不过，我认为，其意义不应限于促进雇主与求职者之间的沟通，更重要的意义也许在于调查研究人才供需脱节的问题及原因，促使人们对今天流行的教育观、人才观、价值观进行深刻的反省。

2005. 10

善良·丰富·高贵

　　如果我是一个从前的哲人，来到今天的世界，我会最怀念什么？一定是这六个字：善良，丰富，高贵。

　　看到医院拒收付不起昂贵医疗费的穷人，听凭危急病人死去；看到商人出售假药和伪劣食品，制造急性和慢性的死亡；看到矿难频繁，矿主用工人的生命换取高额利润；看到每天发生的许多凶杀案，往往为了很少的一点钱或一个很小的缘由夺走一条命，我为人心的冷漠感到震惊，于是我怀念善良。

　　善良，生命对生命的同情，多么普通的品质，今天仿佛成了稀有之物。中外哲人都认为，同情是人与兽的区别的开端，是人类全部道德的基础。没有同情，人就不是人，社会就不是人待的地方。人是怎么沦为兽的？就是从同情心的麻木和死灭开始的，由此下去可以干一切坏事，成为法西斯，成为恐怖主义者。善良是区分好人与坏人的最初界限，也是最后界限。

　　看到今天许多人以满足物质欲望为人生惟一目标，全部生活由赚钱和花钱两件事组成，我为人们的心灵的贫乏感到震惊，于是我怀念丰富。

　　丰富，人的精神能力的生长、开花和结果，上天赐给万物之灵的最高享受，为什么人们弃之如敝屣呢？中外哲人都认为，丰富的心灵是幸福的真正源泉，精神的快乐远远高于肉体的快乐。上天的赐予本来是公平的，每个人天性中都蕴涵着精神需求，在生存需要基本得到满足之后，这种需求理应觉醒，它的满足理应越来越成为主要的目标。那些永远折腾在功利世界上的人，那些从来不谙思考、阅读、独处、艺术欣赏、精神创造等心灵快乐的人，他们是怎样辜负了上天的赐予啊，不管他们多么有钱，他们是度过了怎样贫穷的一生啊。

看到有些人为了获取金钱和权力毫无廉耻，可以干任何出卖自己尊严的事，然后又依仗所获取的金钱和权力毫无顾忌、肆意凌辱他人的尊严，我为这些人的灵魂的卑鄙感到震惊，于是我怀念高贵。

高贵，曾经是许多时代最看重的价值，被看得比生命还重要，现在似乎很少有人提起了。中外哲人都认为，人要有做人的尊严，要有做人的基本原则，在任何情况下都不可违背，如果违背，就意味着不把自己当人了。今天的一些人就是这样，不知尊严为何物，不把别人当人，任意欺凌和侮辱，而根源正在于他没有把自己当人，事实上你在他身上也已经看不出丝毫人的品性。高贵者的特点是极其尊重他人，他的自尊正因此得到了最充分的体现。人的灵魂应该是高贵的，人应该做精神贵族，世上最可恨也最可悲的岂不是那些有钱有势的精神贱民？

我听见一切世代的哲人在向今天的人们呼唤：人啊，你要有善良的心，丰富的心灵，高贵的灵魂，这样你才无愧于人的称号，你才是作为真正的人在世间生活。

善良，丰富，高贵——令人怀念的品质，人之为人的品质，我期待今天更多的人拥有它们。

2006. 8

周 国 平

作 品 精 选

生命的品质

（2007—2009）

生命的品质

（2007---2009）

让生命回归单纯

——《生命的品质》序

　　人来到世上，首先是一个生命。生命，原本是单纯的。可是，人却活得越来越复杂了。许多时候，我们不是作为生命在活，而是作为欲望、野心、身份、称谓在活，不是为了生命在活，而是为了财富、权力、地位、名声在活。这些社会堆积物遮蔽了生命，我们把它们看得比生命更重要，为之耗费一生的精力，不去听也听不见生命本身的声音了。

　　人是自然之子，生命遵循自然之道。人类必须在自然的怀抱中生息，无论时代怎样变迁，春华秋实、生儿育女永远是生命的基本内核。你从喧闹的职场里出来，走在街上，看天际的云和树影，回到家里，坐下来和妻子儿女一起吃晚饭，这时候你重新成为一个生命。

　　在今天的时代，让生命回归单纯，这不但是一种生活艺术，而且是一种精神修炼。耶稣说："除非你们改变，像小孩一样，你们绝不能成为天国的子民。"那些在名利场上折腾的人，他们既然听不见自己生命的声音，就更听不见灵魂的声音了。

　　人不只有一个肉身生命，更有一个超越于肉身的内在生命，它被恰当地称作灵魂。外在生命来自自然，内在生命应该有更高的来源，不妨称之为神。二者的辩证关系是，只有外在生命状态单纯之时，内在生命才会向你开启，你活得越简单，你离神就越近。在一定意义上，人生觉悟就在于透过社会堆积物去发现你的自然的生命，又透过肉身生命去发现你的内在的生命，灵魂一旦敞亮，你的全部

267

人生就有了明灯和方向。

说到底，人活的就是一个价值观，不同的价值观造就不同的人生。我自己觉得，我的价值观已经相当明晰而简单，围绕着两个词，即人最宝贵的两样东西，一是生命，二是灵魂。老天给了每个人一条命，一颗心，把命照看好，把心安顿好，人生即是圆满。把命照看好，就是要保持生命的单纯，珍惜平凡生活。把心安顿好，就是要积累灵魂的财富，注重内在生活。平凡生活体现了生命的自然品质，内在生活体现了生命的精神品质，把这两种生活过好，生命的整体品质就是好的。

本书是我 2007 年至 2009 年所写文字的结集。重读这些文字，我对贯穿其中的思想做了以上解读。生命只有一次，让我们都好好地活吧，活出生命的品质。

2010. 8

教育的七条箴言

何为教育？教育究竟何为？教育中最重要的原则是什么？古今中外的优秀头脑对此进行了许多思考，发表了许多言论。我发现，关于教育的最中肯、最精彩的话往往出自哲学家之口。专门的教育家和教育学家，倘若不同时拥有洞察人性的智慧，说出的话便容易局限于经验，或拘泥于心理学的细节，显得肤浅、琐细和平庸。现在我把我最欣赏的教育理念列举出来，共七点，不妨称之为教育的七条箴言。它们的确具有箴言的特征：直指事物的本质，既简明如神谕，又朴素如常识。可叹的是，人们迷失在事物的假象之中，宁愿相信各种艰深复杂的谬误，忘掉了简单的常识。然而，依然朴实的心灵一定会感到，这些箴言多么切中今日教育的弊病，我们的教育多么需要回到常识，回到教育之为教育的最基本的道理。

第一条箴言：教育即生长，生长就是目的，在生长之外别无目的。

这个论点由卢梭提出，而后杜威作了进一步阐发。"教育即生长"言简意赅地道出了教育的本义，就是要使每个人的天性和与生俱来的能力得到健康生长，而不是把外面的东西例如知识灌输进个容器。苏格拉底早已指出，求知是每个人灵魂里固有的能力，当时的智者宣称他们能把灵魂里原本没有的知识灌输到灵魂里去，苏格拉底嘲笑道，好像他们能把视力放进瞎子的眼睛里去似的。懂得了"教育即生长"的道理，我们也就清楚了教育应该做什么事。比如说，智育是要发展好奇心和理性思考的能力，而不是灌输知识，

德育是要鼓励崇高的精神追求，而不是灌输规范，美育是要培育丰富的灵魂，而不是灌输技艺。

"生长就是目的，在生长之外别无目的"，这是特别反对用狭隘的功利尺度衡量教育的。人们即使似乎承认了"教育即生长"，也一定要给生长设定一个外部的目的，比如将来适应社会、谋求职业、做出成就之类，仿佛不朝着这类目的努力，生长就没有了任何价值似的。用功利目标规范生长，结果必然是压制生长，实际上仍是否定了"教育即生长"。生长本身没有价值吗？一个天性得到健康发展的人难道不是既优秀又幸福的吗？就算用功利尺度——广阔的而非狭隘的——衡量，这样的人在社会上不是更有希望获得真正意义的成功吗？而从整个社会的状况来看，正如罗素所指出的，一个由本性优秀的男女所组成的社会，肯定会比相反的情形好得多。

第二条箴言：儿童不是尚未长成的大人，儿童期有其自身的内在价值。

用外部功利目的规范教育，无视生长本身的价值，一个最直接、最有害的结果就是否定儿童期的内在价值。把儿童看作"一个未来的存在"，一个尚未长成的大人，在"长大成人"之前似乎无甚价值，而教育的唯一目标是使儿童为未来的成人生活做好准备，这种错误观念由来已久，流传极广。"长大成人"的提法本身就荒唐透顶，仿佛在长大之前儿童不是人似的！蒙台梭利首先明确地批判这种观念，在确定儿童的人格价值的基础上建立了他的儿童教育理论。杜威也指出，儿童期生活有其内在的品质和意义，不可把它当作人生中一个未成熟阶段，只想让它快快地过去。

人生的各个阶段皆有其自身不可取代的价值，没有一个阶段仅仅是另一个阶段的准备。尤其儿童期，原是身心生长最重要的阶段，也应是人生中最幸福的时光，教育所能成就的最大功德是给孩子一个幸福而有意义的童年，以此为他们幸福而有意义的一生创造良好的基础。然而，今天的普遍情形是，整个成人世界纷纷把自己渺小的功利目标强加给孩子，驱赶他们到功利战场上拼搏。我担心，在他们未来的人生中，在若干年后的社会上，童年价值被野蛮剥夺的恶果不知会以怎样可怕的方式显现出来。

第三条箴言：教育的目的是让学生摆脱现实的奴役，而非适应现实。

这是西塞罗的名言。今天的情形恰好相反，教育正在全力做一件事，就是以适应现实为目标塑造学生。人在社会上生活，当然有适应现实的必要，但这不该是教育的主要目的。蒙田说：学习不是为了适应外界，而是为了丰富自己。孔子也主张，学习是"为己"而非"为人"的事情。古往今来的哲人都强调，学习是为了发展个人内在的精神能力，从而在外部现实面前获得自由。当然，这只是一种内在自由，但是，正是凭借这种内在自由，这种独立人格和独立思考能力，那些优秀的灵魂和头脑对于改变人类社会的现实发生了伟大的作用。教育就应该为促进内在自由、产生优秀的灵魂和头脑创造条件。如果只是适应现实，要教育做什么！

第四条箴言：最重要的教育原则是不要爱惜时间，要浪费时间。

这句话出自卢梭之口，由我们今天的许多耳朵听来，简直是谬论。然而，卢梭自有他的道理。如果说教育即生长，那么，教育的使命就应该是为生长提供最好的环境。什么是最好的环境？第一是自由时间，第二是好的老师。在希腊文中，学校一词的意思就是闲暇。在希腊人看来，学生必须有充裕的时间体验和沉思，才能自由地发展其心智能力。卢梭为其惊世骇俗之论辩护说："误用光阴比虚掷光阴损失更大，教育错了的儿童比未受教育的儿童离智慧更远。"今天许多家长和老师惟恐孩子虚度光阴，驱迫着他们做无穷的功课，不给他们留出一点儿玩耍的时间，自以为这就是尽了做家长和老师的责任。卢梭却问你：什么叫虚度？快乐不算什么吗？整日跳跑不算什么吗？如果满足天性的要求就算虚度，那就让他们虚度好了。

到了大学阶段，自由时间就更重要了。依我之见，可以没有好老师，不可没有自由时间。说到底，一切教育都是自我教育，一切学习都是自学。就精神能力的生长而言，更是如此。我赞成约翰·亨利的看法：对于受过基础教育的聪明学生来说，大学里不妨既无老师也不考试，任他们在图书馆里自由地涉猎。我要和萧伯纳一起叹息：全世界的书架上摆满了精神的美味佳肴，可是学生们却被迫去啃那些毫无营养的乏味的教科书。

第五条箴言：忘记了课堂上所学的一切，剩下的才是教育。

我最早在爱因斯坦的文章中看到这句话，是他未指名引用的一句俏皮话。随后我发现，它很可能脱胎于怀特海的一段论述，大意是：抛开了教科书和听课笔记，忘记了为考试背的细节，剩下的东西才有价值。

知识的细节是很容易忘记的，一旦需要它们，又是很容易在书中查到的。所以，把精力放在记住知识的细节，既吃力又无价值。假定你把课堂上所学的这些东西全忘记了，如果结果是什么也没有剩下，那就意味着你是白受了教育。

那个应该剩下的配称为教育的东西，用怀特海的话说，就是完全渗透入你的身心的原理，一种智力活动的习惯，一种充满学问和想象力的生活方式，用爱因斯坦的话说，就是独立思考和判断的总体能力。按照我的理解，通俗地说，一个人从此成了不可救药的思想者、学者，不管今后从事什么职业，再也改不掉学习、思考、研究的习惯和爱好了，方可承认他是受过了大学教育。

第六条箴言：大学应是大师云集之地，让青年在大师的熏陶下生长。

教育的真谛不是传授知识，而是培育智力活动的习惯、独立思考的能力等等，这些智力上的素质显然是不可像知识那样传授的，培育的惟一途径是受具有这样素质的人——不妨笼统地称之为大师——的熏陶。大师在两个地方，一是在图书馆的书架上，另一便是在大学里，大学应该是活着的大师云集的地方。正如怀特海所说：大学存在的理由是，拥有一批充满想象力地探索知识的学者，使学生在智力发展上受其影响，在成熟的智慧和追求生命的热情之间架起桥梁，否则大学就不必存在。

林语堂有一个更形象的说法：理想大学应是一班不凡人格的吃饭所，这里碰见一位牛顿，那里碰见一位佛罗特，东屋住了一位罗素，西屋住了一位拉斯基，前院是惠定宇的书房，后院是戴东原的住房。他强调："吃饭所"不是比方，这些大师除吃饭外，对学校绝无义务，学校送薪俸请他们住在校园里，使学生得以与其交游接触，受其熏陶。比如牛津、剑桥的大教授，抽着烟斗闲谈人生和学问，学生的素质就这样被烟熏了出来。

今天的大学争相标榜所谓世界一流大学，还拟订了种种硬指标。其实，事情本来很简单：最硬的指标是教师，一个大学拥有一批心灵高贵、头脑智慧的一流学者，它就是一流大学。否则，校舍再大，楼房再气派，设备再先进，全都白搭。

第七条箴言：教师应该把学生看作目的而不是手段。

这是罗素为正确的师生关系规定的原则。他指出，一个理想教师的必备品质是爱他的学生，而爱的可靠征兆就是具有博大的父母本能，如同父母感觉到自己的孩子是目的一样，感觉到学生是目的。他强调：教师爱学生应该甚于爱国家和教会。针对今日的情况，我要补充一句：更应该甚于爱金钱和名利。今日一些教师恰恰是以名利为惟一目的，明目张胆地把学生当作获取名利的手段。

教师个人是否爱学生，取决于这个教师的品德。要使学校中多数教师把学生看作目的而不是手段，则必须建立以学生为目的的教育体制。把学生当作手段的行径之所以大量得逞，重要原因是教师权力过大，手握决定学生升级毕业之大权。所以，我赞同爱因斯坦的建议：给教师使用强制措施的权力应该尽可能少，使学生对其尊

敬的惟一来源是他的人性和理智品质。与此相应，便是扩大学生尤其研究生的权利，在教学大纲许可的范围内，可以自由选择老师和课程，可以改换门庭，另就高明。考核教师也应主要看其是否得到学生的爱戴，而非是否得到行政部门的青睐。像现在这样，教师有本事活动到大笔科研经费，就有多招学生的权利，就有让学生替自己打工的权力，否则就受气，甚至被剥夺带学生的权利，在这种体制下，焉有学生不沦为手段之理。

2007. 3

无趣的时代

　　有趣的是，你们会想象不出，这是一个多么无趣的时代。我朝四周看，看见人人都在忙碌，脸上挂着疲惫、贪婪或无奈，眼中没有兴趣的光芒。我看见老人们一脸天真，聚集在公园里做儿童操和跳集体舞，孩子们却满脸沧桑，从早到黑被关在校内外的教室里做无穷的功课。我看见学者们繁忙地出席各种名目的论坛和会议，在会上互选为大师，使这个没有大师的时代有了空前热闹的学术气氛。我看见出版商和媒体亲密联盟，适时制造出一批又一批畅销书，成功地把阅读由个人的爱好转变为大众的狂欢。我看见开发商和官员紧密合作，果断地将历史悠久的古建筑和老街区夷为平地，随后建造起千篇一律的大广场和高楼群。我看见许多有趣的事物正在毁灭，许多无趣的现象正在蔓延。我不得不说，我生活在一个多么无趣的时代。

　　不过，我相信，对于一百年后的你们来说，凡此种种已变得不可想象。在你们的时代，孩子们会有快乐的童年，大人们会有健全的常识，兴趣而非功利会成为生活的动力。当我在此刻对你们说话时，惟这样的展望使我感到了些微的乐趣。

［附言］

　　电视栏目《杨澜访谈录》录制六周年特别节目，杨澜来信，替一百年后的人问一个问题："一百年前的中国是什么样子？"希望把回答整理成一篇 300 字到 500 字左右的文章，用"有趣的是"开头。

她表示，所有嘉宾的文章会封存于北京大学图书馆，相约百年后开启，成为 2007 年中国的译码器。文章能否保存百年，百年后有没有人开启，实在渺茫得很，也无所谓得很。不过，借此机会说一说自己的想法，倒不失为有趣的事，我便交了上面这份卷子。

2007. 7

人生边上的智慧

——读杨绛《走到人生边上》

杨绛九十六岁开始讨论哲学,她只和自己讨论,她的讨论与学术无关,甚至与她暂时栖身的这个热闹世界也无关。她讨论的是人生最根本的问题,同时是她自己面临的最紧迫的问题。她是在为一件最重大的事情做准备。走到人生边上,她要想明白留在身后的是什么,前面等着她的又是什么。她的心态和文字依然平和,平和中却有一种令人钦佩的勇敢和敏锐。她如此诚实,以至于经常得不出确定的结论,却得到了可靠的真理。这位可敬可爱的老人,我分明看见她在细心地为她的灵魂清点行囊,为了让这颗灵魂带着全部最宝贵的收获平静地上路。

在前言中,杨先生如此写道:"我正站在人生的边缘边缘上,向后看看,也向前看看。向后看,我已经活了一辈子,人生一世,为的是什么呢?我要探索人生的价值。向前看呢,我再往前去,就什么都没有了吗?当然,我的躯体火化了,没有了,我的灵魂呢?灵魂也没有了吗?"这一段话点出了她要讨论的两大主题,一是人生的价值,二是灵魂的去向,前者指向生,后者指向死。我们读下去便知道,其实这两个问题是密不可分的。

在讨论人生的价值时,杨先生强调人生贯穿灵与肉的斗争,而人生的价值大致取决于灵对肉的支配。不过,这里的"灵",并不是灵魂。杨先生说:"我最初认为灵魂当然在灵的一面。可是仔细思考之后,很惊讶地发现,灵魂原来在肉的一面。"读到这句话,我也很惊讶,因为我们常说的灵与肉的斗争,不就是灵魂与肉体的斗争吗?

但是，接着我发现，她把"灵魂"和"灵"这两个概念区分开来，是很有道理的。她说的灵魂，指不同于动物生命的人的生命，一个看不见的灵魂附在一个看得见的肉体上，就形成了一条人命，且各各自称为"我"。据我理解，这个意义上的灵魂，相当于每一个人的内在的"自我意识"，它是人的个体生命的核心。在灵与肉的斗争中，表面上是肉在与灵斗，实质上是附于肉体的灵魂在与灵斗。所以，杨先生说："灵魂虽然带上一个'灵'字，并不灵，只是一条人命罢了。"我们不妨把"灵"字去掉，名之为"魂"，也许更确切。

肉与魂结合为"我"，是斗争的一方。那么，作为斗争另一方的"灵"是什么呢？杨先生造了一个复合概念，叫"灵性良心"。其中，"灵性"是识别是非、善恶、美丑等道德标准的本能，"良心"是遵守上述道德标准为人行事的道德心。她认为，"灵性良心"是人的本性中固有的。据我理解，这个"灵性良心"就相当于孟子说的人性固有的善"端"，佛教说的人皆有之的"佛性"。这里有一个疑问：作为肉与魂的对立面，这个"灵性良心"当然既不在肉体中，也不在灵魂中，它究竟居于何处，又从何方而来？对此杨先生没有明说。综观全书，我的推测是，它与杨先生说的"大自然的神明"有着内在的联系。这个"大自然的神明"，基督教称作神，孔子称作天。那么，"灵性良心"也就是人身上的神性，是"大自然的神明"在人身上的体现。天生万物，人为万物之灵，灵就灵在天对人有这个特殊的赋予。

接下来，杨先生对天地生人的目的有一番有趣的讨论。她的结论是：这个目的决不是人所创造的文明，而是堪称万物之灵的人本身。天地生人，着重的是人身上的"灵"，目的当然就是要让这个"灵"获胜了。天地生人的目的又决定了人生的目的。惟有人能够遵循"灵性良心"的要求修炼自己，使自己趋于完善。不妨说，人生的使命就是用"灵"引导"魂"，使之成为名副其实的"灵魂"。用这个标准衡量，杨先生对人类的进步提出了质疑：几千年过去了，世道人心进步了吗？现代书籍浩如烟海，文化普及，各专业的研究务求精密，皆远胜于古人，但是对真理的认识突破了多少呢？如此等等。一句话，文明是大大发展了，但人之为万物之灵的"灵"的方面却无甚进步。

尤使杨先生痛心的是："当今之世，人性中的灵性良心，迷蒙在烟雨云雾间。"这位九十六岁的老人依然心明眼亮，对这个时代偏离神明指引的种种现象看得一清二楚：上帝已不在其位，财神爷当道，人世间只成了争权夺利、争名夺位的战场，穷人、富人有各自操不完的心，都陷在苦恼之中……在这个物欲横流的人世间，好人更苦："你存心做一个与世无争的老实人吧，人家就利用你，欺侮你。你稍有才德品貌，人家就嫉妒你、排挤你。你大度退让，人家就侵犯你、损害你。你要保护自己，就不得不时刻防御。你要不与人争，就得与世无求，同时还要维持实力，准备斗争。你要和别人和平共处，就先得和他们周旋，还得准备随处吃亏……"不难看出，杨先生说的是她的切身感受。她不禁发出悲叹："曾为灵性良心奋斗的人，看到自己的无能为力而灰心绝望，觉得人生只是一场无可奈何的空虚。"

况且我们还看到，命运惯爱捉弄人，笨蛋、浑蛋安享富贵尊荣，不学无术可以欺世盗名，有品德的人一生困顿不遇，这类事例数不胜数。"造化小儿的胡作非为，造成了一个不合理的人世。"这就使人对上天的神明产生了怀疑。然而，杨先生不赞成怀疑和绝望，她说："我们可以迷惑不解，但是可以设想其中或有缘故。因为上天的神明，岂是人人都能理解的呢。"进而设问："让我们生存的这么一个小小的地球，能是世人的归宿处吗？又安知这个不合理的人间，正是神明的大自然故意安排的呢？"如果我没有理解错的话，杨先生的潜台词是：这个人世间可能只是一个过渡，神明给人安排的真正归宿处可能在别处。在哪里呢？她没有说，但我们可设想的只能是类似佛教的净土、基督教的天国那样的所在了。

这一点推测，可由杨先生关于灵魂不灭的论述证明。她指出：

人需要锻炼，而受锻炼的是灵魂，肉体不过是中介，锻炼的成绩只留在灵魂上；灵魂接受或不接受锻炼，就有不同程度的成绩或罪孽；人死之后，肉体没有了，但灵魂仍在，锻炼或不锻炼的结果也就仍在。她的结论是："所以，只有相信灵魂不灭，才能对人生有合理的价值观，相信灵魂不灭，得是有信仰的人。有了信仰，人生才有价值。"

那么，杨先生到底相不相信灵魂不灭呢？在正文的末尾，她写道："有关这些灵魂的问题，我能知道什么？我只能胡思乱想罢了。我无从问起，也无从回答。孔子曰：'未知生，焉知死''不知为不知'，我的自问自答，只可以到此为止了。"看来不能说她完全相信，她好像是将信将疑，但信多于疑。虽然如此，我仍要说，她是一个有信仰的人，因为在我看来，信仰的实质在于不管是否确信灵魂不灭，都按照灵魂不灭的信念做人处世，好好锻炼灵魂。孔子说"祭神如神在"，一个人若能事事都怀着"如神在"的敬畏之心，就可以说是有信仰的了。

杨先生向许多"聪明的年轻人"请教灵魂的问题，得到的回答很一致，都说人死了就是什么都没有了，而且对自己的见解都坚信不疑。我不禁想起了两千五百多年前苏格拉底的同样遭遇，当年这位哲人也曾向雅典城里许多"聪明的年轻人"请教灵魂的问题，得到的也都是自信的回答，于是发出了"我知道我一无所知"的感叹。杨先生也感叹："真没想到我这一辈子，脑袋里全是想不通的问题。""我提的问题，他们看来压根儿不成问题。""老人糊涂了！"但是，也和当年苏格拉底的情况相似，正是这种普遍的自以为知更激起了杨先生深入探究的愿望。我们看到，她不依据任何已有的理论或教义，完全依靠自己的生活经验和独立思考，一步一步自问自答，能证实的予以肯定，不能证实的存疑。例如肉体死后灵魂是否继续存在，她在举了亲近者经验中的若干实例后指出："谁也不能证实人世间没有鬼。因为'没有'无从证实；证实'有'，倒好说。"由于尚无直接经验，所以她自己的态度基本上是存疑，但决不断然否定。

杨先生的诚实和认真，着实令人感动。但不止于此，她还是敏锐和勇敢的，她的敏锐和勇敢令人敬佩。由于中国两千多年传统文化的实用品格，加上几十年的唯物论宣传和教育，人们对于看不见、摸不着的东西往往不肯相信，甚至毫不关心。杨先生问得好："'真、善、美'看得见吗？摸得着吗？看不见、摸不着的，不是只能心里明白吗？信念是看不见的，只能领悟。"我们的问题正在于太"唯物"了，只承认物质现实，不相信精神价值，于是把信仰视为迷信。她所求教的那些"聪明的年轻人"都是"先进知识分子"，大抵比她小一辈，其实也都是老年人了，但浸染于中国的实用文化传统和主流意识形态，对精神事物都抱着不思、不信乃至不屑的态度。杨先生尖锐地指出："什么都不信，就保证不迷吗？""他们的'不信不迷'使我很困惑。他们不是几个人。他们来自社会各界：科学界、史学界、文学界等，而他们的见解却这么一致、这么坚定，显然是代表这一时代的社会风尚，都重物质而怀疑看不见、摸不着的'形而上'境界。他们下一代的年轻人，是更加偏离'形而上'境界，也更偏重金钱和物质享受的。"凡是对我们时代的状况有深刻忧虑和思考的人都知道，杨先生的这番话多么切中时弊，不啻是醒世良言。这个时代有种种问题，最大的问题正是信仰的缺失。

我无法不惊异于杨先生的敏锐，这位九十六岁的老人实在比绝大多数比她年轻的人更年轻，心智更活泼，精神更健康。作为证据的还有附在正文后面的"注释"，我劝读者千万不要错过，尤其是《温德先生爬树》《劳神父》《记比邻双鹊》《〈论语〉趣》诸篇，都是大手笔写出的好散文啊。尼采有言："句子的步态表明作者是否疲倦了。"我们可以看出，杨先生在写这些文章时是怎样地毫不疲倦，精神饱满，兴趣盎然，遣词造句、布局谋篇是怎样地胸有成竹，收放自如，一切都在掌控之中。这些文章是一位九十六岁的老人写的吗？不可能。杨先生真是年轻！

2007.9

中国人的"比赛精神"

——答友人问

1. 好多中国人（包括艺术家和知识分子）在国外媒体上说，奥运会对中国社会是一个"很重要的转折点"，因为它会改变中国人的精神状态和思想。你觉得呢？

我不认为奥运有这么神奇的力量，把奥运的作用夸大到这般程度，我觉得挺可笑。中国社会的转折，包括政治和经济体制的改变，人的思想观念和精神状态的改变，是一个长期的艰难的过程。如果举办一次奥运就能使中国社会发生重要转折，中国社会的转折也太容易了。

现在的世界上，无论哪个国家争取主办奥运，主要动机都是国家利益，中国也不例外。奥运的实际意义，对于政府来说是政治，对于参与其事的商人来说是金钱，对于大众来说是娱乐，如此而已。

2. 总的来说，奥运准备工作已经帮助了中国社会变得更开放、自由、文明，还是让政府把社会控制得更严？奥运后会怎么样？

我不了解奥运准备工作的具体情况。一般来说，中国承办大型国际活动，政府会做两方面的努力。一方面，会对民众进行一定的文明礼仪教育，希望民众的表现给国际社会留下良好印象。另一方面，会对可能"闹事"的人员加强控制，杜绝其"闹事"的机会。这两者的目的是一致的，都是为了维护中国的"国际形象"。这些都是常规，是"面子"上的事。

长远来看，中国主办奥运对于中国走向更加开放、自由、文明是有好处的。就像中国加入 WTO 和一系列国际条约一样，中国承办这类大型国际活动多了，就会促使中国越来越熟悉和遵守世界大家庭的共同游戏规则，而这就意味着中国变得更加开放、自由、文明。

3. 中国人的"比赛精神"非常强，不只在体育方面。为什么成为"第一名"对你们有这么重要？在现在的社会里，什么叫"成功"？

你的问题指出了中国人当今的一个大毛病，就是急功近利。为什么做"第一名"这么重要？因为可以得到巨大利益，可以成为大名人、大明星，可以挣到大钱啊。中国人的"比赛精神"集中在有形的名和利上了，而在无形的领域，对于个人内在的优秀，个人能力的生长和心灵的快乐，则非常缺乏"比赛精神"。这就是问题之所在。

我本人认为，真正的成功是以优秀为前提的，是一个人做自己喜欢做的事并且把它做得最好。因此，我一直主张，应该把优秀作为人生的主要目标，而把外在的成功即名利仅仅看作优秀的副产品，对之持超脱的态度。我经常在我的文章中和讲演中宣传这个观点，但愿会有些作用。

功利的"比赛精神"表现在国际舞台上，就是一种浅薄的民族虚荣心，特别在乎表面或次要事情上的名次，诸如体育之类。这是一种低级的"比赛精神"。什么时候我们正视中国在教育、科学、医疗、环保、自然和文化遗产保护等方面的落后状况，在这些事情上耻于当最后几名，争取当前几名，我们就有高级的"比赛精神"了。

2008. 3

我们都是幸存者

　　2008 年中国的大事件不是奥运，而是地震。这是谁也没有料到的。5 月 12 日的特大地震一下子把国人投入举国的震惊和悲痛之中，也使得围绕奥运发生的一系列事件变得轻若鸿毛。

　　在大自然突降的巨灾面前，人类是多么无助，人的生命是多么脆弱。美丽富饶的四川盆地，善良知足的四川人，一刹那之间，祸从天降，天崩地裂，无数的生灵被吞噬。有多少个家庭，曾经和我的家庭一样，在天伦之乐中过着平凡的日子，突然就消失得无影无踪了。有多少个孩子，曾经和我的孩子一样，在无忧无虑中唱着黎明的歌曲，突然就沉落在永恒的黑夜里了。

　　最让我心痛的正是孩子，震区中不知还有没有未倒塌的校舍，孩子们整校整校地被掩埋，为什么牺牲最惨重的偏偏是"祖国的花朵"！相比之下，那些突然成了孤儿的孩子几乎算是幸运的了，虽然他们那天真又惊恐的眼神格外刺痛我的心，我的耳边始终响着一个从废墟中救出的一岁半孩子的声音，刚咿呀学语的她反复说着同一句话："找爸爸！找妈妈！"

　　五天来，我天天注视着来自灾区的报道。在大悲悯、大勇敢的温家宝总理指挥下，营救一直在全力进行。然而，谁都明白，废墟下的一息尚存者只有一部分能被救出，也许只是一小部分。我觉得自己仿佛也在废墟下，由于营救的困难，或者干脆由于未被营救者发现，正在绝望地死去。现在所能统计的只有已经获救的人数和确见尸体的人数，而真正可怕的是这两者之间的数字，虽然生死不明，其实凶多吉少。

五天来，我写不出任何文字。此时此刻，一切文字的表达都是虚伪。我甚至觉得，我的生存也是莫大的奢侈。我惟一能够原谅自己的理由是，我也是一个幸存者。是的，我，你，每一个活着的人，我们都是幸存者。震中在四川汶川，不在我居住的地方，这不过是碰巧罢了。我生活在北京，而不是四川震区，这不过是碰巧罢了。我只是侥幸逃过了一劫而已。灾难完全可能落在我的头上，倘若那样，我也只好承受。大自然生我养我，一旦降灾于我，我必须承受，这原是生命的题中应有之义。斯多噶派的主张是对的：人只能顺应自然。如果死的是我，那就死吧，用不着说什么了。现在，既然仍侥幸地活着，就好好地活，不必为此感到负疚。况且对于任何活着的人来说，死是迟早的事，幸存只是暂时的。然而，正是在这暂时的幸存中，我们一边怀念死者，一边唱响了生命的凯歌。

我这样说，既是对我自己的解嘲，也是对这次震灾中那些真正的幸存者的劝慰。我当然知道，我们身受的苦难不可同日而语。但是，越是面对大苦难，就越要用大尺度来衡量人生的得失。在岁月的流转中，人生的一切祸福都是过眼烟云。在历史的长河中，灾难和重建乃是寻常经历。

造化播弄人类的命运，我们都是幸存者。用这个眼光看自己，我更真切地感到了一切受灾者都是我的亲人。用这个眼光看世事，我更清晰地洞察了一切人间纷争的狭隘和渺小。最后我忍不住要加上一句：对于那些把今年奥运和这次地震的意义都归结为爱国主义的家伙，我完全无话可说，只有彻底的蔑视。

2008. 5

爱生命比爱国更根本

　　震灾之前，国人的兴奋点在奥运。争取到奥运的主办权，的确不容易，对此在乎是合乎情理的。但是，多么在乎也不要有失风度，用不着弄得紧张兮兮的。按我理解，奥运本来的宗旨，一是健康，是对生命的珍爱和赞美，二是和平，是拆除民族仇恨和意识形态对立的樊篱，全人类在生命立场上的和解与团结。主办国诚然可以利用这个机会展示国家实力和能力，增进国家利益和声誉，但要把握好分寸。其实，主办国的举止越是体现出奥运本来的宗旨，就越能够从根本上增进国家的利益和声誉。相反，只有爱国主义这一根筋，到处看到敌意，经常防卫过当，反而招人鄙视。尤其像我们这样一个自信正在崛起的大国，更应该通过举办奥运这个平台，向世界展示我们的从容的大国心态和开阔的全球胸怀。正因为爱中国，我才蔑视某些一根筋的爱国主义者，他们的言行恰恰是在损害中国。

　　人们本可期望，大自然突降的灾难也许会促使这些人反思，不料他们刺耳的声音不但没有沉寂，反而掀起了新一轮更高亢的呐喊。不错，在这次抗震救灾中，国人显示了多年未见的非常感人的团结精神和凝聚力。但是，把在自然灾难面前迸发的这种团结精神和凝聚力归结为爱国主义，决不是拔高，而是贬低。与奥运相比，面对巨大的自然灾难，爱国主义这把尺子就更显其狭窄了。震灾中生命所遭受的毁灭和创伤，在我们身上唤醒的最可贵的东西是什么？首先是真实的人性，是人性中的善良，是对一个个活生生的个体生命的同情和尊重。这岂不是人之为人的最基本的品质吗？岂不是人与人得以结合成人类、社会、民族、国家的最基本的因素吗？与爱国主义相比，在人性层次上，它是更深刻的东西，在文明层次上，它又是更高级的东西。就说爱国主义吧，一个人如果不是一个善良的人，他会是一个好中国人吗？如果一个国家的成员普遍缺乏对生命的同情和尊重，这会是一个好国家吗？它还值得我们爱吗？人性比民族性更根本，爱生命比爱国更根本，这是多么简单的道理。真正令人费解的是，某些人的头脑怎么会与这么简单的道理如此格格不入，以至于非要在人性光辉终于闪亮之处高喊民族主义口号不可。

事实上，自鸦片战争以来，我们从来不缺少爱国主义热情，列强的侵略迫使我们把国家富强看作头等重要的事情，这有其历史的必然性和合理性。然而，正是一百多年来的历史表明，在爱国主义的基础上不可能实现中国的现代化，因而也不可能真正使国家富强。在这次抗震救灾中，国人的表现是大大超越于爱国主义的，我之所以坚决反对把震灾的意义归结为爱国主义，正是因为我不愿意看到，这个超越于爱国主义的最可贵的东西遭到歪曲和湮灭，不能产生应有的积极结果。

不分国家和民族，人皆是生命，人性中皆有爱生命的本能以及推己及人对他人生命的同情，区别在于能否使这个基本人性在社会制度中体现出来并得到保护和发扬。西方的历史表明，现代文明社会的整座大厦就是建立在这个基本人性的基础上的。正如亚当·斯密所指出的，同情是社会一切道德的基础，在此基础上形成了正义和仁慈这两种基本的道德。同样，尊重个体生命是法治社会的出发点，法治的目的就是要建立一种最大限度保护每个人的生命权利的秩序。在我们以儒家为主体的文化传统中，所缺少的正是尊重个体生命这样一个极其重要的观念。因此，在道德领域，儒家的"仁"最后落实为"孝"和"忠"，所强调的始终是忠君爱国，是个人为集体和国家而牺牲。在社会秩序方面，则是长达数千年的人治即家长式统治，长官意志支配一切。现在，我们正在实现社会转型，由计划经济向市场经济的转型开路，但这个转型必须有另两个转型配套，方能成功。其一是人治秩序向法治秩序的转型，其二是以忠君

和爱国为核心的道德向以正义和仁慈为核心的道德转型，如上所述，这两个转型（其实也包括计划经济向市场经济的转型）都是建立在对个体生命的尊重的基础上的。

汶川大地震发生以后，灾区的悲惨情景和感人故事通过电视画面即时呈现在国人眼前，一下子把国人投入到巨大的悲痛和感动之中，出现了自发的捐款、献血、救助之热潮。我曾经为当今社会对生命的普遍冷漠感到痛心、寒心乃至灰心，现在我看到，同情的种子仍深藏在人性中，在大灾难的震撼下迅速复苏了，这使我感到欣慰。然而，我担心的是，在悲痛和感动逐渐淡去之后，由大灾难唤醒的生命对于生命的同情能否长久保持下去，成为社会的一种健康的常态，抑或只是一时的亢奋，大家又回到了以前的冷漠？这是我们痛定思痛最应认真思考的问题。我们付出了惨痛的代价，尊重个体生命这个最基本的价值观念终于清晰地浮现在国人眼前了，我们不应该再去遮蔽它，相反应该格外强调它，爱护它，使它更清晰，更牢固，真正深入人心。惟有如此，我们在实现社会转型时才会有明确的指导思想。反过来说，只有成功地实现了社会转型，对生命的同情和尊重才会成为国人普遍而持久的价值观。

2008.6

内在生命的伟大

一

小时候，也许我也曾经像那些顽童一样，尾随一个盲人，一个瘸子，一个驼背，一个聋哑人，在他们的背后指指戳戳，嘲笑，起哄，甚至朝他们身上扔石子。如果我那样做过，现在我忏悔，请求他们的原谅。

即使我不曾那样做过，现在我仍要忏悔。因为在很长的时间里，我多么无知，竟然以为残疾人和我是完全不同的种类，在他们面前，我常常怀有一种愚蠢的优越感，一种居高临下的怜悯。

现在，我当然知道，无论是先天的残疾，还是后天的残疾，这厄运没有落到我的头上，只是侥幸罢了。遗传，胚胎期的小小意外，人生任何年龄都可能突发的病变，车祸，地震，不可预测的飞来横祸，种种造成了残疾的似乎偶然的灾难原是必然会发生的，无人能保证自己一定不被选中。

被选中诚然是不幸，但是，暂时——或者，直到生命终结，那其实也是暂时——未被选中，又有什么可优越的？那个病灶长在他的眼睛里，不是长在我的眼睛里，他失明了，我仍能看见。那场地震发生在他的城市，不是发生在我的城市，他失去了双腿，我仍四肢齐全……我要为此感到骄傲吗？我多么浅薄啊！

上帝掷骰子，我们都是芸芸众生，都同样地无助。阅历和思考使我懂得了谦卑，懂得了天下一切残疾人都是我的兄弟姐妹。在造

化的恶作剧中，他们是我的替身，他们就是我，他们在替我受苦，他们受苦就是我受苦。

二

我继续问自己：现在我不瞎不聋，肢体完整，就证明我不是残疾了吗？我双眼深度近视，摘了眼镜寸步难行，不敢独自上街。在运动场上，我跑不快，跳不高，看着那些矫健的身姿，心中只能羡慕。置身于一帮能歌善舞的朋友中，我为我的身体的笨拙和歌喉的喑哑而自卑。在所有这些时候，我岂不都觉得自己是一个残疾人吗？

事实上，残疾与健全的界限是十分相对的。从出生那一天起，我们每一个人的身体就已经注定要走向衰老，会不断地受到损坏。由于环境的限制和生活方式的片面，我们的许多身体机能没有得到开发，其中有一些很可能已经萎缩。严格地说，世上没有绝对健全的人。有形的残缺仅是残疾的一种，在一定的意义上，人人皆患着无形的残疾，只是许多人对此已经适应和麻木了而已。

人的肉体是一架机器，如同别的机器一样，它会发生故障，会磨损、折旧并且终于报废。人的肉体是一团物质，如同别的物质一样，它由元素聚合而成，最后必定会因元素的分离而解体。人的肉体实在太脆弱了，它经受不住钢铁、石块、风暴、海啸的打击，火焰会把它烤焦，严寒会把它冻伤，看不见的小小的病菌和病毒也会置它于死地。

不错，我们有千奇百怪的养生秘方，有越来越先进的医疗技术，有超级补品、冬虫夏草、健身房、整容术，这一切都是用来维护肉体的。可是，纵然有这一切，我们仍无法防备种种会损毁肉体的突发灾难，仍不能逃避肉体的必然衰老和死亡。

我不得不承认，如果人的生命仅是肉体，则生命本身就有着根本的缺陷，它注定会在岁月的风雨中逐渐地或突然地缺损，使它的主人成为明显或不明显的残疾人。那么，生命抵御和战胜残疾的希望究竟何在？

三

此刻我的眼前出现了一系列高贵的残疾人形象。在西方，从盲诗人荷马，到双耳失聪的大音乐家贝多芬，双目失明的大作家博尔赫斯，全身瘫痪的大科学家霍金，当然，还有又瞎又聋的永恒的少女海伦·凯勒。在中国，从受了腐刑的司马迁，受了膑刑的孙膑，到瞎子阿炳，以及今天仍然坐着轮椅在文字之境中自由驰骋的史铁生。他们的肉体诚然缺损了，但他们的生命因此也缺损了吗？当然不，与许多肉体没有缺损的人相比，他们拥有的是多么完整而健康的生命。

由此可见，生命与肉体显然不是一回事，生命的质量肯定不能用肉体的状况来评判。肉体只是一个躯壳，是生命的载体，它的确是脆弱的，很容易破损。但是，寄寓在这个躯壳之中，又超越于这个躯壳，我们更有一个不易破损的内在生命，这个内在生命的通俗名称叫作精神或者灵魂。就其本性来说，灵魂是一个单纯的整体，而不像肉体那样由许多局部的器官组成。外部的机械力量能够让人的肢体断裂，但不能切割下哪怕一小块人的灵魂。自然界的病菌能够损坏人的器官，但没有任何路径可以侵蚀人的灵魂。总之，一切能够致残肉体的因素，都不能致残我们的内在生命。正因为此，一个人无论躯体怎样残缺，仍可使自己的内在生命保持完好无损。

原来，上帝只在一个不太重要的领域里掷骰子，在现象世界播弄芸芸众生的命运。在本体世界，上帝是公平的，人人都被赋予了一个不可分割的灵魂，一个永远不会残缺的内在生命。同样，在现象世界，我们的肉体受千百种外部因素的支配，我们自己做不了主人。可是，在本体世界，我们是自己内在生命的主人，不管外在遭遇如何，都能够以尊严的方式活着。

四

诗人里尔克常常歌咏盲人。在他的笔下，盲人能穿越纯粹的空间，能听见从头发上流过的时间和在脆玻璃上叮玲作响的寂静。在热闹的世界上，盲人是安静的，而他的感觉是敏锐的，能以小小的波动把世界捉住。最后，面对死亡，盲人有权宣告："那把眼睛如花朵般摘下的死亡，将无法企及我的双眸……"

是的，我也相信，盲人失去的只是肉体的眼睛，心灵的眼睛一定更加明亮，能看见我们看不见的事物，生活在一个更本质的世界里。

感官是通往这个世界的门户，同时也是一种遮蔽，会使人看不见那个更高的世界。貌似健全的躯体往往充满虚假的自信，踌躇满志地要在外部世界里闯荡，寻求欲望和野心的最大满足。相反，身体的残疾虽然是限制，同时也是一种敞开。看不见有形的事物了，却可能因此看见了无形的事物。不能在人的国度里行走了，却可能因此行走在神的国度里。残疾提供了一个机会，使人比较容易觉悟到外在生命的不可靠，从而更加关注内在生命，致力于灵魂的锻炼和精神的创造。

在这个意义上，不妨说，残疾人更受神的眷顾，离神更近。

五

上述思考为我确立了认识残奥会的一个角度，一种立场。

残疾人为何要举办体育运动会？为何要撑着拐杖赛跑，坐着轮椅打球？是为了证明他们残缺的躯体仍有力量和技能吗？是为了争到名次和荣誉吗？从现象看，是；从本质看，不是。

其实，与健康人的奥运会比，残奥会更加鲜明地表达了体育的精神意义。人们观看残奥会，不会像观看奥运会那样重视比赛的输赢。人们看重的是什么？残奥会究竟证明了什么？

我的回答是：证明了残疾人仍然拥有完整的内在生命，在生命本质的意义上，残疾人并不残疾。

残奥会证明了人的内在生命的伟大。

2008. 7

写作上的从小见大

世界文学宝库中，有许多名篇是通过描述日常小事阐明大道理的。即使那些宏大叙事的巨著，比如曹雪芹的《红楼梦》，托尔斯泰的《战争与和平》，占据大量篇幅的也是日常生活中的细节。人在一生中也许会遭遇大事，但遭遇最多的还是日常小事，不论伟大平凡，概莫例外。因此，对于写作者来说，从小见大是一项重要的功夫。

怎样做到从小见大？我的回答是，第一在平时练就"见"的眼力，第二在写作时如实写出所"见"。

大道理往往寓于小事之中，小事中却未必都蕴含大道理，因此首先就有一个选材的问题。硬从鸡零狗碎中开发出高论大言，牵强附会，这样的文章最讨人嫌。那么，怎样才能捕捉住真正值得"小题大做"的小事，并且做得恰到好处呢？"功夫在诗外。"陆游此言说出了写作的普遍真理。意义只向有心人敞开，你惟有平时就勤于思考宇宙、社会、人生的大道理，又敏于感受日常生活中的细小事物，才会有一副从小见大的好眼力。泰戈尔从一朵野花看到了造物主创造的耐心，敬畏之心油然而生，如此写道："我的主，你的世纪，一个接着一个，来完成一朵小小的野花。"同样的一朵野花，一个对宇宙和生命的真理毫无思考的人看见了，是什么感想也不会有的。

写作不是写作时才发生的事情，平时的积累最重要。心灵始终保持一种活泼的状态，如同一条浪花四溅的溪流，所谓好文章不过是被抓到手的其中一朵浪花罢了。长期以来，我养成了一个习惯，在生活中每遇到触动我的心灵的事，不论悲喜苦乐，随时记录下来，包括由之产生的思考。越是使我快乐或痛苦、感动或愤怒的事，我越不轻易放过，但也不沉溺其中，而是把它们当作认识人生和人性的宝贵材料。这样做的结果是，久而久之，我感到小与大之间的道路是畅通的，从小见大就不是什么难事了。

当然，具体写作时，是要有技巧的，但技巧并不复杂，我认为主要是两条。第一，对于所写的这件小事，要抓住它真正使你被触动的情境和细节，这实际上是小和大之间的关联点，着重加以描述，尽可能写得准确、细致、具体、生动，让读者感到，你被触动是多么自然的事情，他们在此情境中同样会被触动。在这样的描述中，已经隐含大道理了。因此，第二，对于从小事中体悟到的大道理，只需作画龙点睛的表述，语言要简洁，切忌长篇大论，要质朴，切忌豪言壮语，最好还要独特，切忌老生常谈。最佳的效果是，读者从你所描述的小中已经隐约见出了大，而在读到你的点睛之句时，仿佛刹那间被点破，发出了会心的微笑。

2008. 8

爱国的平常心
——答《父母》杂志

1. 您认为，我们几千年文化中最值得传承的是什么？

儒家思想中，我最赞赏的是对个人道德修养和操守的重视，把自我完善看作人生最高目标。做一个好人，这本身就是价值，就是目的，至于别人是否知道，会不会表扬你，在社会上能否得到好报，都不重要。另外，儒家看重家庭和亲情，如果剔除了宗法等级观念，在现代生活中也能起好作用。道家思想中，我最赞赏的是对个人精神自由的重视，把自我实现看作人生最高目标。人活在世上，要超脱功利和习俗，活出自己的真性情。在现在这个急功近利的社会里，这尤其可贵。

2. 您认为孩子最应该知道的关于中国的概念是什么？

一个我们祖祖辈辈繁衍和生长的地方，一个生我养我的地方。无论走到哪里，我的身体里总是流着中国人的血。无论到什么时候，我的子子孙孙的身体里永远流着中国人的血。总之，是民族的概念，血缘的概念。这是最本质的东西，制度会变，意识形态会变，这个东西不会变。

3. 您认为孩子最需要知道的历史人物和事件有哪些？（5个以内就好）

孔子（中国主流文化传统的奠基人），庄子（中国最智慧的哲学家），秦始皇（中国历史上影响最深远的政治家），玄奘（中国最认真的学者和信仰者），苏轼（中国最有才情、最可爱的文学家）。

4. 您会通过什么样的方式让自己的孩子了解中国？

阅读和旅行。根据年龄和理解力，推荐合适的古典作品，不让她背诵，而是和她讨论和交流。假期带她去旅游，多走一些地方，不必名山大川，国界之内哪里不是中国。

5. 在日益全球化的今天，强调爱国的意义是什么？

要有平常心，我认为不必刻意强调爱国。过去我们在大国心态和弱国心态的双重支配下，自大又自卑，排外又媚外，出尽了洋相，也吃够了苦头。今天仍有相当多的青年，一面高喊过激的爱国口号，一面费尽力气要出国定居，这应该怪不当的引导。做人要自爱自尊，作为民族也如此，而自大和自卑都是自尊的反面。两极相通，狭隘民族主义是很容易变成民族虚无主义的。正是在日益全球化的今天，我们更应该、也更有条件用全球的、人类的眼光来看中国，更好地辨别中国文化的精华和糟粕，认识中国的过去、现在和未来，从而建设一个更伟大的中国。在我看来，这才是真正的爱国。

2008. 9

最合宜的位置

　　我相信，每一个人降生到这个世界上来，一定有一个对于他最合宜的位置，这个位置仿佛是在他降生时就给他准备了的，只等他有一天来认领。我还相信，这个位置既然仅仅对于他是最合宜的，别人就无法与他竞争，如果他不认领，这个位置就只是浪费掉了，而并不是被别人占据了。我之所以有这样的信念，则是因为我相信，上帝造人不会把两个人造得完全一样，每一个人的禀赋都是独特的，由此决定了能使其禀赋和价值得到最佳实现的那个位置也必然是独特的。

　　然而，一个人要找到这个对于他最合宜的位置，却又殊不容易。环境的限制，命运的捉弄，都可能阻碍他走向这个位置。即使客观上不存在重大困难，由于心智的糊涂和欲望的蒙蔽，他仍可能在远离这个位置的地方徘徊乃至折腾。尤其在今天这个充满诱惑的时代，不少人奋力争夺名利场上的位置，甚至压根儿没想到世界上其实有一个仅仅属于他的位置，而那个位置始终空着。

　　我的这个认识，是在许多年里逐渐清晰起来的，现在可以说到了牢不可破的地步。我丝毫不怀疑，我现在所在的这个位置是最适合于我的，因此，外界的诱惑对我发生不了什么作用了。可是，若有人问我这究竟是一个什么位置，我好像又说不清楚。可以肯定的是，完全不能用学者、作家之类的职业来定义它。如果勉强说，就说它是一种很安静的生活状态吧。现在我的生活基本上由两件事情组成，一是读书和写作，我从中获得灵魂的享受，另一是亲情和友情，我从中获得生命的享受。顺便说一说，友情的极致也是亲情，我深感最好的朋友都是我的亲人。亲情和友情使我远离社交场的热闹，读书和写作使我远离名利场的热闹。人最宝贵的两样东西，生命和灵魂，在这两件事情中得到了妥善的安放和真实的满足，夫复何求，所以我过着很安静的生活。

我当然知道，这种很安静的生活适合于我，未必适合于别人。一定有人更适合于过一种轰轰烈烈的生活，他们不妨去叱咤风云，指点江山，一展宏图。人的禀赋各不相同，共同的是，一个位置对于自己是否最合宜，标准不是看社会上有多少人争夺它，眼红它，而应该去问自己的生命和灵魂，看它们是否真正感到快乐。

2008.12

经济危机下的生命反思

　　我曾接到邀请，让我出席今年的博鳌论坛，就"经济危机下每个人如何生活"的主题发言。可是，我对这场经济危机实在看不明白，怎么能到这样隆重的会场上去瞎说一通呢？所以我推辞了。

　　这场经济危机来势凶猛，据说百年不遇，迅速席卷全球，闹得人心惶惶，迫使大国首脑们频繁开会，商讨对策。看来情况确实严重，决非空穴来风。我看不明白的是，没有全球性自然灾害，没有世界大战，何以人类生活的场景说变就变了呢？

　　听到和读到一鳞半爪，好像全是银行惹的祸。次贷，坏账，不良资产，金融海啸，按我这个外行的理解，这些可怕的术语无非是表示，银行把账算错了，突然发现钱远远没有原来以为的那么多。银行的职责是管钱，管得这么糟，应该打屁股。但是，把这么大的权力交给银行，让大家都根据算错了的账瞎折腾，是不是更大的教训？

　　再说，既然发现钱没有那么多，那就少花些钱好了，有什么大不了的呢？是的，钱已经花出去了，事情只做了一半，如果没有后续的钱，项目就黄了，这当然是很大的损失。那么，岂不应该从根本上反省一下，许多项目是否本来就不该上，贪婪地扩张经济本身就不是人类正确的生存方式？我们诚然可以通过拉动内需来应对或预防市场冷清，但是，在人类文明和人生幸福的层次上，节制物质需要是否具有更重要的意义？

　　据我观察，受这场经济危机影响最大的是相反两极的阶层。一极是老板，尤其是上市公司的老板，经受了生意惨淡、资产缩水的烦恼。不过,他们衣食无虞,只是钱赚多赚少的问题,挺一挺就能渡过难关。另一极是没有稳定职业的人,尤其是农民工,遭受了失业的痛苦。农民工是最悲惨的,家乡不再有足以养育他们的土地,他们已经没有退路。他们的境况始终是对大规模城市化的质疑,只是现在更尖锐地显现出来了而已。

在这两极之间,多数城市居民的生活其实受经济危机的影响甚小,至少从我接触的范围来看是如此。人们照常上下班,照常去菜场买菜,照常过着从前的日子。风暴在金融、证券、房地产等领域里回旋,未能撼动普通生活的基础。对于许多普通人来说,经济危机几乎是一个尚未证实的传说。不管高端经济人士把账算得怎样一团糟,一个明显的事实是,社会上基本生活资料的数量并没有减少,而这就意味着人们的基本生活可以不受影响。既然如此,经济危机就毫不可怕。

在我看来,这场经济危机反倒是提供了一个契机,促使我们反思人生和人类的某些根本问题。我一直认为,人生的幸福在于两大快乐。一是生命的快乐,例如健康、亲情、与自然的交融,这是生命本身的需要得到满足的快乐。另一是精神的快乐,包括智性、情感和信仰的快乐,这是人的高级属性得到满足的快乐。这两种快乐当然需要一定的物质条件,但所需十分有限。物质的贪欲是社会刺激出来的,不是生命本身带来的,其满足诚然也是一种快乐,但是,与生命的快乐比,它太浅,与精神的快乐比,它太低。我相信,一个人越是满足于过俭朴的物质生活,并善于从生命本身和精神世界中获取快乐,经济危机对他的影响就越小。原因很简单:这场经济危机只是打击了消费主义,不能伤及生命本身的享受,只是打击了物质主义,不能伤及精神的享受。

这个道理同样适用于人类。人类应该朝什么方向发展?用什么来衡量人类文明的水平?物质财富的制造和享用当然是一个方面,但是,正如马克思所指出的,真正的自由王国存在于物质生产领域的彼岸,那实际上就是精神的创造和享受。然而,长期以来,财富

成了我们这个时代最光芒万丈的词汇，成了从政府到个人所追求的第一目标。在相当程度上，可以把这场经济危机视为泛滥于当代世界的物质主义和消费主义的一个恶果。它在物质主义和消费主义的大本营美国首先爆发，对于人类岂不是一个警示？

最后，我必须承认，我对这场经济危机仍然看不明白，我所说的只是一些基本的道理罢了。不管与这场经济危机联系起来是否恰当，这些道理本身是不会错的，而且确有必要在遭到忽视的今天予以重申。

2009. 5

守护人性

——《周国平论教育》序

我不在教育界工作，更不是教育家，怎么也来谈教育了呢？可是，在今天，目睹弊端丛生的教育现状，哪个有责任心的中国人不在为教育忧思？身受弊端的危害，哪个心力交瘁的家长不在把教育埋怨？那么，我也和大家一样，只是以一个公民的身份发表一些感想罢了。

当然，既然我是学哲学的，当我思考教育问题时，就一定会把这个专业背景带进来。我在哲学上做的工作，大量的是对人生问题的思考。不过，我相信，人生问题和教育问题是相通的，做人和教人在根本上是一致的，人生中最值得追求的东西，也就是教育上最应该让学生得到的东西。我的这个信念，构成了我思考教育问题的基本立足点。

人生的价值，可用两个词来代表，一是幸福，二是优秀。优秀，就是人之为人的精神禀赋发育良好，成为人性意义上的真正的人。幸福，最重要的成分也是精神上的享受，因而是以优秀为前提的。由此可见，二者皆取决于人性的健康生长和全面发展，而教育的使命即在于此。

不错，这只是常识而已。惟因如此，真正可惊的是，今天的教育已经多么严重地违背了常识。一种教育倘若完全不把人性放在眼里，只把应试和谋生树为目标，使受教育者的头脑中充满死记硬背的知识，心中充满谋生的焦虑，对于人之为人的精神性的幸福越来越陌生，距离人性意义上的优秀越来越遥远，我们的确有权问一下：

这还是教育吗？

有智者说：经济决定今天，政治决定明天，教育决定未来。此言极是，因此，最令人担忧的是今天教育的久远后果，一代代新人经由这种教育走上了社会，他们的精神素质将决定未来中国数十年乃至上百年的精神水准和社会面貌。让教育回归人性，已是刻不容缓之事，拖延下去，只会愈加积重难返，今后纠正起来更加事倍功半。

无论个人、民族，还是人类，衡量其脱离动物界程度的尺子都是人性的高度，而非物质财富。个人的优秀，归根到底是人性的优秀。民族的伟大，归根到底是人性的伟大。人类的进步，归根到底是人性的进步。人性是"由无数世代苦心积累的神圣不可侵犯的庙堂珍宝"（尼采语），守护这一份珍宝，为之增添新的宝藏，是人类一切文化事业的终极使命，也是教育的终极使命。

据我所见，凡大哲学家都十分重视教育，他们致力于人性和人类精神的提升，而唯有凭借正确的教育，这个事业才有成功的希望。我一直想系统地研习大师们的教育著述，不做完这项工作，我知道自己对教育是说不出真正有分量的话的。我一定会做这项工作的，请假我以时日。现在这个集子，只是汇编了我迄今为止与教育有关的文字，我自己并不满意，但暂时只好如此。我相信，在针对今天教育发出的众多清醒的声音之中，我的加入多少也能起一点积极的作用。

2009. 5

诗意地栖居

鉴于碳排放过量导致全球环境破坏和气候异常的严峻事实，国际社会正在倡导低碳理念，实施低碳行动，中国政府对此也积极响应。低碳理念的落实，在技术层面上有赖于能源体系的变革，即寻求化石能源节约、高效和洁净化利用的途径，并大力发展非化石洁净能源。但是，单有技术层面显然不够，严重碳污染只是人类某种错误的生存发展观念的恶果之一，惟有在哲学层面上深刻反思，根本转变人类的生存发展观念，才能真正解决问题。

本年度北京科技周以"诗意地栖居"为主题举办低碳生活专题论坛，邀我做嘉宾，我就从今天在中国广泛流传的这一句诗谈起吧。荷尔德林有一首诗，其中的一句是："人诗意地栖居在这个大地上。"海德格尔对这一句诗做了非常繁复的分析，其中心意思是，诗意是栖居的本质，只有诗意才使人真正作为人栖居在大地上，从而使栖居成为安居，使大地成为家园。我认为可以由之引申出两个观点：第一，在人与自然的关系上，人应该以诗意方式而非技术方式对待自然；第二，在人自身的幸福追求上，人应该以诗意生活而非物质生活作为目标。从这两个方面来看当今中国人的生存境况，我们不得不承认，诗意已经荡然无存。

什么叫对待自然的技术方式？就是把自然物仅仅看成满足人的需要的一种功能，对人而言的一种使用价值，简言之，仅仅看成资源和能源。天生万物，各有其用，这个用不是只对人而言的。用哲学的语言说，万物都有其自身的存在和权利，用科学的语言说，万物构成了地球上自循环的生态系统。然而，在技术方式的统治下，

一切自然物都失去了自身的存在和权利，只成了能量的提供者。今天的情况正是如此，在席卷全国的开发热中，国人眼中只看见资源，名山只是旅游资源，大川只是水电资源，土地只是地产资源，矿床只是矿产资源，皆已被开发得面目全非。这个被人糟蹋得满目疮痍的大地，如何还能是诗意地栖居的家园？

由此可见，问题不是出在技术不到位，而是出在对待自然的技术方式本身。与技术方式相反，诗意方式就是要摆脱狂妄的人类中心主义和狭窄的功利主义的眼光，用一种既谦虚又开阔的眼光看自然万物。一方面，作为自然大家庭中的普通一员，人以平等的态度尊重万物的存在和权利。另一方面，作为地球上唯一的精神性存在，人又通过与万物和谐相处而领悟存在的奥秘。其实，对待自然的诗意方式并不玄虚，这在一切虔信的民族那里是一个传统。比如在藏民眼中，自然山河决不只是资源和能源，更不是征服的对象，相反，他们把大山大川看作神居住的地方，虔诚地崇拜。我们不要说他们愚昧，愚昧的可能是我们而不是他们，他们远比我们善于和自然和谐相处，并从中获得神圣的感悟。

毫无疑问，人为了生存，对待自然的技术方式是不可缺少的。但是，必须限制技术的施展范围，把人类对自然物的干预和改变控制在最必要限度之内，让自然物得以按照自然的法则完成其生命历程。人类应该在这个前提下来安排自己的经济和生活，而这就意味着大大减少资源和能源的开发及使用。

也许有人会问：这不是要人类降低生活质量，因而是一种倒退吗？且慢，我正想说，若要追究我们对待自然的错误方式的根源，恰恰在于我们的价值观、幸福观出了问题。正因为在我们的幸福蓝图中诗意已经没有一点位置，我们才会以没有丝毫诗意的方式对待自然。在今天，人们往往把物质资料的消费视为幸福的主要内容，国家也往往把物质财富的增长视为治国的主要目标，我可断言，这样的价值观若不改变，人类若不约束自己的贪欲，人对自然的掠夺就不可能停止。我听到有论者强调说：低碳经济的目标是低碳高增长。我不禁要问：为什么一定要高增长？我很怀疑，以高增长为目标，低碳能否实现，至少在非化石能源尚难普及的相当长时期里是无法实现的。在我看来，宁可经济增长慢一点，多花一点力气来建构全民福利，缩小贫富差别，增进社会和谐，这样人民是更幸福的。

所以，真正需要反思的问题是：什么是幸福？我一向认为，人最宝贵的东西，一是生命，二是心灵，而若能享受本真的生命，拥有丰富的心灵，便是幸福。这当然必须免去物质之忧，但并非物质越多越好，相反，毋宁说这二者的实现是以物质生活的简单为条件的。一个人把许多精力给了物质，就没有什么闲心来照看自己的生命和心灵了。诗意的生活一定是物质上简单的生活，这在古今中外所有伟大的诗人、哲人、圣人身上都可以得到印证。现代人很看重技术所带来的便利，日常生活依赖汽车和家用电器，甚至运动和娱乐也依赖各种复杂的设施，耗费了大量能源，但因此就生活得比古人幸福么？李白当年"五岳寻仙不辞远，一生好入名山游"，走了许多崎岖的路，留下了许多不朽的诗。我们现在乘飞机往返景区，乘缆车上山下山，倒是便捷了，但看到、感受到的东西可有李白的万分之一，我们比李白幸福吗？苏东坡当年夜游承天寺，对朋友感叹道："何夜无月，何处无竹柏，但少闲人如吾二人耳。"我们现在更少这样的闲人，而最可悲的是，从前无处不有的明月和竹柏也已经成了稀罕之物，我们比苏东坡幸福吗？

是的，诗意是栖居的本质，人如果没有了诗意，大地就会遭蹂躏，不再是家园，精神就会变平庸，不再有幸福。

2010.5

真文学是非职业的

——在 2010 年文学走进大学校园活动启动仪式上的发言

今天，2010 年文学走进大学校园活动在清华大学举行启动仪式，让我作为作家代表发言。其实，和许多作家相比，我是最没有资格做这个代表的。因为第一，我加入作协的时间非常短，承蒙铁凝主席和我的朋友史铁生介绍，我在几个月前才成为作协会员。第二，我的专业不是文学创作，而是哲学研究，因此我只能算一个业余作家。可是，正因为如此，我与文学的关系就和校园里的文学爱好者们的情况非常接近，我们都是业余的，比较容易沟通，这也许是让我来发言的一个理由吧。

事实上，在大学校园里，文学一直是存在着的。我不但是指许许多多的文学社团和文学爱好者，而且是指更多的不以为自己从事文学却在不断写作的人，他们在日记里、在给亲友的信中、在个人博客上写下自己的欢乐和苦恼，经历和感受，观察和思考。什么是文学？在我看来，文学是心灵生活的一种方式。一个人认真地倾听自己灵魂中的声音，为它寻找语言的表达，这就已经是文学了。本真意义上的文学是非职业的，属于每一个热爱生命的人。青年天然地热爱生命，年轻的心是文学的天然沃土。谁在青春期没有写过诗？谁在大学时代没有自己的抽屉文学？文学是无数青年的秘密情人或公开情人，在一定意义上，秘密情人比公开情人更甜蜜也更忠贞。有一些青年后来和这个情人结婚了，成了专业作家。不过，众所周知，婚姻中有太多的利益考虑和规定动作，往往不如爱情那样纯粹和率真，甚至有可能成为爱情的坟墓。

托尔斯泰说："写作的职业化是文学堕落的主要原因。"我经常用这句话警示自己，虽然我自认为是一个业余作家，但是，写作事实上已经成为我的收入的主要来源，因而不可避免地变得不那么纯粹了，我无法否认我的作品有退步的趋势。法国作家列那尔在相同的意义上说："我把那些还没有以文学为职业的人称作经典作家。"正因为这个意义上的经典作家一代又一代不断涌现，文学才得以永葆青春。同学们，你们就是今天的经典作家，所以，我想，文学走进校园，首先是为了来感谢你们的。

谢谢你们！谢谢大家！我的话讲完了。

2010.6

戏说欲望

今天的晚宴设计了六个话题，分别请六个人讲，刚才五位朋友讲了前五个话题，按照主办方的安排，现在我来讲最后一个。据我所知，原先拟定的话题里有"婚姻"，可是，婚姻好像是一个尴尬的话题，没人肯认领。这也难怪，因为，如果你赞美婚姻，等于是你在证明自己的平庸，如果你抨击婚姻，又等于是你在控诉自己的配偶，反正怎么说都不对。结果，"婚姻"被"回忆"取代。

这颇具讽刺意味。在现实生活中，回忆正是婚姻的避难所：当我们对婚姻发生动摇时，我们就回忆曾有的爱情，来坚定自己的信心；当我们对婚姻感到绝望时，我们就回忆从前的情人，来安慰——确切地说是加深——自己的痛苦。

但是，这恰恰证明，在人生舞台上，婚姻是一个多么重要的角色，给了我们多么复杂的感受，不该缺席。所以，在向大家介绍一个新角色之前，我首先要恢复它的位置，而让"回忆"靠边站。

那么，人生舞台上的角色有这么五位：爱情，婚姻，幸福，浪漫，生活。现在我想告诉大家的是，我发现，这五位角色其实都是一位真正的主角的面具，是这位真正的主角在借壳表演，它的名字就叫——"欲望"。

什么是爱情？爱情就是欲望罩上了一层温情脉脉的面纱。

什么是婚姻？婚姻就是欲望戴上了一副名叫忠诚的镣铐，立起了一座名叫贞洁的牌坊。

什么是幸福？幸福是欲望在变魔术，给你变出海市蜃楼，让你无比向往，走到跟前一看，什么也没有。

所谓浪漫，不过是欲望在玩情调罢了。

玩情调玩腻了，欲望说：让我们好好过日子吧。这就叫"生活"。

欲望在人生中起这么重大的作用，它是好还是坏呢？

许多哲学家认为欲望是一个坏东西，理由有二。一是说它虚幻。比如，叔本华说：欲望不满足就痛苦，满足就无聊，人生如同钟摆在痛苦和无聊之间摆动。萨特说：人是一堆无用的欲望。二是说它恶，是人间一切坏事的根源，导致犯罪和战争。

可是，生命无非就是欲望，否定了欲望，也就否定了生命。

怎么办？这里我们要请出人生中另外两位重要角色了，一位叫灵魂，另一位叫理性。灵魂是欲望的导师，它引导欲望升华，于是人类有了艺术、道德、宗教。理性是欲望的管家，它对欲望加以管理，于是人类有了法律、经济、政治。

你们看，人类的一切玩意儿，或者是欲望本身创造的，或者是为了对付欲望而创造的。说到底，欲望仍然是人生舞台上的主角。

欲望是一个爱惹事的家伙，可是，如果没有欲望惹事，人生就未免太寂寞了。

所以，最后我要说一句：谢谢"欲望"。

2010. 11